Julianna et le fou du roi

ANNE
STUART

Julianna et le fou du roi

ROMAN

Traduit de l'américain
par Florence Szarvas

J'AI LU

Titre original
LADY FORTUNE

Éditeur original
Zebra Books published by Kensington Publishing Corp., New York

Prologue

— Le calice sacré de sainte Hugeline, martyre au dragon ? Jamais entendu parler, déclara le fou du roi.

Paresseusement installé près de son souverain, Nicolas Strangefellow, qui ne prêtait guère attention à ce qui se disait, venait d'être tiré de sa rêverie par une question du roi.

— Voilà qui n'est guère étonnant, répondit ce dernier, visiblement mécontent. Quel égoïsme de la part de Hugh de Fortham de cacher aux yeux de tous un trésor sacré comme celui-là ! D'autant que cet objet revient de plein droit au vrai roi d'Angleterre.

— Vous, monseigneur, souligna Nicolas.

— Bien entendu, fou ! Le comte de Fortham retient par-devers lui une sainte relique appartenant au trône, et il n'y renoncera sous aucun prétexte. C'est précisément là que tu entres en scène.

— Moi, sire ?

— Tu es le seul homme en qui j'aie confiance, le seul sur qui je puisse réellement compter, poursuivit le roi d'un air grave. Le seul aussi qui ose me dire la vérité, si exaspérante que soit cette habitude. Je ne vois donc que toi pour m'aider. J'ai essayé les requêtes, les demandes polies, les menaces : rien n'y a fait. En outre, le château de Fortham est une véritable forteresse, et je n'ai pas envie que ce calice me coûte une guerre. Il y a plus d'un moyen d'obtenir ce qu'on désire, et je veux ce calice sacré ! Il me revient de plein droit, et tu vas aller le chercher.

— Et pourquoi donc ? fit Nicolas avec son insolence habituelle.

— Parce que tu es mon serviteur, sacrebleu, et que je ferai séparer ta tête de ton corps si tu oses refuser.

En réalité, Henry ne se donnerait probablement pas la peine d'organiser une décapitation en bonne et due forme, songea Nicolas. Il lui enverrait quelqu'un pour lui trancher la gorge, quelqu'un comme ce Gilbert de Blaith, cet assassin aux allures innocentes à peine sorti de l'enfance.

Or, Nicolas ne voulait pas s'exposer à une telle fin.

— Votre Majesté, je ne vis que pour vous servir, fit-il sans ciller. Je me demandais simplement pourquoi vous accordiez soudain une telle importance à ce vieux gobelet. Il ne doit guère avoir de valeur.

— Il est en or fin et incrusté de pierres précieuses, dont un saphir assorti à celui de la couronne royale.

— Drôle de vaisselle pour une nonne martyre !

— Elle a été empoisonnée à l'aide de ce calice, expliqua Henry. C'était un simple gobelet d'étain qui s'est miraculeusement métamorphosé lorsque son mari l'a empoisonnée.

— Ce dernier n'était-il pas l'un de vos ancêtres ? murmura Nicolas.

Le roi Henry fronça les sourcils.

— Je me demande parfois si tu es aussi fou que tu veux bien le faire croire. Hugeline était l'épouse d'un roi, mais elle désirait se retirer dans un couvent. Or, son mari voulait d'autres héritiers. C'est pourquoi il l'a empoisonnée.

— Quel trait de génie ! Et c'est ainsi que nous nous retrouvons avec une sainte et un calice sacré. De quel droit Fortham le garde-t-il ?

— La sainte était soi-disant de sa famille, mais cela remonte à des temps si anciens que je me demande comment il ose le revendiquer.

— Votre droit n'est pas plus ancien que le sien, sire.

Il avait poussé trop loin. Le roi le dévisagea un moment, et Nicolas crut sentir la lame du bourreau siffler au-dessus de sa tête.

Soudain, le monarque se mit à rire.

— La lignée royale est autrement plus importante que l'ascendance d'un petit comte arriviste des provinces de l'ouest, dit-il. Qu'il te suffise de savoir que le calice est entre les mains de Fortham alors qu'il me revient de plein droit et que je le veux, par n'importe quel moyen, bon ou mauvais ! Et tu vas aller me le chercher. N'est-ce pas ?

— Comment me conseillez-vous de procéder, sire ? Dois-je prendre la forteresse à mains nues et tuer lord Hugh de sang-froid ? Vous oubliez, Majesté, que j'ai une sainte horreur du sang et des efforts superflus.

Le roi Henry le gratifia d'un sourire indulgent.

— Nombre de mes hommes seraient prêts à tuer pour moi, Nicolas, mais peu d'entre eux ont tes talents particuliers. J'avais pensé t'envoyer chez lord Hugh comme cadeau de mariage.

— Comme cadeau ?

— Disons plutôt en prêt, jusqu'à la Noël, afin de rendre les premiers mois de son mariage particulièrement divertissants.

— Je ferai l'impossible pour lui plaire.

— Tu feras l'impossible pour me plaire, rectifia le roi. Tu devras tout découvrir des forces, des faiblesses et des projets du comte. Le château des Fortham est bâti sur un piton rocheux et le prendre n'est pas chose facile. Fortham ne se laissera pas déposséder du calice sans combattre, et je n'aurai peut-être pas d'autre choix que de prendre la place. Pour le bien du royaume, ajouta pieusement le monarque.

— Vous voulez faire de moi votre espion, sire ? fit Nicolas, sans oser le regarder en face.

Le souverain était l'un des rares hommes du royaume à avoir compris que Nicolas Strangefellow pouvait se montrer d'une intelligence précieuse lorsqu'il s'en donnait la peine, mais il ne se doutait pas de l'étendue des talents de son fou.

— Je veux que tu découvres où est caché le calice, si bien gardé soit-il. J'ai besoin de savoir quelle menace représente exactement Fortham, afin de pouvoir mettre au point un plan contre lui.

— Et s'il n'était pas dangereux ? Si je parvenais à subtiliser le calice et à m'enfuir sans qu'on m'en empêche ?

— Ce ne sera pas aussi facile. Ne sous-estime pas Hugh de Fortham. Il peut se montrer extrêmement têtu. Parfois, il faut savoir... disposer de ceux qui se mettent en travers de votre chemin.

— Et sa nouvelle épouse ? Représente-t-elle une menace, elle aussi ? Faudra-t-il également disposer d'elle ?

Le roi ne répondit pas. Nicolas pouvait lui parler avec plus de liberté qu'aucun autre de ses sujets, mais l'indulgence royale avait ses limites.

— Toute guerre a ses victimes, déclara le roi, songeur. Des innocents meurent chaque jour. Nous prierons pour leurs âmes.

— Sans aucun doute, sire, fit Nicolas, sans même chercher à cacher son ironie. Donc, me voici cadeau de mariage. Et quand ce cadeau doit-il être livré ?

— Le plus tôt sera le mieux. Ma sœur sera mécontente de voir son favori quitter la cour, et sans doute plus d'une demoiselle te regrettera-t-elle. Il vaudrait mieux que tu n'aies pas le temps de leur faire des adieux émouvants.

— *Le roi est un rusé goujat*
D'envoyer au loin son fou,
Aucune belle n'adoucira
Le départ du pauvre fou.

— Cesse de faire des vers ! Tu m'irrites, rétorqua le roi.

Nicolas ne dit mot et se contenta de sourire. Il avait la rime facile, talent qui ne manquait jamais de provoquer quelque réaction.

Le roi s'approcha, posa ses mains chargées de bagues sur les épaules de Nicolas et le fit se relever. Quelle erreur ! Nicolas avait une demi-tête de plus que lui et, contrairement à la majorité des chevaliers et des courtisans, ne faisait aucun effort pour se courber afin de ménager l'amour-propre de Sa Majesté.

— Tu vas faire ce que je te demande et tu vas réussir, murmura le souverain en fixant l'étrange regard de Nicolas. Tu seras récompensé. Il se pourrait même que tu épouses ma catin de sœur, si je ne trouve pas meilleur parti pour elle.

— Meilleur parti qu'un pauvre fou sans le sou ? Voilà qui ne me paraît pas difficile à dénicher, fit Nicolas.

— Je ne t'ai jamais sous-estimé, Nicolas, mais j'espère que mon idiote de sœur ne pense pas comme moi. Adieu. Nous viendrons rendre visite à Fortham et à sa nouvelle épouse à Noël si tu n'es pas de retour avec le calice d'ici là. Mais je m'attends que tu reviennes bien avant cette date, faute de quoi je serai profondément mécontent.

Nicolas exécuta sa révérence habituelle, maniérée et presque jusqu'à terre, avec une grâce moqueuse. Lui seul était autorisé à rire du roi.

— Vous pouvez avoir confiance en votre fou, sire.

Et le roi Henry, avec une naïveté qui ne lui ressemblait guère, sembla le prendre au mot.

1

Par une chaude journée d'automne, lady Julianna de Moncrieff apprit qu'elle était enfin veuve. Après dix ans d'un mariage stérile, elle était délivrée de Victor de Moncrieff. Cependant, il ne lui vint pas un instant à l'esprit qu'elle allait ainsi recouvrer la liberté.

Elle se serait apitoyée sur son sort si elle n'avait su qu'homme ou femme, personne en ce bas monde n'était libre, hormis peut-être le roi Henry, encore qu'elle en doutât. Si le roi n'avait de comptes à rendre à personne, il devait néanmoins se soumettre aux exigences inhérentes à son titre. De vastes responsabilités lui incombaient, qui incluaient l'arrangement d'un nouveau mariage pour une lointaine parente dont le veuvage était aussi frais que la fortune hypothétique.

Elle s'approcha de la fenêtre pour contempler le paysage vallonné dans lequel était niché le modeste manoir qui était devenu son foyer depuis son mariage. Ces dernières années n'avaient pas été désagréables : las d'essayer de faire porter un enfant à son corps récalcitrant, son époux était parti voir ailleurs. Lorsqu'elle l'avait épousé, Victor de Moncrieff était déjà un vieil homme, âgé de près de soixante ans, qui aimait à l'excès la bonne chère et la cervoise. Avec le temps, il avait fini par se désintéresser de son épouse à peine pubère comme de sa maîtresse et des femmes qui servaient au manoir.

En trois ans, Julianna ne l'avait pratiquement pas vu. Et pendant ces trois années bénies, elle avait été seule maîtresse de Moncrieff, tandis que son époux se consacrait à un pèlerinage dont l'itinéraire vagabond semblait jalonné de plus de tavernes que de lieux saints. Elle avait supervisé les récoltes, la production de miel, la fabrication du beurre et des fromages, dirigé le travail des tisserands, veillé au bien-être de ses gens. En un mot, elle avait joué son rôle de dame du château, heureuse et aimée.

Mais, à présent, tout cela était terminé. Elle n'était que la troisième épouse de Victor, venue diriger sa maison et partager son lit alors qu'elle était âgée de onze ans à peine. Les fils qu'il avait eus de ses deux précédents mariages ne lui ressemblaient que trop, hélas, et Reynald, l'aîné, ne tarderait pas à venir prendre possession de son héritage. Sa mesquine épouse – plus âgée que la propre mère de Julianna – et lui-même étaient déjà en train de faire leurs bagages.

Lady Julianna de Moncrieff était sans toit, sans un sou, sans abri où se réfugier, hormis, par ordre du roi, l'endroit où vivait la seule parente qu'il lui restât, sa mère, qui avait permis que son unique enfant vivante soit vendue, telle une génisse, à Victor de Moncrieff. Cela, jamais Julianna ne pourrait le lui pardonner. Autrefois, pourtant, alors qu'elle haïssait son père, brutal et distant, elle adorait la fragile et belle Isabeau. Durant les onze années qu'elle avait passées près de ses parents, sa mère n'avait cessé d'être souffrante, qu'elle soit enceinte ou en train de se remettre de sa dernière fausse couche. C'était un miracle qu'elle ait survécu. Isabeau s'était accrochée à la vie, malgré l'entêtement de son mari à concevoir un héritier mâle.

À présent, cette dernière était veuve, elle aussi. Après la mort du père de Julianna, survenue deux ans auparavant, Isabeau avait été promise à un puissant seigneur qui vivait dans l'ouest. Lord Hugh, comte de Fortham, était un homme riche dont le vaste domaine tenait davantage de la place forte que du manoir, à en croire la rumeur. Quant à l'héritier qu'il désirait, Isabeau de Peckham serait bien incapable de le lui donner, si l'on en jugeait par son passé. Sur ce point, au moins, Julianna ressemblait à sa mère.

— Lady Julianna ?

La voix agacée de l'envoyé du roi tira la jeune femme de ses rêveries. Calme, l'œil sec, elle se retourna vers sire Richard.

— Je vous demande pardon, dit-elle. J'étais perdue dans mes pensées. Tout est arrivé si vite...

— Bien entendu, madame. J'aurais aimé qu'il fût en mon pouvoir de vous laisser le temps de pleurer votre époux, mais je suis malheureusement au regret de vous informer que nous devons être partis à l'aube.

— Partis ?

— Je m'apprêtais à apporter un cadeau du roi à madame votre mère, afin de célébrer son prochain mariage avec le seigneur de Fortham, si cher à Sa Majesté, lorsque la nouvelle de la mort de Moncrieff est parvenue à notre souverain. Celui-ci m'a ordonné de vous escorter jusqu'à votre nouveau foyer.

Julianna se redressa. Son foyer, un endroit où elle n'avait jamais mis les pieds et où vivait la mère qui l'avait jetée dans le lit de Victor de Moncrieff ?

— Point n'est besoin de tant de hâte, sire Richard. Je suis persuadée que mon beau-fils et son épouse auront des questions à me poser à propos du gouvernement de cette maison. Il serait plus sage de ma part de rester ici pour les accueillir. Reynald veillera à ce que je sois escortée en toute sécurité jusqu'à Fortham en temps utile, si nécessaire.

— Si nécessaire, madame ?

Sire Richard la fixa de son petit œil noir, les sourcils froncés.

— Le roi a décrété que vous deviez rejoindre votre mère dans sa nouvelle demeure, reprit-il, au moins jusqu'à ce qu'il ait pris des dispositions concernant votre avenir. Vous ne voudriez pas vous opposer aux ordres de Sa Majesté, n'est-ce pas ?

Julianna se serait volontiers opposée à n'importe quoi si elle avait été sûre d'avoir le dernier mot, mais elle avait appris à se taire et à faire preuve de tact.

— J'aimerais servir Dieu, sire Richard, dit-elle simplement. Mon vœu le plus cher est de rejoindre les sœurs de Sainte-Anne.

— Je ne crois pas que le roi se soucie de ce que vous souhaitez, madame. Votre devoir vous commande de vous plier à sa volonté, non de la remettre en question. Nous partirons à l'aube. Ordonnez à vos servantes de faire vos bagages et veuillez préparer mes quartiers pour la nuit.

Julianna venait de perdre une bataille, mais pas la guerre. Aussi lui adressa-t-elle ce doux et maternel sourire qui lui venait naturellement dès qu'elle se sentait sérieusement menacée.

— Tout est déjà prévu pour vos hommes, et je vais faire préparer la chambre de Victor pour vous...

— Je ne suis pas seul, fit sèchement sire Richard.

— Pour vous et votre dame, ajouta-t-elle d'un ton suave.

— Lady Julianna, je n'ai pas emmené de compagne avec moi ! rétorqua sire Richard, énervé. C'est un peu plus compliqué que cela : il s'agit du cadeau de mariage de votre mère.

Julianna s'arma de patience, ainsi qu'elle avait appris à le faire dès le plus jeune âge.

— Qu'y a-t-il, sire Richard ? S'agit-il d'un objet précieux qui demande à être surveillé de près ?

— Ce n'est pas un objet mais un homme. Le cadeau de mariage du roi est un homme.

— Voilà qui est bien extraordinaire. Je pensais que lord Hugh suffirait à la tâche.

Sire Richard lui lança un regard soupçonneux, mais Julianna garda une expression calme et sereine. Elle avait depuis longtemps compris que les hommes ne prisaient guère les femmes dotées du sens de l'humour, aussi prenait-elle soin, d'ordinaire, de ne pas faire d'esprit.

— Il ne s'agit pas d'un homme comme les autres, madame, mais du fou du roi, envoyé auprès de madame votre mère et de son nouvel époux afin de les distraire, ainsi que la foule qui sera là pour la cérémonie. Cet homme a besoin d'un lit décent pour la nuit, aussi loin que possible de ma chambre. Aussi loin que possible de tout le monde, d'ailleurs, si nous ne voulons pas que son caquetage insensé nous fasse perdre la tête à tous.

— Est-il fou ?

— Pratiquement. Il se pourrait bien que je l'étrangle avant que nous n'arrivions au château de Fortham, fit sire Richard d'un air sinistre. Dieu merci, vous allez lui tenir compagnie dans sa vilaine litière.

— Dieu merci, répéta Julianna avec ironie. Ne monte-t-il pas à cheval ?

— Il s'y refuse. De toute façon, je ne serais pas tranquille de le savoir sur un cheval. Cet homme est déséquilibré, comme la plupart de ceux de son espèce.

— En ce qui me concerne, je sais monter à cheval.

— Vous irez en litière, madame. Je n'ai pas prévu de monture pour vous et je sais que vous refuseriez d'en emprunter une à Reynald et à son épouse. Vous ne risquez rien d'autre avec Nicolas que de devenir folle à cause de son babillage incessant, et je ne doute pas que vous ayez déjà surmonté des épreuves autrement pénibles.

— En effet, dit-elle. Je vais lui faire préparer une chambre.

— Sans grande fenêtre, précisa sire Richard. Et il vaudrait mieux qu'il y soit enfermé à clé pour la nuit.

— Est-il dangereux ?

Sire Richard eut le bon goût de paraître désarçonné.

— Pas que je sache. Les femmes semblent goûter sa compagnie, mais je doute que Reynald désire voir des bâtards sans cervelle traîner ici dans neuf mois. À vrai dire, je veux surtout qu'il se tienne le plus loin possible de moi.

— Apprécie-t-il autant la compagnie des hommes que celle des femmes ? s'enquit Julianna sur un ton doucereux.

Sire Richard rougit violemment.

— Non ! Que je meure si je me prête jamais à… enfin…

Les mots lui manquèrent, et il continua à fulminer jusqu'à ce que Julianna ait pitié de lui. À son grand regret, alors qu'elle aurait tant aimé être une amazone moderne, une guerrière, la culpabilité et la compassion se frayaient facilement un chemin dans son cœur.

— J'ai compris, sire Richard : cet homme est gênant. Nous allons veiller à ce qu'il soit installé en toute sécurité dans l'une des plus petites chambres. La porte en sera verrouillée, et il ne pourra nuire ni à lui-même ni à autrui.

— Mille mercis, madame, dit sire Richard en s'épongeant le front à l'aide d'un mouchoir.

La journée était fraîche, et la brise s'engouffrait par la fenêtre ouverte, mais le pauvre homme était visiblement à bout de nerfs.

— Vous désirez certainement prendre le temps de vous restaurer, reprit-elle. Bien que nous n'attendions aucune visite, je suis sûre que nos cuisines pourront honorer d'un festin des visiteurs aussi distingués.

— Je prendrai mon repas dans ma chambre, s'empressa de préciser sire Richard. Le voyage perturbe ma digestion. En outre, je vois mal comment vous pourriez superviser la préparation d'un long festin alors que nous devons partir à l'aube. Faites vos préparatifs, madame. Je ne tolérerai aucun retard au moment du départ.

Il ne s'embarrassait guère de pitié, songea Julianna en se retenant de lui envoyer son poing dans la figure. Mais elle répondit avec douceur :

— Je serai prête à l'aube.

Puis elle tourna le dos à la fenêtre, à ce paysage calme et vallonné qui lui avait procuré joie et apaisement tout au long de ces années. Elle devait quitter cette vie avec toute la détermination qu'elle pouvait rassembler. Pleurer et se lamenter sur son sort ne servait à rien.

L'efficacité lui avait été enseignée par sa mère, puis par une servante nommée Agnès, une femme sage et maternelle qui était à son service depuis son arrivée à Moncrieff. Agnès, qui avait un mari, six enfants plus un en préparation ; Agnès qu'elle allait devoir quitter, épreuve plus dure encore que tout le reste.

Mais elle ne pouvait emmener personne avec elle. Jusqu'à son arrivée au château de Fortham, elle se débrouillerait seule, avec un fou pour toute compagnie.

Avec son calme habituel, elle s'acquitta de toutes ses tâches et ordonna aux servantes de ranger ses effets dans deux petits coffres. Cloîtrée dans ce château en compagnie d'un époux indifférent, elle n'avait jamais eu besoin de beaux atours. Ses robes étaient donc moins élégantes que fonctionnelles. Elle n'emportait ni bijou ni argent : tout ici appartenait à son mari, à ses fils et à leurs épouses. Se préparer n'allait guère lui prendre de temps, d'autant que le voyage devait durer à peine trois jours – à moins que le fou ne l'étrangle avant la fin du périple.

Dans le lit étroit qu'elle avait si rarement partagé avec son mari, elle passa une mauvaise nuit et se réveilla avant l'aube. Avec un étrange sentiment de détachement, elle contempla la couche qui avait été pour elle un lieu de réconfort et de repos lors des absences bénies de son mari, un lieu de souffrance et d'humiliation à chacun de ses retours.

Mais Victor était mort, à présent. Qui voudrait d'elle pour épouse, alors qu'elle ne possédait aucune terre et était incapable d'enfanter ? La chance aidant, elle n'aurait peut-être plus jamais à endurer les attouchements d'un homme.

Agnès pleura doucement en lui tressant les cheveux pour la dernière fois.

— Je viens avec vous, madame, sanglota-t-elle. Nous trouverons plus tard un moyen de faire venir Angus et les enfants…

— Non, Agnès. Tu appartiens à Moncrieff, tu le sais bien. Je doute que l'épouse de Reynald puisse s'en sortir sans ton aide. En outre, je ne serai plus maîtresse là où je vais, et lady Isabeau me trouvera sûrement une jeune fille pour me servir.

Malgré sa tristesse, Agnès trouva la force de faire la grimace.

— Lady Julianna, lady Isabeau est votre mère. Pourquoi l'appelez-vous toujours par son prénom ?

Julianna n'avait pas l'intention de perdre en querelle les derniers instants qu'il lui restait à passer en compagnie de celle qui n'avait pas seulement été pour elle une servante, mais aussi une amie très chère.

— Ne te soucie pas de lady Isabeau. Dans quelques jours, nous serons réunies, et le temps fera son ouvrage.

— Mais elle a longtemps vécu à quelques jours de route d'ici, et vous n'avez jamais fait l'effort de lui rendre visite.

— Elle n'a jamais manifesté le désir de me voir.

— Mon enfant, vous n'avez jamais répondu à ses lettres, vous lui avez retourné ses présents...

— Ne passons pas ces derniers moments à nous disputer, Agnès, supplia Julianna. Tu as été une bien meilleure mère pour moi que lady Isabeau. Je serai polie avec elle, lui montrerai la déférence qui lui est due, mais je ne puis te promettre davantage.

— Comment pouvez-vous être aussi dure, vous qui avez l'âme si tendre ? dit Agnès en secouant la tête. Je compte sur la bonté de votre cœur pour chasser votre ressentiment. Madame votre mère n'a tout simplement pas eu le choix, comme la plupart des femmes en ce bas monde.

Ignorant ces paroles, Julianna embrassa le ventre rebondi d'Agnès.

— Je me demande qui me manquera le plus, de toi ou des enfants.

— En tout cas, vous manquerez terriblement aux enfants, fit Agnès, distraite de son sermon sur les devoirs filiaux. Ils vous aiment tendrement, comme vous les aimez. Vous mériteriez d'avoir vos propres enfants...

Décidément, la conversation prenait mauvaise tournure.

— Cela suffit ! s'écria Julianna. J'ai déjà suffisamment envie de pleurer. Dieu a voulu que je n'aie pas d'enfant, et toutes les prières, tous les vœux n'y ont rien changé. Du moins m'est-il permis d'aimer les enfants des autres.

— Vous êtes encore très jeune, lady Julianna. Vous découvrirez que rien n'est jamais définitif dans la vie.

— Je suis certaine d'une chose : je ne porterai jamais d'enfant. Jamais de mon plein gré je ne coucherai avec un homme et jamais je ne pardonnerai à ma mère de m'avoir abandonnée.

Surprise elle-même par ses paroles amères, elle se dégagea de l'étreinte chaleureuse d'Agnès, s'attendant à des reproches.

Mais le visage d'Agnès s'illumina d'un curieux sourire, malgré les larmes qui brillaient dans ses yeux.

— Madame, la vie est pleine de surprises, et je prierai chaque jour pour qu'elle ne vous en réserve que de bonnes, dit-elle.

Julianna ne voulut pas discuter davantage. La première surprise qui devait marquer sa nouvelle existence était la compagnie d'un fou qui menaçait de la rendre folle.

La vie ne semblait pas près de lui sourire.

Nicolas Strangefellow avait parcouru bien du chemin depuis son enfance dans le nord de l'Angleterre. Fils unique, Nicolas de Derwent avait été élevé avec amour par une mère fragile et un père bourru et tracassier, dans le confort de la demeure familiale, où il avait reçu l'éducation des meilleurs précepteurs que l'argent puisse acheter.

Jusqu'au jour où son père, le baron de Derwent, avait commis l'erreur de déplaire au père du roi Henry. Ainsi que plus d'un gentilhomme l'avait appris à ses dépens, il était toujours dangereux de se fâcher avec l'un des fougueux fils de Henry II. À l'âge de quinze ans, Nicolas avait déjà tout perdu: parents, maison, fortune. Il ne lui restait plus qu'un titre sans valeur et Bogo, le vieil écuyer de son père, qui tentait de veiller sur lui.

Les premières années avaient été à la fois les plus dures et les meilleures. Nicolas s'était découvert autant de talent pour couper les bourses que pour se faire entretenir par les demoiselles vulnérables. Au bout d'un an, il était devenu tout à la fois un homme avisé qui connaissait le monde, une canaille et un voleur, un coquin et un menteur.

L'année suivante, il s'était fait bouffon.

Ce rôle était taillé sur mesure pour lui. Sans redouter de représailles, mais aussi sans attendre de récompense, il pouvait se permettre de dire et de faire ce que bon lui semblait, fréquenter toutes les couches de la société, du paysan au seigneur en passant par les criminels et les baladins, et jusqu'au roi lui-même.

Ayant surmonté le pire avec succès, il ne doutait pas de pouvoir continuer à survivre.

Tôt ou tard, quand il serait suffisamment entré dans les bonnes grâces du roi, il pourrait lui réclamer une récompense. Il n'espérait cependant pas retrouver la fortune qui avait autrefois appartenu à son père. Comme la plupart de ses semblables, le roi Henry se séparait rarement d'une chose de valeur, à moins d'y être forcé.

Un modeste manoir en ruine situé n'importe où suffirait à Nicolas. Une demeure délabrée, de la terre, des gens, la paix... S'il ne se sentait pas encore prêt pour cette vie, le temps passait, et rapporter au roi le calice tant convoité serait peut-être l'occasion qui permettrait à Nicolas Strangefellow de redevenir sire Nicolas, baron de Derwent.

Pour l'heure, il se contentait d'être fou, de faire enrager des hommes sérieux et importants grâce à son caquetage et de distraire les dames grâce à des talents ô combien plus agréables. Au château de Fortham, comme partout, il trouverait de nouveau des hommes à importuner et des femmes à aimer.

Sans parler du calice de sainte Hugeline, martyre au dragon.

Il avait hâte d'arriver à destination.

Tout en admirant ses chausses dépareillées, il s'étira dans la litière. Ce matin-là, Bogo, son valet, s'était surpassé pour lui trouver la tenue idéale. La maîtresse du château de Moncrieff ne manquerait pas d'être atterrée lorsqu'elle découvrirait son futur compagnon de route.

Serait-elle plus difficile à agacer que le sérieux sire Richard ? Ce dernier avait été une proie on ne peut plus facile. Bien sûr, il pourrait toujours charmer la dame, aucune femme n'ayant jusqu'à présent résisté à son charme, quels que soient son âge, son physique et son rang. Si l'inspiration était au rendez-vous, il tuerait peut-être le temps sous les jupes de lady Julianna pendant le voyage. Il savait du moins qu'elle était jeune. Épouse impubère, veuve à l'âge de jeune fille, sans dot ni fortune, elle devait être passablement attirante. S'il s'était agi d'une beauté ou d'un laideron, il l'aurait su.

Elle approchait, comme en témoignait le bourdonnement continu de la voix de sire Richard, dont les grognements étaient l'unique arme contre les attaques répétées de Nicolas. Ce dernier se mit à se tortiller dans la litière, tout en luttant contre l'envie de passer la tête au-dehors afin d'apercevoir la dame.

— Qu'est-ce ? fit une voix agréable.

Voilà qui changeait de celle de sire Richard. Elle était même plus qu'agréable : grave, bien timbrée, avec un soupçon de volupté qui éveilla aussitôt tous les sens de Nicolas. Il se tortilla de plus belle sur son siège.

— Quoi donc ? fit sire Richard d'un ton énervé.

— Ce tintement, répondit-elle. Est-il enchaîné ?

De toute évidence, sire Richard avait tellement exagéré sa réputation que la pauvre fille était terrifiée d'avance.

— Ce sont des grelots, madame. Je vous avais dit qu'il était bruyant.

Puis sire Richard ouvrit les rideaux de la litière.

— Vous pouvez monter, madame, dit-il, sans prêter attention à Nicolas.

Celui-ci resta bien sagement dans un coin de la litière, en observant la dame qu'on aidait à se hisser. Elle se laissa tomber sur le siège avec un léger soupir et arrangea autour d'elle ses jupes en lainage toutes simples. Puis elle releva la tête et le regarda bien en face. Seul un soupçon de méfiance transparaissait dans son regard brun.

Elle était exactement telle qu'il l'avait imaginée, tout en étant complètement différente. Son visage était plutôt ordinaire, charmant sans être remarquable. Elle avait le nez petit, la bouche grande, un regard faussement serein. Ses longs cheveux d'un blond foncé étaient coiffés en longues tresses qui lui tombaient jusqu'aux hanches, et un fin voile en soie grise recouvrait sa tête.

Dépourvue d'ornement et de charme, sa robe, de qualité correcte, habillait son corps sans le flatter. Elle semblait plutôt grande et dotée de formes généreuses, mais il était impossible de le vérifier. Elle se recroquevilla dans un coin, comme si elle ne savait que faire de son corps – à moins que la présence de son compagnon de voyage ne la mît tout simplement mal à l'aise.

— *La veuve est une jeune fille*
Qui souffre en son cœur en silence,
Mais en vérité je vous le dis,
Elle ne connaît pas sa chance.

— Je vous demande pardon ? fit-elle d'un ton glacial. Du moins se voulait-il glacial. Mais il était empreint d'une nuance sensuelle en complète contradiction avec la nervosité apparente de la dame.

Nicolas s'allongea et posa ses jambes sur le siège près d'elle en faisant tinter ses petits grelots d'argent. Quand ce tintement le rendait fou, il se rappelait que ces grelots rendaient ceux qui l'entouraient encore plus fous.

— Toutes mes condoléances pour la perte de votre époux, fit-il d'une voix doucereuse.

Elle ne sembla pas s'apaiser. La maîtresse de Moncrieff était fine mouche, particularité encore plus intéressante que sa gêne apparente. Esprit et charme se rencontraient rarement chez une même personne et, bien que lady Julianna ne fût pas une beauté, elle possédait quelque chose d'attirant.

Après un petit signe de tête en guise d'assentiment, elle s'adossa contre la paroi de la litière et ferma les yeux, comme pour prendre congé. Il la contempla, fasciné. Ses grands yeux bruns étaient probablement sa plus grande beauté. Pourtant, lorsqu'elle les refermait, son visage prenait une expression sereine absolument fascinante.

Quoi qu'il en soit, Nicolas n'entendait pas se laisser évincer de la sorte.

— Aucune servante ne vous accompagne, madame ? Vous aurez sûrement besoin d'aide durant ce voyage. Je puis vous proposer mes modestes services : j'ai une grande expérience dans le déshabillage des dames, bien qu'à ma grande honte je sois totalement incapable de les aider à se rhabiller.

Outragée, elle rouvrit aussitôt les yeux. Il lui adressa son sourire le plus sucré et le plus innocent.

— Je puis vous assurer que je n'aurai aucune difficulté... commença-t-elle.

Elle bredouilla un instant, puis conclut :

— Je ne sais même pas comment vous appeler.

Cette franchise fut pour lui une nouvelle surprise. Était-elle toujours aussi directe et sereine, au lit ?

— Vous pouvez me donner tous les noms qui vous passeront par la tête, murmura-t-il. Appelez-moi fou, amant ou ennemi. Si vous tenez à un nom officiel, appelez-moi Strangefellow, encore qu'on me nomme généralement maître Nicolas.

— Maître Nicolas, fit-elle.

— Oui, lady Julianna. Puis-je vous distraire par des nouvelles de la cour, des poèmes, des chansons ou des contes ?

Elle soupira.

— Laissez-moi plutôt me reposer. Je n'ai guère dormi la nuit dernière et je me sens lasse.

— J'aimerais vous offrir mes genoux pour oreiller, madame, mais je crains qu'ils ne soient un peu trop fermes.

Cette allusion ne parut pas la toucher.

— Laissez-moi tranquille, dit-elle en refermant les yeux.

Il attendit qu'elle soit pratiquement endormie pour agiter le bras. Aussitôt, le bruit des grelots résonna à l'intérieur de la litière.

Elle rouvrit brusquement des yeux ensommeillés et surpris.

— Maître Nicolas, fit-elle calmement, j'ai sur moi un petit couteau très tranchant. Si vous ne vous tenez pas tranquille, je me ferai un plaisir d'arracher ces maudits grelots de vos manches avant de procéder de même avec une partie sensible de votre anatomie. Je puis vous émasculer en un clin d'œil. Alors, ne me provoquez pas.

Sur ces mots, elle ferma de nouveau les yeux.

Il la regarda, abasourdi. Aucune femme ne lui avait jamais parlé ainsi.

Un instant, il songea à entonner une chanson obscène et importune, puis se ravisa. Cette femme semblait bien capable de mettre ses menaces à exécution.

Ceci dit, elle ne lui causerait pas grand mal. Qu'elle s'approche seulement de ses grelots – quels qu'ils soient –, et il serait dans l'obligation de l'arrêter. Cependant, si alléchante que fût cette perspective, ce n'était ni l'endroit ni l'heure.

Elle se rendormit. Il se déplaça en prenant soin de ne pas faire tinter ses grelots. Grâce à lady Julianna de Moncrieff, son séjour au château de Fortham s'annonçait particulièrement distrayant, et il avait hâte d'être arrivé.

De quoi aurait-elle l'air lorsqu'elle se réveillerait nue dans son lit, après une nuit d'exercices variés ? Serait-elle toujours aussi embarrassée par son long et beau corps ?

Surtout, allait-elle résister ou tomber amoureuse ?

Quel plaisir de se donner la peine de le découvrir !

2

Julianna fut réveillée par une chanson que fredonnait le fou. Maudit soit cet imbécile sans cervelle ! songea-t-elle, les yeux obstinément fermés, tout en tâchant de ne plus penser à lui. Il possédait une voix forte et sensuelle, pleine de personnalité. Quant à sa chanson, elle était si indécente que Julianna rendait grâce au Ciel de ne pas avoir à le regarder en face. Malgré l'agaçant tintement de ses grelots d'argent, malgré sa voix veloutée aux accents paillards, elle comptait continuer à feindre le sommeil, se dispensant ainsi de réagir aux paroles grivoises de cette chanson.

Il cessa de fredonner au moment où elle allait enfin savoir ce qu'allaient faire ensemble la fille du meunier et le mendiant.

— Vous rougissez, madame, lui glissa-t-il. Pourtant, une personne de votre âge et de votre expérience ne doit pas avoir de mal à deviner la nature des activités auxquelles un homme et une femme peuvent se livrer sous un pont, par une chaude journée d'été. Vous avez déjà dû en faire autant.

Julianna ferma les yeux de plus belle. À présent, peu importait qu'il la crût endormie ou non. La litière s'était immobilisée, tout son corps était endolori, et elle éprouvait un besoin pressant. Néanmoins, elle avait la ferme intention de ne pas regarder le fou en face, si elle pouvait l'éviter.

Elle eut un tel choc en sentant la main de ce dernier sur son visage qu'elle ouvrit aussitôt les yeux et se heurta à lui dans son affolement. Elle n'avait pas réalisé qu'il s'était autant rapproché d'elle, et le contact de sa peau contre la sienne lui avait fait l'effet d'un coup de tonnerre.

— Comment osez-vous poser la main sur moi ? fit-elle d'un ton qui se voulait glacial.

En réalité, elle n'avait plus qu'une toute petite voix paniquée.

Elle se redressa brusquement, posa les mains sur ses genoux et s'ordonna de se reprendre. Elle refusait de se laisser intimider par cet inconnu. Après son père et Victor de Moncrieff, elle n'aurait plus jamais peur d'aucun homme, se promit-elle.

Surtout pas de cet étrange individu assis en face d'elle et qui la dévisageait de son regard perçant.

On disait que seuls devenaient bouffons les hommes dotés d'un corps ou d'un esprit difforme, comme les déments, les bossus, les idiots ou les nains. Or, l'homme qui se trouvait en face d'elle n'avait pas l'aspect anormal de ces derniers. Il semblait plutôt grand, et ses bras et jambes, longs eux aussi, occupaient une bonne partie de la litière. Ses vêtements dépareillés étaient bariolés et troués, ses cheveux fins et pâles comme de la paille, et son visage probablement un peu trop beau pour un adulte, quoique indiscutablement agréable.

Seuls ses yeux avaient quelque chose de dérangeant : c'étaient les yeux d'un dément ou d'un escroc. Leur couleur, étrange, évoquait la profondeur dorée du miel au soleil ou l'œil d'un chat. Depuis qu'elle était montée dans la litière, ces yeux n'avaient cessé de la fixer comme s'ils la devinaient, comme s'ils voyaient à travers les lourdes étoffes qui l'habillaient, comme s'ils perçaient à jour l'éternel et paisible sourire qu'elle affichait.

— J'implore votre pardon, madame, murmura-t-il, sans toutefois paraître le moins du monde repentant. On dit parfois que toucher un fou porte bonheur.

— Combien de dames de la cour avez-vous réussi à persuader de ces sornettes ? répliqua-t-elle d'un ton acerbe.

Cependant, elle sentait encore la chaleur inattendue de sa main sur sa joue.

— Plus que de raison, avoua-t-il avec un sourire satisfait.

— Dans ce cas, oubliez-moi, maître Nicolas. N'espérez pas me compter parmi les nombreuses dames qui, j'en suis certaine, ne manqueront pas de se prêter à vos jeux au château de Fortham. Gardez vos attouchements porte-bonheur pour celles qui vous les réclameront.

— Mais qui plus qu'une veuve de fraîche date a besoin d'un tel secours ? Vous avez fait preuve d'un courage admirable en dissimulant votre chagrin, mais je devine que sous votre apparence calme, votre cœur saigne.

Elle se sentit rougir de honte, puis releva le menton de son air le plus hautain, ce qui ne parut pas impressionner son interlocuteur le moins du monde.

— Vous vous moquez, monsieur. Sachez que pleurs et lamentations ne sont point dans ma nature.

Bien entendu, c'était faux. Elle avait longuement et abondamment pleuré lors de son arrivée à Moncrieff. Mais, peu à peu, les larmes s'étaient taries.

— Vous donnez dans la douleur l'image même de la dignité, madame, fit-il avec une ironie à peine perceptible.

— Quant à vous, vous êtes l'image même de l'importun.

Elle reprit son calme après cette réplique qui trahissait un surprenant manque de maîtrise de soi, avant de poursuivre :

— Il semble que vous réveilliez ce qu'il y a de pire en moi, maître Nicolas.

— C'est un don que j'ai, susurra-t-il.

— Mon époux avait cinquante ans de plus que moi et avait déjà enterré deux femmes lorsqu'il m'a épousée. J'étais trop jeune pour l'intéresser et pour accorder de l'importance au fait d'être mariée. Lorsqu'il est mort, je ne l'avais pas vu depuis trois ans et, si je le pleure comme je pleurerais n'importe quel chrétien disparu, je ne puis dire que son trépas me chagrine personnellement.

— Cependant, vous ne semblez pas contente d'être arrachée à votre demeure. Quel âge avait Victor de Moncrieff lorsqu'il vous a glissée dans son lit ?

— Pourquoi cette question ? demanda-t-elle en se raidissant.

— Il a dû se montrer particulièrement maladroit pour que vous redoutiez à ce point tout contact avec les hommes.

— Je ne redoute pas tout contact avec les hommes ! Simplement, je n'aime pas que des... des inférieurs posent leurs pattes sur moi.

Sa rudesse la surprit elle-même. Elle permettait rarement à ses émotions de prendre le dessus sur sa raison.

Mais le fou se contenta de lui sourire.

— Je ferai de mon mieux pour ne pas poser mes pattes sur vous, madame. Alors, quel âge aviez-vous lorsque vous vous êtes mariée ?

— Un âge suffisant. J'ai fait mon devoir d'épouse sans jamais me plaindre.

— Et en avez-vous tiré du plaisir ?

Julianna remarqua enfin que la litière ne bougeait toujours pas et faillit en pleurer de soulagement. Elle ouvrit les rideaux et posa tant bien que mal le pied sur la terre ferme, où ses jambes ankylosées faillirent la trahir. Toujours négligemment allongé sur les coussins, Nicolas l'observait.

— Oui ou non, madame ? insista-t-il de sa voix chaude et mélodieuse.

— Oui ou non quoi ? fit sire Richard, juché sur son cheval. Cet individu vous a-t-il importunée, lady Julianna ? S'il a eu l'audace de vous offenser, je le ferai fouetter avec plaisir et affronterai avec joie le courroux du roi.

La proposition était tentante, et sans doute sire Richard eût-il été heureux de tenir lui-même le fouet. Julianna se retourna vers son exaspérant compagnon de voyage, qui affichait un visage neutre et impassible, malgré la menace de punition qui pesait sur lui.

— Il ne m'a pas offensée, dit-elle, sans savoir ce qui la poussait à mentir.

Puis elle regarda autour d'elle et reconnut l'enceinte d'une abbaye.

— Est-ce ici que nous ferons halte pour la nuit ? demanda-t-elle.

— En effet, répondit sire Richard. Nous atteindrons le château de Fortham demain à la tombée du jour, si Dieu veut que nous ayons beau temps. Les bons moines nous offrent le gîte pour la nuit. En outre, nous aurons l'honneur d'escorter le père Paulus, l'abbé de céans, qui accordera ses sages conseils aux gens de Fortham jusqu'à la Noël.

Julianna tourna un instant la tête vers la litière, où se trouvait toujours maître Nicolas.

— Peut-être l'abbé préférera-t-il voyager en litière. J'ai hâte de remonter à cheval, ajouta-t-elle.

Sire Richard eut un petit rire sarcastique.

— Je n'en doute pas un instant, madame, mais même un saint homme pourrait perdre la raison en compagnie de cette créature. Si je parviens à trouver une monture supplémentaire, vous finirez le voyage à cheval, mais je ne vous promets rien.

Le tintement des grelots leur apprit que Nicolas descendait de la litière. Aussitôt, Julianna se raidit.

— Vous pouvez toujours me ligoter et me bâillonner, suggéra-t-il, affable.

— Sachez que j'y ai songé, fit sèchement sire Richard. Lady Julianna n'a qu'un mot à dire...

Cette dernière secoua la tête. Elle ne pouvait aller jusqu'à cette extrémité. Tout en dévisageant le fou à travers ses paupières mi-closes, elle déclara :

— J'ai appris à me montrer charitable envers les affligés. En dépit de son infirmité mentale, maître Nicolas n'est qu'un humble chrétien, comme nous tous.

Le tintement des grelots vint souligner ce qui pouvait tout autant être un accès de toux qu'un rire de la part de l'intéressé. Julianna s'éloigna du fou avec toute la hâte qui lui était permise.

— Pourrais-je me rafraîchir ? demanda-t-elle.

Un frère grassouillet s'approcha rapidement d'elle.

— Bien entendu. C'est un honneur de vous recevoir en notre maison, madame.

— Frère Barth, je dînerai avec l'abbé, déclara sire Richard. Je suis sûr que lady Julianna préférera quant à elle le repos et la solitude.

Toute perspective étant préférable à celle de passer ne fût-ce qu'un moment de plus avec maître Nicolas, elle acquiesça.

— En ce qui concerne maître Nicolas, il faudra le loger dans un endroit propre et sûr, poursuivit sire Richard.

— Maître Nicolas passera la nuit en pénitence, intervint le fou d'une voix humble. Je dormirai sur la paille, au pied de l'autel, trop heureux d'être près de mon rédempteur.

Frère Barth s'inclina à ces mots. Sire Richard parut se méfier, mais Nicolas baissa docilement la tête.

— La volonté de mon Seigneur est mon unique guide, et la récompense promise le seul vœu de mon cœur.

— Très joli, murmura frère Barth.

Julianna eut soudain l'intuition que le moine et le fou ne parlaient pas du même seigneur. Mais cela ne la regardait pas, après tout. On lui donna une chambre petite et propre, avec un lit étroit sur lequel elle ne tarda pas à se laisser tomber. Mais sa fatigue était telle qu'elle ne ressentait plus ni sommeil ni faim, aussi se contenta-t-elle de rester allongée, à fixer l'obscurité grandissante.

Le seul bruit qu'elle entendit fut celui des cloches qui appelaient les moines à la prière, un son autrement retentissant que celui des grelots du fou. La raison aurait voulu qu'elle aille rejoindre les frères, mais elle était si lasse qu'elle ne put s'arracher à sa couche. En outre, elle savait qu'elle serait incapable de se concentrer sur ses prières pendant que maître Nicolas la fixerait de son étrange regard.

Car il ne faisait aucun doute qu'il la dévisagerait, pour le simple plaisir de la mettre mal à l'aise. Pourtant, elle devait reconnaître que cet homme était une bénédiction inattendue. Sa présence était si gênante qu'elle n'avait pas eu le temps de songer à son infortune. Sa vie paisible venait d'être anéantie, et elle n'avait même pas eu le loisir de s'apitoyer sur son sort. Après tout, c'était mieux ainsi : dès le plus jeune âge, elle avait appris que pleurer et se plaindre ne servait qu'à donner la migraine et à faire enfler le visage.

Frère Barth lui apporta son dîner sur un plateau. Devant ce repas tout simple, fait de fromage, de pain bis et de bière blonde, Julianna se rendit soudain compte qu'elle mourait de faim.

— Mangez, mon enfant, dit le moine. J'ai reçu l'ordre de rapporter votre couvert au réfectoire lorsque vous aurez terminé, et notre bon abbé n'aime pas qu'on désobéisse à ses ordres. Si vous préférez, je peux attendre dans le couloir...

— Je vous en prie, tenez-moi compagnie. Puis-je vous offrir quelque chose ?

— J'ai déjà mangé, madame. En outre, je ne mange déjà que trop, selon l'abbé.

L'imposante silhouette de frère Barth plaidait en effet dans ce sens. Pourtant, Julianna conçut aussitôt de l'antipathie pour le supérieur du moine. Comment osait-il critiquer un homme qui semblait si bon ?

— D'après sire Richard, l'abbé doit venir avec nous au château de Fortham.

— En effet, madame. Je serai également du voyage, car je l'accompagne pour le seconder.

Bien que la voix de frère Barth ne laissât rien transparaître, Julianna ne pouvait se débarrasser de l'impression que l'abbé n'était pas aimé.

— C'est un excellent homme, n'est-ce pas ? fit-elle en rompant son pain.

— Il ne m'appartient pas d'en juger. Notre abbé est animé par les plus hauts principes, et être chargé de le seconder est un honneur auquel je n'aurais jamais osé aspirer.

Et dont il se serait sans doute bien passé, songea Julianna. Les choses allaient décidément de mal en pis.

— Comment s'appelle cette abbaye, frère Barth ? demanda-t-elle pour changer de sujet. Je croyais pourtant connaître tous les ordres ayant une abbaye à moins de quelques jours de cheval de Moncrieff.

— Nous sommes très peu nombreux, et notre ordre est très pauvre, madame, encore que notre abbé ait de grands projets pour nous. Vous êtes ici à l'abbaye de Sainte-Hugeline, martyre au dragon.

— Sainte Hugeline ? Je ne me souviens pas d'elle. Quelle est son histoire ?

— Après avoir été dévorée par un dragon, elle en est elle-même devenue un. Il s'agit d'un mystère sacré.

Julianna hocha pieusement la tête, faisant taire ses doutes sur l'existence des dragons.

— Cependant, de nos jours, plus personne ne voue de culte aux saints d'autrefois, reprit le moine. Le martyre de sainte Hugeline remonte à l'époque romaine, et les gens d'aujourd'hui préfèrent les saints modernes, plus à la mode. Nous nous efforçons d'honorer sa sainte mémoire, et l'abbé a consacré sa vie à faire de cette abbaye un modèle de piété.

— Dieu veuille qu'il réussisse dans sa tâche ! murmura Julianna.

Comment un abbé si ambitieux trouvait-il le temps d'aller séjourner longuement au château de Fortham ? Mais cela ne la regardait pas, et elle ferait tout aussi bien de dominer sa curiosité.

— L'abbé n'est pas difficile à vivre, madame. Sachez vous taire et vous conduire en bonne chrétienne, et il ne vous remarquera même pas.

— Cela vaudra-t-il mieux pour moi ?

Elle croisa le regard triste de frère Barth.

— Oui, madame.

Il semblait peu désireux de s'étendre sur le sujet, et Julianna jugea plus sage de ne pas chercher à en savoir davantage. Il venait de lui adresser un avertissement on ne peut plus clair. Lorsqu'il la quitta, l'épuisement et l'inquiétude ne tardèrent pas à la gagner.

Dans sa cellule seulement éclairée par une chandelle de suif, il faisait noir. Allongée sur le dos, elle se mit à fixer les murs de pierre qui l'entouraient, sur lesquels la flamme dansante de la chandelle projetait des ombres fantastiques. Si l'abbé était aussi peu commode que frère Barth l'avait suggéré, ce séjour au château de Fortham s'annonçait encore pire que prévu. Non seulement elle allait être obligée d'endurer la compagnie de sa mère, mais elle allait aussi devoir supporter un abbé susceptible et un fou exaspérant.

L'abbé et maître Nicolas avaient-ils déjà eu une prise de bec ? Si oui, lequel des deux avait triomphé de l'autre ?

Avec un peu de chance, elle effectuerait le deuxième jour de voyage hors de portée du caquetage de maître Nicolas... Et peut-être aussi que la foudre lui tomberait dessus avant même qu'elle n'arrive au château de Fortham, de sorte qu'elle n'aurait plus à appréhender le face à face avec une mère qu'elle avait autrefois chérie plus que tout au monde...

Bien qu'elle ait cru impossible de trouver le sommeil, elle dormit à poings fermés jusqu'au moment où un bruit horrible la réveilla, au beau milieu de la nuit. Le bruit retentit de nouveau : c'était un cri épouvantable, le cri d'une victime des flammes de l'enfer. Sans réfléchir davantage, elle sortit de son lit, ouvrit la porte de sa cellule et partit à la recherche de cette âme en peine dans le couloir à peine éclairé.

3

Les dalles de pierre étaient glacées sous ses pieds nus, et sa chemise en lin claquait contre son corps, mais, sans se soucier de sa sécurité ni de sa tenue peu convenable, elle courut dans le couloir, guidée par ces cris d'écorché vif.

Ils semblaient provenir de la petite chapelle située à l'extrémité du couloir. Lorsqu'elle en atteignit les lourdes portes en chêne, tout bruit cessa brusquement, pour faire place à un silence aussi sinistre qu'assourdissant.

Sans hésiter, elle saisit les froids anneaux d'acier et poussa les battants, qui s'ouvrirent sans effort sur un étrange tableau.

Ces cris de femme provenaient en réalité d'un moine très mignon et très efféminé qui sanglotait d'une voix haut perchée. L'apparition de Julianna dut mettre un comble à ses souffrances, car il se cacha le visage dans les mains et s'enfuit en pleurant et en la contournant comme si elle était porteuse de la peste.

Frère Barth était là, lui aussi. D'ordinaire placide, son visage semblait refléter la plus vive contrariété. Cela n'avait rien d'étonnant, car, au beau milieu de la chapelle, se tenait Nicolas Strangefellow, nu comme un ver.

Du moins avait-il dû être nu quelques instants auparavant. Frère Barth lui avait entouré les hanches d'un morceau de tissu qui ménageait à peine sa pudeur, attention que Nicolas ne semblait guère apprécier.

— Je vous ai dit que je ne voulais aucun obstacle entre Dieu et moi, pas même un vêtement, déclara-t-il à l'infortuné moine.

— Blasphémateur ! Suppôt de Satan !

Dans la pénombre de la petite chapelle, seulement éclairée par quelques bougies, Julianna n'avait pas aperçu le troisième homme. Elle se retourna, mais ne vit qu'une ombre plus marquée et menaçante dans l'obscurité.

— Que fait cette catin ici ? poursuivit la voix. Qu'on la chasse d'ici et qu'on fasse fouetter ce fou !

— Mais, monseigneur l'abbé, protesta frère Barth, je suis sûr que tout cela pourrait être démêlé de façon plus sereine, si vous vouliez bien vous donner la peine...

— Il se rit de nous et du Christ ! tonna l'abbé en sortant de l'ombre. Et cette Jézabel est de mèche avec lui !

Julianna chercha en vain des yeux la complice de Nicolas. Étant la seule femme présente, elle comprit alors avec horreur que l'abbé l'accusait de se livrer à la débauche. Cette idée était tellement ridicule qu'elle aurait éclaté de rire si le moment n'avait été si mal choisi.

Nicolas se tourna vers elle et la regarda en penchant la tête de côté, comme un oiseau curieux. Un moineau... ou plutôt un faucon, songea-t-elle, fascinée. Elle se sentit soudain dans la peau d'un petit lapin à la chair tendre.

— Elle n'est pas ma ribaude, souffla-t-il, encore que je ne désespère pas de l'avenir.

Julianna eut un frisson d'horreur. Elle aurait dû s'enfuir aussitôt après avoir ouvert les portes de la chapelle. Elle n'avait aucune raison d'être là, et la seule présence de cet homme pratiquement nu suffisait à l'emplir de honte. Non qu'elle n'eût jamais vu d'homme nu auparavant : en tant que dame du château, elle soignait ses gens malades et, à la campagne, la pudeur n'était pas de mise. En outre, elle avait vu son mari dans le plus simple appareil, plus qu'elle ne l'aurait voulu.

Elle releva la tête et croisa le regard narquois de Nicolas. Sans doute espérait-il la faire rougir, la pousser à s'enfuir. Elle ne bougea pas, trop têtue pour battre en retraite.

— J'ai entendu des cris, dit-elle. J'ai cru que quelqu'un était blessé...

— C'est la preuve d'une âme noble et d'un cœur tendre, murmura Nicolas. J'ai bien peur d'avoir choqué ce jeune moine.

— Vous êtes un monstre, fit l'abbé entre ses dents. Lorsque nous serons au château de Fortham, je vous ferai pendre !

— J'en doute fort, répliqua Nicolas. Le roi Henry tient à moi. Il serait fort courroucé qu'il m'arrive quelque chose.

Sans répondre, l'abbé tourna le dos à Nicolas et se rapprocha de Julianna. C'était un homme d'une extrême maigreur – en dehors d'un ventre proéminent –, dont la peau parcheminée était tendue sur des os noueux. La haine et la colère qu'elle lut dans ses yeux pâles lui donnèrent des frissons.

— Vous tremblez, madame. Sans doute est-ce de honte devant votre péché. Regagnez votre cellule et repentez-vous de ce que vous avez vu et des fantasmes de votre âme pécheresse.

Bien qu'aucun fantasme ne hantât son âme pécheresse, elle jugea préférable de ne pas en informer l'abbé. Si ce fanatique déchaîné et ce fou en tenue d'Adam étaient tout ce que lui réservait l'avenir, plus tôt elle trouverait une place dans un couvent, mieux elle se porterait.

— Vous feriez mieux de partir, intervint frère Barth d'un ton affolé, tout en tenant le linge qui ceignait les hanches du fou. Je vous assure que tout va bien se passer.

— Pourquoi ne pas vous déshabiller, madame, afin de communier avec moi devant Dieu ? fit Nicolas d'un air dévot. Si la paille vous démange, vous pourrez venir sur moi…

— Démon lubrique ! Profanateur de la pureté ! Vous devriez être écorché vif ! fit l'abbé en tremblant de colère.

Nicolas jaugea Julianna du regard.

— Je doute qu'elle soit encore pure, mon père, étant donné qu'elle est veuve, dit-il.

Mais l'abbé avait déjà quitté la chapelle, sans doute en quête de renforts pour l'aider à punir ce fou furieux.

— Dieu merci ! soupira frère Barth. Le père Paulus a tendance à prendre les choses trop à cœur. Lady Julianna, permettez que je vous raccompagne jusqu'à votre chambre.

Comme il s'avançait vers elle, le linge qu'il tenait se mit à glisser. Aussitôt, il revint sur ses pas et recouvrit le fou.

— Je retrouverai seule mon chemin, frère Barth, dit-elle d'un ton faussement serein. Puisque vous n'avez pas besoin de moi ici...

— Moi, j'ai besoin de vous, madame, se plaignit Nicolas, un accent rieur dans la voix.

Elle se força à le regarder tout entier, depuis ses longs pieds nus jusqu'à son torse aux muscles dorés et fermes, en passant par ses jambes velues et le morceau de tissu, dont elle comprit enfin qu'il s'agissait d'une nappe d'autel. Puis, enfin, elle rencontra son regard moqueur.

Il n'avait cherché qu'à la choquer, à les choquer tous. La moindre des choses était de refuser d'entrer dans son jeu.

— Dépêchez-vous de communier avec Dieu avant d'attraper froid, maître Nicolas, déclara-t-elle calmement.

— Et surtout avant que l'abbé ne soit de retour avec des renforts, ajouta précipitamment frère Barth. Ne le sous-estimez pas.

— Je sous-estime rarement mon ennemi, dit Nicolas.

Il porta la main à la nappe d'autel. Julianna crut d'abord qu'il allait la retirer, mais il n'en fit rien : il désirait simplement libérer frère Barth.

— Raccompagnez lady Julianna jusqu'à sa cellule, mon frère. J'ai suffisamment perturbé son sommeil pour ce soir, dit-il.

Frère Barth parut hésiter. Mais Nicolas semblait s'être lassé de son jeu et les contemplait à présent d'un air grave.

Julianna s'en retourna bien volontiers, se tenant bien droite et tâchant d'oublier sa tenue inconvenante. Bien que l'étoffe de sa chemise fût trop épaisse pour permettre aux regards indiscrets d'apercevoir son anatomie, elle se sentait vulnérable. Frère Barth et elle remontèrent le couloir dans un silence gêné.

Parvenue à la porte de sa chambre, elle ne put contenir plus longtemps sa curiosité.

— Frère Barth...

— Oui, madame ?

Comment formuler sa question ? Heureusement, le frère Barth était un homme sage et perspicace.

— Ne craignez rien, madame. Il n'arrivera rien à maître Nicolas. Dieu protège les simples d'esprit.

S'il y avait une chose que maître Nicolas n'était pas, c'était bien un simple d'esprit. Julianna le soupçonnait de ne rien entreprendre qui ne fût entièrement réfléchi.

Ceci dit, voilà qui ne la regardait pas non plus. Une fois au château de Fortham, elle s'appliquerait à éviter de son mieux l'abbé et le fou.

— Si vous appréhendez vos prochaines entrevues avec le père Paulus, reprit frère Barth, laissez-moi vous donner un conseil. Écoutez-le avec modestie, ne lui répondez jamais et suivez ce que vous dictera votre cœur. Vous avez bon fond, madame, cela se voit à l'œil nu. Je devine que le fou est dans le même cas que vous, en dépit des jeux auxquels il aime se livrer. Évitez le père Paulus et tout ira bien pour vous. Je connais notre bon abbé : il va se consacrer au comte et à sa nouvelle épouse. C'est un homme ambitieux, qui ne perd pas son temps avec ceux qui ne possèdent aucun pouvoir.

— Et pour ma part, je n'ai pas l'ombre d'un pouvoir, murmura Julianna. Bonne nuit, frère Barth.

— Ou plutôt bonjour, madame.

Déjà, les premières lueurs de l'aube teintaient le ciel, et un plain-chant résonnait au loin. Le monastère s'éveillait, un nouveau jour se levait – et une nouvelle vie commençait pour elle.

— Bonjour, en effet, dit-elle.

Lorsqu'elle ressortit de sa cellule, quelques heures plus tard, la cour grouillait d'activité. Le sombre abbé était déjà juché sur un solide baudet, frère Barth, l'œil serein, à ses côtés. Sire Richard faisait les cent pas. Quant à maître Nicolas, il avait disparu du paysage. Aucun cheval n'ayant été préparé pour elle, Julianna s'avança, morose, vers la litière.

— Ah, lady Julianna ! fit sire Richard d'un ton bourru. Nous désespérions de vous voir. Père Paulus, permettez-moi de vous présenter lady Julianna de Moncrieff, fille de la comtesse de Fortham. Madame, voici le père Paulus, abbé de Sainte-Hugeline.

Dans la froide lumière du petit matin, l'abbé n'avait pas l'air plus avenant qu'en pleine nuit. Du haut de sa monture, il toisa Julianna de son œil clair et fiévreux.

— Je me réjouis à l'idée de ramener cet agneau égaré dans le droit chemin, déclara-t-il.

Sire Richard lui-même parut surpris.

— Lady Julianna ne s'est en aucune façon égarée, bredouilla-t-il.

— Nous nous fourvoyons tous en nos cœurs, sire Richard, répliqua le moine. Je saurai montrer à lady Julianna le chemin de la Rédemption.

Doux Jésus ! songea Julianna. Il ne manquait plus que cela ! Cependant, comprenant l'avertissement dans le regard de frère Barth, elle se rappela ses conseils et, la tête humblement inclinée, les yeux baissés, murmura :

— Je me réjouis par avance de pouvoir bénéficier de vos sages conseils.

En montant dans la litière, elle jeta furtivement un regard vers l'abbé. Mais celui-ci l'avait déjà oubliée, au profit de sire Richard.

En constatant que la litière était vide, elle éprouva une sensation qui ne pouvait être que du soulagement – et certainement pas de la déception. N'ayant pas réussi à oublier la peau nue et les muscles dorés du fou, elle se félicitait de ne pas avoir à subir la présence de ce dernier au cours du second jour de route.

Elle espérait cependant que le père Paulus n'avait pas tenu parole et fouetté maître Nicolas au point de le rendre incapable de voyager.

Quelques instants plus tard, on ouvrit les rideaux de la litière pour y jeter le fou. Les hommes qui l'avaient amené se retirèrent aussitôt après avoir refermé les rideaux, sans lui laisser le temps de recouvrer l'équilibre, et dans la pénombre de la litière Julianna parvint tout juste à le distinguer.

Maître Nicolas avait été puni par sire Richard ou par quelque autre victime de sa malice : sa bouche insolente était bâillonnée, ses pieds et ses mains retenus par des liens de cuir, et un bandeau cachait ses yeux moqueurs.

Tandis que le cortège s'ébranlait, Julianna examina le fou en silence. Elle voyait son torse se soulever au rythme régulier de sa respiration. Il bougeait à peine, comme si le fait d'être ligoté ne le gênait pas. En tout cas, il n'était plus en position de l'importuner, et elle pourrait terminer le voyage en toute tranquillité.

Pourtant, elle ne parvenait pas à s'en réjouir. Mais l'attitude blasphématoire du fou dans la chapelle ne méritait-elle pas un châtiment ? Si elle n'était pas sûre que la nudité fût un sacrilège, l'abbé, lui, semblait n'avoir aucun doute à ce sujet. Il n'y avait donc pas à discuter. Elle s'installa confortablement sur les coussins et continua à observer son compagnon. À travers les rideaux de la litière, des voix lui parvenaient, étouffées, ainsi que les bruits des chevaux. Il ne lui restait plus qu'à savourer cette paix.

Une heure s'écoula avant qu'elle ne se résolve à s'approcher à quatre pattes du fou. Il ne sursauta même pas lorsqu'elle posa une main sur sa peau fraîche pour dénouer la bande de tissu qui lui cachait les yeux.

Il plissa les yeux, puis haussa un sourcil interrogateur.

— Je devrais vous laisser ainsi, dit-elle. Vous avez eu une conduite proprement scandaleuse dans la chapelle ! Je ne parviens pas à imaginer les raisons qui ont pu vous pousser à agir de la sorte. Estimez-vous heureux que l'abbé n'ait pas réussi à vous faire fouetter, car je suis persuadée que vous le méritiez.

Comme il était dans l'impossibilité de répliquer, elle faillit céder à la tentation de le sermonner plus longuement. Cependant, son éternel souci d'équité l'en empêcha.

— Si je vous détache, vous conduirez-vous convenablement ? demanda-t-elle.

Il la dévisagea sans acquiescer. Aussi se rassit-elle, les mains croisées sur ses genoux, déterminée à faire preuve de fermeté.

D'abord, elle tenta de fredonner les yeux fermés. Puis, pour admirer le paysage, elle entrouvrit le lourd rideau, mais le referma bien vite, la vue étant bouchée par la croupe de la mule que chevauchait le père Paulus.

À l'intérieur de la litière, il ne faisait pas assez clair pour se lancer dans des travaux d'aiguille. En outre, elle ne pouvait ignorer indéfiniment l'homme qui l'observait patiemment.

Elle se rapprocha de lui à genoux, en soupirant lourdement.

— Je ne comprends pas comment vous pouvez être aussi importun même lorsque vous ne dites et ne faites rien, dit-elle. Penchez-vous en avant, que je défasse votre bâillon.

Il obéit, et ses cheveux soyeux tombèrent sur son visage. Le lien était fortement serré, et le dénouer lui prit un certain temps, durant lequel elle resta dangereusement proche de lui. Malgré les étoffes de lin, de soie et de laine qui la recouvraient, elle sentait la chaleur de son souffle sur sa peau. Quand ses mains maladroites et tremblantes vinrent enfin à bout du bâillon, elle se laissa retomber de son côté de la litière et s'aperçut qu'elle avait retenu sa respiration tout au long de l'opération.

Il secoua la tête pour chasser ses longs cheveux de son visage. Elle crut qu'il allait parler, la remercier, mais il n'en fit rien et continua à la regarder. Puis il haussa légèrement les épaules pour attirer son attention sur ses mains encore ligotées.

— Sachez que vous avez le droit de me remercier, fit-elle. Tournez-vous, que je vous délie !

Mais il ne bougea pas. Il est vrai que la litière était exiguë, encombrée de coussins, et que changer de place n'était pas chose aisée. Quand il se fut tourné légèrement vers elle, Julianna fut obligée de s'appuyer contre lui pour atteindre les liens de ses poignets.

Ceux-ci se révélèrent aussi serrés que les précédents. Aussi ne remarqua-t-elle pas tout de suite certains points essentiels : la fermeté de son corps, la souplesse de ses muscles et de ses articulations, son immobilité, son calme et son silence pendant qu'elle s'acharnait sur ses liens. Et les marques rouges qui tachaient le dos de sa chemise.

Enfin, les liens de cuir cédèrent. Déséquilibrée par une secousse de la litière, elle retomba sur lui, mais il la rattrapa. Elle était suffisamment près de lui pour sentir sa chaleur, pour se perdre dans son regard absolument neutre et se demander ce que cela lui ferait de... ce qu'elle éprouverait si...

Soudain, elle vit les taches de sang et se dégagea vivement.

— Que vous ont-ils fait ?

D'abord, elle crut qu'il n'allait pas répondre. Puis un sourire narquois se dessina sur ses lèvres.

— Le père Paulus a tenu à extirper le démon de mon corps à coups de fouet. Il est étonnamment fort pour un homme aussi petit et aussi décharné.

— Peut-être puise-t-il sa force dans ses convictions, fit-elle d'une voix hésitante, en se retournant vers les coussins.

— Peut-être. À moins qu'il n'ait tout simplement un bon entraînement au maniement du fouet... Que cherchez-vous ?

Elle tira des coussins un petit flacon en terre cuite.

— C'est un baume à base de pollen et de canneberge qui fait merveille sur les coupures. Ôtez votre chemise.

— Je ne crois pas, fit-il avec un sourire qui ne parvenait pas à masquer sa souffrance évidente.

— Votre refus ne pouvant être dicté par la pudeur, étant donné que vous en êtes totalement dépourvu, dois-je en conclure que vous n'avez pas confiance en moi ? Ce baume n'est pas un poison, et il aidera vos plaies à guérir plus vite.

— Vous n'avez certes pas l'âme d'une empoisonneuse, madame. Néanmoins, je garde mes vêtements.

Devait-elle s'estimer flattée ou vexée ?

— Peut-on savoir d'où vous vient cette connaissance approfondie de mon âme ? Je puis vous assurer que j'ai assez de courage et de détermination pour… pour…

— Pour assassiner un homme ? Certainement pas, madame. Je ne mets pas en doute votre courage et votre détermination, mais vos tendances meurtrières, si.

— Vous avez raison : après une seule heure avec vous, ces tendances se seraient manifestées, si j'en avais eu.

Il renversa la tête en arrière et se mit à rire, oubliant ses blessures.

— En ce cas, je peux me flatter de vous avoir rendu un grand service, fit-il.

— Un service ?

— Grâce à moi, vous savez désormais que les désirs obscurs que vous cachez au fond de votre cœur n'ont rien qui doive vous inquiéter. Vous avez connu les pires tentations qui soient et, malgré tout, vous n'avez pas de sang sur les mains. Bien sûr, il se peut que vous ayez d'autres désirs non moins obscurs, que je ferai de mon mieux pour découvrir.

— Je n'ai point de désirs obscurs et n'aspire qu'à la paix et au silence ! répliqua-t-elle.

Nicolas se contenta de sourire et l'observa. Il se sentait capable d'aimer une femme comme Julianna de Moncrieff. Mais il fallait dire qu'il se sentait capable d'aimer toutes les femmes et faisait de son mieux pour s'acquitter de cette tâche aussi souvent et aussi bien que possible. Cependant, il devinait en lady Julianna une femme différente des autres.

Mais différente étant parfois synonyme de dangereuse, la sagesse lui commandait de garder ses distances. Il ne voulait pas devenir l'esclave d'une paire d'yeux sombres et d'une bouche tendre.

Néanmoins, il n'était pas homme à fuir devant le danger. Julianna de Moncrieff représentait tout à la fois un défi et une tentation, deux choses auxquelles il ne savait pas résister. Elle serait sa récompense après la réussite de sa mission à Fortham. Il n'oubliait pas pour autant les promesses du roi en cas de succès, mais la tendre et timide chair de cette dame serait le véritable prix qu'il s'accorderait lorsqu'il aurait accompli son traître travail.

Il avait hâte de se mettre à la tâche et se sentait prêt à affronter le comte de Fortham. Le roi Henry se montrait généreux envers ceux qui le servaient bien. Nicolas ne l'avait jamais déçu et n'allait certes pas commencer maintenant.

Il était aussi impatient de se mettre à l'ouvrage que de toucher sa récompense.

4

Isabeau s'écarta de la fenêtre, chassant ses jupes d'un pied nerveux. Malgré son impatience, elle ne pouvait accélérer la marche du temps. Dans quelques heures, sa fille allait lui revenir après dix longues années de silence. Dans quelques heures aussi, elle allait se marier et partager sa couche avec un nouvel homme, perspective qui ne lui déplaisait guère. Contrairement à son précédent époux, Hugh de Fortham n'était pas un homme cruel. Mais durant leurs mois de fiançailles, depuis qu'elle était venue vivre au château de Fortham, il ne l'avait pas même embrassée sur la joue et n'avait pas montré le moindre signe de passion. Rien ne permettait de penser qu'il attendait de ce mariage autre chose que la conception sans délai d'un héritier.

Avant d'apprendre l'arrivée prochaine de Julianna, Isabeau avait longuement songé à l'homme auquel on l'avait promise. Puissant seigneur, Hugh de Fortham avait déjà perdu deux épouses. En pleine force de l'âge, beau, bruyant et plein d'énergie, il lui avait pourtant à peine adressé la parole et semblait ignorer sa présence dans ce château reculé. Le mariage ayant été arrangé par le roi, elle aurait mis l'attitude de son fiancé sur le compte de l'indifférence si elle n'avait appris qu'il avait lui-même demandé sa main au roi. D'autres partis s'offraient pourtant à lui, qui lui garantissaient une descendance plus sûre. Alors, pourquoi l'avoir choisie, elle ?

Elle l'avait déjà rencontré, autrefois, mais il ne s'en souvenait probablement pas. Bien des années auparavant, lorsque Julianna était encore une enfant, elle se rappelait avoir passé en compagnie d'un jeune chevalier quelques instants de douceur dont elle avait longtemps cultivé le souvenir. Il avait fait preuve d'une grande gentillesse alors qu'elle, enceinte, geignait et ne se montrait pas à son avantage. Elle ne croyait décidément pas qu'il s'en souvînt : sinon, il aurait déjà pris ses jambes à son cou.

Parfois, elle l'observait à son insu, bien qu'elle n'eût nul besoin de s'en cacher, en tant que fiancée. Contrairement à son premier époux, petit et menu, Hugh avait un corps massif, des bras vigoureux, de longues et puissantes jambes, et il dépassait tout le monde d'une tête au château. Isabeau aimait son visage aux traits virils et réguliers – même si son regard devenait sombre et distant chaque fois qu'il se posait sur elle –, et à plusieurs reprises elle s'était surprise à rêver de sa bouche...

Elle quitta bien vite des pensées aussi osées. Bien que brutal, son premier mari n'était pas totalement dépourvu de talent au lit. La perspective d'accomplir les mêmes actes avec un homme comme Hugh de Fortham la troublait étrangement. Dans l'acte d'amour, elle avait appris à séparer le plaisir qu'elle éprouvait du dégoût que lui inspirait son premier mari. Or, l'idée de recevoir ce plaisir d'un homme pour qui elle avait conçu de l'affection lui faisait presque peur.

Quoi qu'il en soit, elle saurait bien assez tôt à quoi s'en tenir et, pour l'heure, des préoccupations autrement importantes l'absorbaient : l'arrivée tant attendue de sa fille et la présence fâcheuse du nouveau protégé de Hugh.

Gilbert de Blaith était un charmeur, un beau jeune homme au doux visage à peine sorti de l'enfance, habile à flatter et captiver son entourage. Même son fiancé bourru semblait s'être entiché de lui. Pourtant, Isabeau se méfiait du jeune homme.

De nature silencieuse et discrète, elle avait eu tout loisir de l'observer. Elle avait vu la froideur de son regard, senti la glace sous ses sourires suaves. Elle avait beau se dire que la perfidie qu'elle devinait en lui n'était que le fruit de son imagination, chaque fois qu'elle le voyait, à table ou dans la cour, un sixième sens lui enjoignait aussitôt de se tenir sur ses gardes.

Il avait l'âge qu'aurait pu avoir l'un des nombreux enfants mort-nés qu'elle avait mis au monde. Elle aurait dû avoir pour lui les yeux attendris d'une mère. Mais son instinct était plus fort que tout.

Elle retourna à sa tapisserie et piqua l'aiguille d'un geste vigoureux mais prudent. Elle comptait faire présent de cet ouvrage – un petit panneau représentant l'un des chiens favoris de Hugh – à son époux pour Noël. Il semblait en effet vouer toute son affection à ces créatures au poil soyeux, et elle espérait ainsi lui faire plaisir. Une épouse ne devait-elle pas chercher à plaire à son mari par tous les moyens ?

Comme ses mains tremblaient, elle les posa sur ses genoux. Il lui devenait décidément impossible de se concentrer.

Lord Hugh parcourait les remparts de son château à longues enjambées nerveuses. Gilbert faisait de son mieux pour le suivre, tout en restant silencieux, comme toujours, ce dont Hugh lui savait particulièrement gré en ce jour capital. Il n'était pas disposé à bavarder, et son nouveau protégé semblait particulièrement habile à deviner les humeurs de son maître.

Au loin, il vit le cortège approcher lentement. Son grand-père avait fait preuve de sagesse en choisissant ce site pour le château de Fortham : non seulement on y jouissait d'une vue plongeante sur les environs, mais l'arrière du château reposait sur une falaise qui se précipitait dans la mer. Personne ne pouvait se glisser jusqu'au pied des remparts sans alerter au moins la moitié de la garnison. Certes, en ce moment, la paix régnait, mais mieux valait rester prudent.

Le cortège semblait composé d'une vingtaine d'hommes à cheval et d'une litière attelée qui ne pouvait transporter que sa future belle-fille. Ce qui le ramena à un autre sujet de préoccupation : sa nouvelle épouse.

Il devait être fou pour avoir contracté un tel mariage. Isabeau était sans le sou, relativement âgée et stérile. Ce mariage ne lui apportait donc rien, pas même les faveurs du roi, et il aurait pu s'en dispenser. Ses gens, qui s'étonnaient de cette union, ne savaient pas tout : c'était lui-même, Hugh, qui était à l'origine de ce mariage.

Depuis qu'il avait vu Isabeau pour la première fois, quinze ans auparavant, il ne l'avait jamais oubliée. Sa fille à ses côtés, elle avait alors le ventre gonflé par l'une de ses innombrables et inutiles grossesses, le visage pâle, l'air effrayé, mais dès que Hugh avait croisé ses grands yeux bruns, il avait senti son cœur bondir.

Était-ce de l'affection ? Du désir ? Un de ses stupides accès de compassion ? Peu importait. Ils n'avaient échangé que quelques mots, et pourtant il avait rêvé d'elle pendant des semaines. En regardant la femme que son père avait choisie pour lui, il avait parfois cru voir le pâle visage d'Isabeau.

Sa première femme étant morte au bout d'un an de mariage, emportée par la fièvre paludéenne, il avait épousé en secondes noces une plantureuse et féconde créature qui aimait la bonne chère. Mais ce nouveau mariage n'avait pas duré beaucoup plus longtemps que le premier : alors qu'elle était enceinte, sa femme était tombée d'un cheval fougueux qu'il lui avait interdit de monter, et cette chute lui avait été fatale.

Depuis, il était resté veuf. Pendant dix ans, il avait ignoré son devoir de chrétien, vécu seulement en compagnie de ses hommes et profité des plaisirs faciles que lui procuraient ses servantes.

Mais tout avait changé le jour où il avait appris la mort du mari d'Isabeau.

Peut-être était-elle devenue horriblement grasse, grincheuse, vieille avant l'âge : peu lui importait. Il rêvait encore d'elle. Le château de Fortham avait besoin d'une maîtresse et lui d'une femme. Par deux fois, il s'était marié par devoir et dans le but de concevoir un héritier; par deux fois, il s'était retrouvé prématurément veuf et sans fils.

Cette fois, il voulait choisir lui-même son épouse.

Il se considérait comme un homme robuste, sans peur, capable d'affronter sans broncher une armée entière, implacable au combat, féroce dans la bataille, sans hésitation face au danger. En un mot, le courage était son deuxième nom.

Pourtant, l'idée d'adresser la parole à Isabeau de Peckham le terrorisait.

Trois mois auparavant, en la regardant arriver, il s'était préparé à la traiter avec l'affection et la tendresse dues à son âge et à son infirmité, s'attendant à recevoir une femme partiellement diminuée, souffreteuse, mais d'une douceur infinie.

Aussi sa surprise avait-elle été grande lorsqu'il s'était retrouvé en sa présence, si grande qu'il en avait perdu l'usage de la parole.

Elle semblait plus jeune que quinze ans auparavant. Âgée d'une trentaine d'années et sa cadette de cinq ans, il n'aurait jamais imaginé qu'elle fût encore aussi belle.

Sous sa couronne de cheveux blonds, son visage formait un ovale parfait. Elle posait sur lui un regard sage et perspicace, à la fois inquiet et plein d'espoir. Ses gestes étaient d'une grâce exquise, et son corps gracile, maintenant qu'il n'était plus déformé par la grossesse, avait des courbes charmantes. Lorsqu'elle lui avait présenté ses compliments et qu'il avait entendu sa voix chaude et mélodieuse, qui l'avait hanté des années durant, il avait soudain mesuré l'étendue de son erreur.

Isabeau était le parangon des rêves de tout jeune homme. Mais il n'était plus un jeune homme, et il ne pouvait pas se permettre de se laisser distraire par des rêves puérils.

Depuis qu'elle s'était installée au château, il lui avait à peine adressé la parole. Selon toute vraisemblance, elle ne se souvenait pas de leur première rencontre, qui n'avait probablement rien signifié pour elle, aussi n'y avait-il fait aucune allusion. Bien qu'il eût d'ores et déjà le droit de la glisser dans son lit, il préférait s'en abstenir. Après avoir dûment porté le deuil de sa première femme, pleuré la mort stupide de sa deuxième épouse et de l'enfant qui n'avait pas vu le jour, il avait trop peur de perdre la femme de ses rêves.

— Monseigneur... dit soudain Gilbert d'une voix hésitante.

Quoique encore un peu jeune pour ces jeux, Gilbert avait déjà les faveurs des femmes. Il ferait également un bon guerrier, sans doute, bien qu'il eût tendance à se servir plus volontiers de son cerveau que de ses muscles.

— Je sais, mon garçon : nous devrions descendre afin d'accueillir nos nouveaux hôtes et l'envoyé du roi. Sire Richard est un brave homme et un vieil ami, mais je doute d'apprécier tout ce qu'il a à m'annoncer.

— C'est aussi le roi qui m'a envoyé à vous, monseigneur. Avez-vous eu à vous plaindre de moi ?

Hugh posa une main rassurante sur l'épaule du jeune homme.

— Non. Tu es un bon garçon, et je suis sûr que, quels que soient les nouvelles ou les cadeaux que sire Richard nous apporte, ils seront les bienvenus.

Ils trouvèrent lady Isabeau dans la cour. Elle attendait déjà les nouveaux arrivants. Malgré son visage calme, Hugh devina son anxiété. Il aurait aimé passer un bras autour de sa frêle silhouette et la serrer contre lui pour la rassurer. Mais il n'en fit rien et se contenta de la saluer d'un signe de tête. Elle sembla d'ailleurs à peine remarquer sa présence. Debout près d'elle, il attendit que sire Richard descende de cheval et s'approche.

— Je me réjouis de vous revoir, sire Richard. Voilà trop d'années que je n'ai eu ce plaisir.

— Je crains que votre plaisir ne s'évanouisse, mon ami, lorsque vous aurez vu ce que j'apporte, lui glissa sire Richard.

Puis il s'inclina devant Isabeau et lui baisa la main à la mode normande.

Isabeau, quant à elle, eut toutes les difficultés du monde à lui faire une réponse polie.

— Vous amenez ma fille? demanda-t-elle avec empressement. Comment va-t-elle?

— Elle va bien, répondit sire Richard.

Mais Isabeau se précipitait déjà vers la litière. Elle se raidit en voyant les rideaux s'écarter, laissant passer une jeune femme.

Hugh observa la nouvelle venue. Un peu plus grande que sa mère, Julianna de Moncrieff avait de longs cheveux blonds tressés et portait des vêtements sobres trop amples pour son corps mince. Loin d'avoir la beauté de sa mère, elle était néanmoins assez jolie.

Comme les deux femmes se regardaient, figées, Hugh, en homme simple et impatient, s'approcha d'Isabeau, prit sa main glacée dans la sienne et sourit à Julianna.

— Bienvenue à Fortham, ma fille, dit-il.

Julianna se tourna vers lui.

— Votre fille?

— Votre mère va devenir ma femme, ce qui fait de vous ma fille, répondit-il d'une voix forte.

Il aurait voulu paraître moins tonitruant et moins imposant près de la délicate créature qu'il avait si étourdiment choisie pour femme. Cependant, pour la première fois, Isabeau leva les yeux vers lui avec un sourire plein de gratitude.

— Bienvenue, Julianna. Tu m'as manqué, dit-elle.

Une brève et presque imperceptible émotion passa sur le visage de Julianna, puis se dissipa. Après avoir présenté ses compliments à sa mère, avec tout le respect qui lui était dû, elle se tut.

Parfait, songea Hugh en réprimant une grimace. Il se retrouvait donc en compagnie de deux femmes avec les nerfs à fleur de peau.

— Dieu ait pitié de cette fille ingrate! s'écria soudain une voix masculine.

Hugh sentit son moral diminuer un peu plus en apercevant celui qui s'approchait: l'abbé de Sainte-Hugeline, venu superviser ses noces et nourrir de ses conseils le bien-être spirituel de sa maisonnée. Encore une faveur empoisonnée que lui faisait le roi. En voyant les yeux translucides et fiévreux du religieux, sa bouche mince et sévère, Hugh se crut devant un membre de l'Inquisition.

— Mille pardons pour ne pas vous avoir accueilli comme il se doit, père Paulus, déclara-t-il avec empressement. Bienvenue à Fortham.

— Votre maisonnée a grand besoin des lumières de la foi, tonna l'abbé. J'espère seulement ne pas arriver trop tard.

Les choses allaient de mal en pis. Isabeau et sa fille se regardaient bizarrement, le père Paulus menaçait d'anéantir la vie paisible qu'il menait au château, et sire Richard semblait observer le tout avec une joie impie. Seul Gilbert gardait l'air sombre.

Hugh soupira.

— Rentrons et préparons-nous pour le festin, dit-il avec un entrain forcé. Ce n'est pas seulement un mariage que nous devons fêter, mais aussi les retrouvailles d'une famille.

La grimace de Julianna ne lui échappa pas. Le pâle visage de l'abbé se fit encore plus menaçant. Quant à Isabeau, elle paraissait plus malheureuse que jamais. L'air malicieux, sire Richard rejoignit Hugh et lui chuchota :

— Hugh, il y a encore une surprise : le cadeau de mariage envoyé par le roi.

— Quelque chose me dit qu'il ne va pas me plaire.

— Il amusera votre épouse et votre belle-fille, assura sire Richard avec un gloussement.

— Elles semblent pourtant difficiles à dérider.

C'est alors qu'il entendit l'exaspérant tintement des grelots. Un pied apparut entre les rideaux de la litière, puis une jambe de couleur vive, suivi d'une seconde jambe d'une couleur différente. Hugh sentit son sang se glacer dans ses veines.

— Ne me dites pas… bredouilla-t-il.

— Si, vous avez deviné, fit sire Richard, aux anges. Vous voici l'heureux détenteur du fou du roi, et ce jusqu'à Noël, date à laquelle le roi viendra le chercher et en profitera pour bénir votre mariage.

— Seigneur ! murmura Hugh.

Aussitôt, l'abbé au regard perçant se retourna. Hugh reprit précipitamment :

— Seigneur, bénis ces voyageurs venus séjourner en notre humble demeure.

— Amen, dit pieusement Gilbert.

— Amen, fit sire Richard, goguenard.

— Amen, répéta le fou en sautant à terre avec aisance.

Hugh l'observa d'un œil méfiant. Cet homme était particulièrement grand pour un fou, dégingandé, avec une tignasse dorée et des traits incroyablement mobiles. Ses vêtements, choisis en dépit du bon sens, étaient dépareillés, déchirés et tachés. Quant aux petits grelots d'argent qui bordaient ses manches, ils n'allaient pas tarder à le rendre fou.

— Votre grandeur ! lui lança le bouffon en le repérant parmi l'assemblée. Seigneur de votre fief, suzerain des terres de l'ouest, prince de magnificence…

— Comte de Fortham, corrigea Hugh.

— Je suis votre humble serviteur.

Et, devant l'assistance ébahie, le fou se replia sur lui-même et roula jusqu'aux pieds du comte, où il se redressa d'un bond.

Lady Julianna laissa échapper un petit cri. L'abbé eut l'air mal à l'aise. Le fou, lui, regarda Hugh bien en face et se présenta :

— Maître Nicolas Strangefellow, pour vous servir, monseigneur. Venu amuser et charmer, illuminer les soirées sombres et assombrir les beaux jours.

— Je déteste les bouffons, fit Hugh entre ses dents.

Nicolas sourit de plus belle.

— Sachez que je n'ai jamais reculé devant le moindre défi :

Charmer un seigneur, combler une dame,
C'est de ma vie tout l'ouvrage.
Le voir réjoui, la voir dans mon lit,
Je ne veux point d'autres gages.

L'abbé eut un sifflement outré, tandis que sire Richard pouffait de rire.

— Je déteste aussi les vers, reprit Hugh. Même grivois.

— En outre, je devrais mieux tenir ma langue devant une assemblée féminine, ajouta Nicolas.

— Il n'y a pratiquement que des hommes ici, corrigea Hugh. Des soldats, pour la plupart.

— Certes, mais, si vous n'avez pas la quantité, du moins avez-vous la qualité. Personnellement, j'aurais bien du mal à faire mon choix entre la mère et la fille.

— On ne vous demande pas de faire votre choix, bouffon ! intervint sire Richard. Hugh, n'hésitez pas à l'enchaîner dans sa chambre. Même si le roi vous l'a envoyé, rien ne vous oblige à subir sa présence.

— Je crains que Henry ne soit fâché d'apprendre que j'enchaîne son jouet favori, fit Hugh en considérant le fou.

Cet homme était de sa race sans en être. Il était grand et maigre, et une femme, sans doute, aurait trouvé son visage beau. Il sonderait son épouse sur ce sujet, quand il aurait rassemblé assez de courage pour lui adresser la parole. Dans les étranges yeux dorés de maître Nicolas brillait une indiscutable intelligence, mais aussi quelque chose de rusé et de sauvage. Le fou de Henry n'était pas un bouffon comme les autres, et Hugh se demandait s'il devait s'en inquiéter ou en être soulagé.

— Nous avons un mariage à fêter, reprit-il d'une voix assurée. Et une cour à divertir. Madame, veuillez vous occuper de vos invités et, ce soir, nous coucherons ensemble comme il se doit.

Il s'en voulut aussitôt de sa maladresse. Il n'avait pas cherché à être aussi cru. Isabeau rougit, se détourna, et il la vit poser une main tremblante sur le bras de sa fille. L'idée de coucher avec lui l'effrayait donc ? Quel gros lourdaud il faisait !

— Je désire vous entendre en confession, mon fils, déclara le père Paulus. Ainsi que tous les habitants du château. Le mariage ne sera pas célébré tant que tous, petits et grands, ne se seront pas purifiés de leurs péchés.

— Que celui qui n'a jamais péché leur jette la première pierre ! susurra Nicolas. Quant à moi, je compte bien me soustraire à la confession. Après tout, je suis sans péché, n'étant qu'un pauvre fou.

L'abbé se mit à gronder, sire Richard à secouer la tête. Quant à lady Julianna de Moncrieff, elle regarda longuement le fou d'un air songeur, avant d'éclater de rire.

5

Cette chambre qu'on lui avait allouée était plus spacieuse qu'il n'aurait pu l'espérer, songea le fou en pénétrant dans ses nouveaux appartements d'un pas prudent. Très éloignés de ceux des châtelains, les siens étaient situés au bas d'une des cinq tours du château et, pour autant qu'il pût en juger, il n'y avait rien d'autre que des caves en dessous de lui et rien du tout au-dessus. De toute évidence, lady Isabeau, qui, n'ayant pas été prévenue de son arrivée, n'avait pu préparer des appartements décents pour lui, tenait impeccablement sa nouvelle demeure.

Certes, il n'allait pas se plaindre de bénéficier d'une vaste chambre et d'un lit pour lui tout seul – même si, d'ordinaire, il trouvait toujours un moyen de se procurer ce luxe : il savait se rendre si insupportable que ses victimes étaient prêtes à tout pour se débarrasser de lui. Cependant, pour une fois, il n'aurait pas à se donner cette peine.

Compte tenu des souffrances qu'il endurait, c'était aussi bien ainsi. Il alla droit au lit, où il se laissa tomber sur le ventre en gémissant.

Sa triple roulade avait achevé la besogne commencée par la main experte de l'abbé. Sans doute son dos s'était-il mis à saigner et, s'il ne retirait pas tout de suite sa chemise, celle-ci allait finir par coller aux plaies et rendre la cicatrisation encore plus difficile. Tôt ou tard, Bogo finirait par découvrir les quartiers de son maître et le rejoindrait muni d'un baume, d'une chemise propre et de nourriture. En attendant, il patienterait.

Depuis le plus jeune âge, entre autres talents, il avait acquis celui de mépriser la douleur. Les yeux fermés, il se mit à humer l'odeur des draps propres. Il devait impérativement se refaire une santé avant le lendemain, car il n'était pas question de donner au père Paulus le plaisir de le voir souffrir. Hugh de Fortham l'avait sommairement congédié et, sa présence n'étant pas requise avant le lendemain, pour le début des festivités, il avait largement le temps de reprendre des forces. Personne ne devait le voir broncher ; il ne pouvait pas se permettre de paraître vulnérable dans la situation précaire qui était la sienne.

Ce voyage en litière avait été interminable, et même la présence de lady Julianna n'avait pas suffi à le distraire. Il avait fait tout son possible pour ignorer la douleur, mais n'avait pas eu la force de continuer à taquiner l'exquise et timide veuve.

Déjà, il faisait nuit. La faim le tenaillait, la douleur l'empêchait de bouger. Que diable faisait Bogo ?

S'était-il écoulé plusieurs heures ? Il avait perdu la notion du temps quand il entendit quelqu'un à sa porte. On l'avait enfermé à clé, insigne honneur dont il devait sans doute remercier sire Richard ainsi que ce cher père Paulus. Mais, quand on avait l'imagination de maître Nicolas, les façons de se venger ne manquaient pas. Tout en rêvant à des représailles, il tendit l'oreille.

— Maître Nicolas ?

C'était Bogo, qui paraissait fort contrit.

— Ils vous ont enfermé, poursuivit le valet.

— Je sais. Va trouver lady Isabeau et essaie de te faire prêter une clé.

— Vous souffrez ?

La réponse de Nicolas, aussi succincte que blasphématoire, fit rire Bogo, ce qui ne fut pas pour embellir l'humeur de son maître.

— Je reviens dès que possible, dit Bogo en s'éclipsant.

Sans cesser de maudire l'abbé et sa poigne du diable, Nicolas se résolut à patienter encore. Il avait entièrement confiance en Bogo, qu'il savait capable de s'acquitter de n'importe quelle mission avec habileté et célérité. Son valet saurait s'arranger pour que personne ne se doute que son maître était blessé. Cette précaution impliquerait peut-être, hélas, une attente supplémentaire, mais Nicolas était prêt à souffrir: il avait de l'entraînement.

Il faisait presque complètement noir dans la chambre lorsqu'il entendit un tintement de clés. Il ne changea pas pour autant de position. Son dos n'était plus que plaies, et il n'avait aucune raison de le cacher à Bogo, qui connaissait presque tous ses secrets.

— Il était temps, marmonna-t-il quand la lumière d'une bougie s'avança dans la pièce. Tu ne pouvais pas inventer un mensonge qui te prenne moins de temps? J'ai tellement mal que j'en ai la nausée. J'espère que tu m'as aussi apporté de la bière.

— Je n'invente jamais de mensonge, fit une voix féminine.

Il aurait dû le deviner. Mais, dans l'état où il était, il n'avait pas perçu la légèreté de son pas, ni son subtil et délicieux parfum de cannelle.

Il voulut s'asseoir, mais la douleur fut telle qu'il se laissa retomber sur le lit en gémissant.

— Que faites-vous ici? fit-il d'une voix rude.

— Votre valet cherchait ma mère, mais celle-ci était occupée avec son nouveau mari, répondit-elle sèchement. Votre serviteur m'a certifié que je n'avais aucune raison de m'inquiéter, mais comme vous avez eu l'idée saugrenue de vous rouler jusqu'aux pieds de mon... de lord Hugh, j'en ai déduit que votre dos devait vous faire souffrir. Cette fois, vous ne pouvez refuser que je vous soigne.

Il se retourna pour la regarder. Le chandelier l'entourait d'un halo de lumière, et en dépit de la fraîcheur de l'air il sentit une mince couche de sueur se former sur sa peau. Il avait beau souffrir comme un damné, il n'était pas question qu'elle pose ses douces et blanches mains sur lui.

— Envoyez-moi Bogo, dit-il.

— Impossible. Il n'a pas pu se soustraire à l'abbé, qui l'entend en confession.

— Dans ce cas, je me demande qui est le plus à plaindre, de l'abbé ou de Bogo ! fit Nicolas en éclatant de rire.

— Je ne crois pas que le père Paulus mérite qu'on le plaigne après ce qu'il vous a infligé.

— Retournez-vous-en, madame. J'attendrai Bogo, dit Nicolas en lui tournant le dos.

— Cette chemise est en lambeaux, poursuivit Julianna sans l'écouter. Je ne puis l'enlever tout de suite : vos blessures se remettraient à saigner. Ne bougez pas, je vais y appliquer des linges mouillés pour décoller l'étoffe.

— Partez...

— Taisez-vous.

Pour une fois, Nicolas n'eut pas la force de répliquer. Au premier linge mouillé qu'elle posa sur son dos, il ressentit une douleur atroce et s'arc-bouta en jurant entre ses dents. Puis il se laissa retomber sur le lit et oublia la douleur, la douceur des mains de Julianna sur son dos, son odeur de cannelle et le doux bruit qu'elle faisait en respirant.

Il dut s'assoupir un instant, si incroyable que cela paraisse – car il ne dormait jamais en présence d'une femme. Mais Julianna de Moncrieff n'était pas une femme ordinaire, et Nicolas, quant à lui, n'était plus tout à fait lui-même, tant son dos le faisait souffrir. Ne sentant plus ni les mains de sa compagne ni les linges mouillés sur son dos, il se retourna pour la regarder. Penchée au-dessus de lui, dans ses vêtements sombres, elle tenait à la main une dague à l'allure menaçante.

— Auriez-vous l'intention de m'émasculer, madame ? Ou seulement de me poignarder en plein cœur ?

— Si je devais vous couper quelque chose, ce serait plutôt la langue, fit-elle d'un ton acerbe.

— Voilà qui serait une erreur de taille, ma chère. Vous n'avez pas encore goûté aux délices de ma langue et ne connaissez que ses mauvais côtés. Ma langue agile, sans dire un mot, pourrait vous procurer des plaisirs étonnants.

— Je ne sais pas de quoi vous voulez parler et préfère continuer à l'ignorer. Il s'agit sans aucun doute de quelque gaillardise.

— Le fait est que des idées gaillardes me viennent chaque fois que je vous regarde, madame.

Elle eut une expression qui le laissa perplexe. Apparemment, elle ne s'estimait pas capable d'éveiller le désir. Pourquoi donc ?

— Je vais découper votre chemise, reprit-elle. Si vous n'en avez pas d'autre, je demanderai à lady Isabeau de vous en faire donner une.

— J'ai suffisamment de vêtements pour sacrifier une chemise. Vous pourrez garder celle-ci comme trophée galant.

— Vous feriez mieux de vous tenir tranquille, maître Nicolas, j'ai un couteau pointé sur votre dos, fit-elle entre ses dents.

— J'ai confiance en vous, madame.

Il s'attendait qu'elle déchire sa chemise sans ménagement, mais elle mania la dague avec douceur et délicatesse, décolla les lambeaux de tissu avec précaution et découvrit son dos. En l'entendant retenir son souffle, il comprit que le père Paulus avait mis tout son cœur à le châtier.

L'air frais de la nuit apaisait et piquait tout à la fois sa chair meurtrie.

— Avez-vous l'intention de prier pour ma guérison ou avez-vous apporté des bandages ?

— Les prières ne peuvent plus rien pour vous, dit-elle d'une voix un peu tremblante. Je vais appliquer un baume sur vos plaies. Cela risque de vous faire mal.

— Tout est douleur, dit-il en serrant les dents.

Ce fut pire qu'il ne le craignait – le plaisir, pas la douleur, bien entendu. Elle étala l'onguent sur sa peau d'une main légère comme une plume. Comme elle se penchait sur lui, concentrée sur sa tâche, il sentit une de ses nattes épaisses caresser son bras, son souffle chaud frôler son dos. Au creux du matelas, son sexe se réveilla. Les yeux fermés, un sourire impie aux lèvres, il songea à la façon dont il la remercierait, le moment venu.

La bouche fermée, elle fredonnait une petite chanson, comme une incantation destinée à tenir un fou à distance respectueuse. Sans doute ne se rendait-elle même pas compte qu'elle chantait. Il eut envie de se retourner sur le dos et de l'attirer contre lui, mais il ne bougea pas.

— Comment se passent les joyeuses retrouvailles avec votre mère ? demanda-t-il.

Elle se tut brusquement. Ses mains s'immobilisèrent, et il sentit qu'elle se raidissait.

— Cela ne vous regarde pas, me semble-t-il.

— Ayez pitié, madame : je souffre le martyre et cherche désespérément à me distraire de la douleur.

C'était un mensonge, car le baume et la douceur de ses mains faisaient merveille.

— Dans ce cas, songez à vos péchés, répliqua-t-elle.

— Je préférerais imaginer les vôtres.

— Je n'en commets point ! rétorqua-t-elle sans réfléchir.

Il se retourna au moment où elle se penchait de nouveau sur son dos.

— Une sainte parmi nous ? fit-il. Comment ai-je pu ne pas m'en apercevoir ? Mille pardons. Je vois que même le péché de fausse modestie vous est étranger.

— J'ai parlé trop vite, dit-elle. Nul n'est sans péché. Cependant, les miens sont bien trop ordinaires pour vous intéresser, et je ne les partage qu'avec mon confesseur.

— L'abbé me semble homme à se passionner même pour les péchés les plus véniels.

Puis, gémissant pour simuler la douleur, il ajouta :

— Soyez bonne, madame, distrayez-moi : contez-moi vos péchés, et je vous conterai les miens.

— Non, merci.

— Je commencerai donc. Je suis fou, dit-on. Mais n'est-ce pas le propre de tous les bouffons ? Il ne s'agit donc pas d'un péché, encore que le père Paulus prétendrait sans doute que c'est là ma punition pour mes péchés passés.

— Je ne pense pas…

Elle s'interrompit juste au moment où les choses devenaient intéressantes. Mais il n'était pas homme à abandonner si facilement.

— Vous ne pensez pas quoi, madame ? Que je sois fou ? Croyez-vous qu'un homme sain d'esprit parlerait en vers, s'affublerait de guenilles dépareillées, ferait le pitre et s'adresserait aussi mal à son seigneur et maître ? Croyez-vous qu'un homme sain d'esprit préférerait un moyen de transport lent et malcommode à une bonne monture ? Croyez-vous qu'un homme sain d'esprit roulerait sur son dos alors qu'il vient d'être fouetté par un prieur fanatique ?

— Pourquoi pas, s'il a de bonnes raisons.

Nicolas se tut un instant, vaguement décontenancé.

— Peut-être, admit-il. Voyons quels sont mes autres péchés. Je suis avide et glouton ; j'aime le vin, la bière, la bonne chère et les filles faciles. Je suis luxurieux, grossier, paresseux et d'une ardente lâcheté. Je dors pendant l'office, mens à confesse et trousse toutes les dames qui me plaisent, qu'elles soient catins, nonnes ou même saintes.

Il roula sur le côté et la fixa dans la pénombre éclairée par la bougie.

— Et je fais la sourde oreille quand on me dit non, ajouta-t-il.

Immobile, assise près de lui sur le grand lit, les mains sagement posées sur ses genoux, lady Julianna ouvrait de grands yeux méfiants.

— Dans ce cas, vous ressemblez plus que vous ne le croyez aux hommes, vos semblables, dit-elle. Le viol, le vol et le pillage…

— Je n'ai encore jamais commis de viol, fit-il en guettant sa réaction. Pourquoi prendre une place par la force quand il existe mille façons passionnantes d'en faire tomber les remparts et de pénétrer dans ses appartements les mieux gardés ? Quant au vol et au pillage, je suis bien trop paresseux pour m'y livrer. De plus, ils impliquent de posséder un cheval.

— Vous ne montez pas ?

— Jamais. Je hais ces énormes et vicieuses créatures qui vous marchent sur les pieds et vous bavent dessus. Je préfère voyager en litière. Du reste, avouez que vous avez été ravie d'être obligée de me tenir compagnie.

— Vous êtes fou. J'en ai maintenant la preuve.

Il s'allongea sur le dos et la regarda dans les yeux.

— Peut-être êtes-vous réellement une sainte, madame, car mon dos est miraculeusement guéri.

— Vous êtes loin d'être guéri et vous ne devriez pas vous coucher sur vos plaies.

— Parfait, car j'avais l'intention d'être sur vous pour la première fois. Nous pourrons nous montrer plus inventifs par la suite.

Le rouge lui monta assez joliment aux joues, ce qui ne laissa pas de le surprendre. N'était-elle pas veuve ? N'avait-elle pas été mariée durant près de dix ans à un vieillard réputé encore vert ? D'après ce qu'il avait appris, elle gouvernait efficacement ses gens et, bien qu'elle n'ait pas réussi à donner un héritier à son mari, elle devait le satisfaire dans tous les autres domaines, sinon il se serait passé d'elle.

Julianna tenta de s'éloigner, mais il la retint par le poignet – sans aucune brutalité, car la souffrance d'autrui ne lui procurait pas de plaisir. Il voulait simplement l'empêcher de s'enfuir. Sa force, que peu de gens soupçonnaient, lui permettait de la retenir sans peine près de lui.

D'abord, elle se débattit et le repoussa de sa main libre. Allait-elle se servir aussi de ses pieds ? Si tel était le cas, elle serait obligée de poser ses jambes sur le lit, et il l'y garderait jusqu'à ce qu'il en ait fini avec elle. Jusqu'à ce qu'elle ronronne de plaisir.

Mais, comme prise d'un sursaut de dignité, elle cessa brusquement de se défendre.

— Je vous prie de me laisser partir, dit-elle d'une voix faussement calme qui ne le trompa pas un instant.

— Je n'en ai pas envie. Sainte Julianna, faites plaisir au pauvre fou : un chaste baiser de vous guérira mes blessures et me montrera le péché dans lequel je vis.

— Je n'avais pas compris que vous n'ayez en tête qu'un chaste baiser.

Cherchait-elle seulement à se faire prier ? Mais, soudain, il perçut une authentique panique au fond de ses beaux yeux bruns, et il la relâcha.

En un clin d'œil, elle bondit sur ses pieds et s'éloigna du lit. Sans doute se croyait-elle hors de danger, ce en quoi elle se trompait. Nicolas, lui, était momentanément refroidi. De quoi avait-elle peur ? Peut-être de lui. À moins que ce ne fût des hommes en général.

Sainte Julianna trouvait sans doute l'acte d'amour répugnant. Était-il possible qu'elle doute de son pouvoir de séduction ? Si oui, elle avait dû être bien mal traitée par son mari.

Il allait donc falloir la séduire avec précaution. Mais n'était-il pas capable des subtilités les plus rouées ? Il la coucherait sur le dos et la ferait pleurer de plaisir avant même qu'elle ait compris ce qui lui arrivait.

Lady Julianna était une place à prendre par la douceur et non par la force.

— Si je vous ai effrayée, madame, n'y voyez pas un manque de respect, fit-il avec un sourire. Je ne suis qu'un pauvre fou qui ne sait pas l'art de parler aux gentes dames.

— Vous êtes au contraire plus intelligent que de raison, répliqua-t-elle.

Voilà ce qui lui plaisait en elle : cette faculté qu'elle avait de le percer à jour, qui était à la fois un danger et un enchantement.

— Le courroux de ma mie me blesse jusqu'à l'âme,
Au chagrin son ire me condamne.
Le cœur meurtri, au silence réduit,
Je n'en suis pas moins homme, tout fou que je suis.

À l'air qu'elle prit, il se félicita qu'aucun objet n'encombrât sa chambre au décor spartiate : elle le lui aurait probablement jeté à la figure.

— Il est évident que j'ai commis une erreur en me portant à votre secours, dit-elle.

— Madame, porter secours aux malheureux est un devoir sacré. Voyez-y une pénitence pour les péchés que vous n'avez pas commis.

Elle n'avait pas encore franchi la porte, ce qui était plutôt bon signe.

— À vrai dire, il se pourrait que je commette quelque péché, fit-elle d'un air songeur.

— Par pitié, madame, commettez-le sur ma personne!

Il s'était redressé sur ses coudes, prêt à endurer la douleur si c'était le prix à payer pour saisir sa chance.

Elle eut un sourire éblouissant, troublant de douceur.

— Je n'y manquerai pas, seigneur bouffon, répondit-elle d'une voix rauque.

Puis elle revint vers lui en balançant ses hanches sensuelles, un sourire prometteur aux lèvres. Il tendit les bras vers elle, au mépris de ses blessures.

D'un gracieux pas de côté, elle l'esquiva, s'empara de la bassine qui contenait l'eau et les linges qui lui avaient servi à le soigner et en vida le contenu sur sa tête.

Elle avait déjà quitté la pièce quand il explosa de rage. Lorsqu'il parvint à la porte, elle disparaissait déjà dans la pénombre du couloir. Il lui sembla percevoir un bruit étouffé – son rire?

Il se débarrassa des lambeaux trempés de sa chemise et secoua ses cheveux mouillés: il venait de faire rire la triste Julianna, et cela valait bien un arrosage.

Il la ferait rire encore, chasserait la tristesse et la peur de son regard brun et lui apprendrait à aimer son propre corps, long et sensuel. Il lui ferait l'amour, souvent et de belle façon.

Puis il s'enfuirait, emportant avec lui le calice de sainte Hugeline et la sainteté de lady Julianna.

6

Julianna cessa brusquement de rire quand elle découvrit ses appartements : ils étaient composés de deux pièces, qu'elle s'était attendue à partager avec d'autres femmes, comme c'était la coutume dans la plupart des maisons où l'on était nombreux. À vrai dire, sa chambre de châtelaine était une des multiples choses de sa vie à Moncrieff qu'elle regrettait. Les compagnes de chambrée ronflaient parfois, quand elles n'étaient pas hostiles à l'idée de se laver ou encore infestées de parasites.

Pourtant, elle aurait préféré partager sa chambre avec une douzaine de souillons couvertes de poux plutôt qu'avec la femme qui se tenait près de la cheminée. Lady Isabeau leva les yeux vers sa fille, le visage serein et neutre, son ouvrage posé sur ses genoux.

— Madame, à quoi dois-je l'honneur de votre visite ? dit froidement Julianna.

Visiblement, sa mère comptait rester avec elle cette nuit. Mais, dès le lendemain, Isabeau serait mariée et partagerait son lit avec cet homme imposant et intimidant qui l'avait appelée sa fille.

— Cette chambre est la mienne, Julianna. Je voulais rester près de toi, du moins cette nuit.

En se retournant, Julianna aperçut dans l'embrasure de la porte plusieurs servantes, sans doute mues par la curiosité, et leur ferma la porte au nez.

— Très bien, fit-elle d'un ton neutre.

— L'abbé t'a réclamée, poursuivit Isabeau, que la froideur de sa fille ne semblait pas décourager. Je crois qu'il veut nous entendre en confession avant de célébrer le mariage.

— Je n'ai rien à confesser.

— N'aurais-tu pas oublié de respecter l'un des dix commandements ?

— « Tu honoreras ton père et ta mère » ? Vous ai-je manqué de respect, madame ? Ou bien de courtoisie ?

Julianna tentait de maîtriser le tremblement de sa voix. Elle ne voulait pas aborder ce sujet, ni même y penser. Épuisée par cet interminable et inconfortable voyage en litière, étrangement troublée par sa rencontre avec maître Nicolas, elle n'avait aucune envie d'analyser ses péchés en compagnie de l'âpre abbé, ni de se quereller avec sa mère.

En effet, Isabeau ressemblait beaucoup plus à la mère qu'elle eût rêvé d'avoir qu'au monstre que lui avaient dépeint les miroirs déformants de sa mémoire. Cette femme jolie et menue assise près du feu ne faisait pas son âge, et sa douce voix n'avait pas changé depuis l'époque où elle lui chantait des berceuses ou lui murmurait des paroles réconfortantes. De ces mêmes mains petites et délicates, elle avait caressé les cheveux de Julianna les jours de chagrin. Ses grands yeux bruns s'étaient emplis de larmes la dernière fois qu'elles s'étaient vues, lorsque son père l'avait emmenée, malgré ses cris, vers sa nouvelle demeure.

Curieusement, jusqu'à ce jour, elle avait oublié que sa mère avait pleuré. Et, si cette mère n'était pas la femme sans cœur de ses souvenirs, alors où était la vérité ?

— Tu es une fille respectueuse, répondit gentiment Isabeau. Cependant, tu ne m'as jamais pardonné, n'est-ce pas ? Tu pensais que je pouvais tout empêcher.

— Je pensais que vous auriez au moins pu essayer.

— Mon ange…

La voix d'Isabeau se cassa. Soudain, on frappa vigoureusement à la porte. Julianna se précipita pour ouvrir, trop heureuse de cette diversion qui lui permettait d'échapper à cette pénible conversation.

Elle reconnut en l'homme basané qui se tenait sur le seuil le valet de maître Nicolas.

— Le père Paulus vous réclame, mesdames. Je dois vous conduire à lui avant de pouvoir rejoindre mon maître, dit le domestique d'un air contrarié.

— Ton maître va bien, Bogo. Il vient juste de s'offrir un bain frais.

Alors qu'elle croyait le plonger dans la perplexité, le visage ingrat de Bogo s'illumina aussitôt d'un grand sourire.

— Tant mieux, madame. Quoi que vous lui ayez fait, vous auriez dû le faire depuis longtemps, si vous voulez mon avis. Vous allez lui être salutaire.

— Salutaire ! Mais je ne veux rien avoir à faire avec lui !

Puis elle ajouta précipitamment, avant qu'Isabeau ne puisse poser quelque question embarrassante :

— Nous saurons bien retrouver l'abbé. Va t'occuper de maître Nicolas.

— J'ai l'impression que vous vous êtes déjà occupée de lui, gloussa Bogo.

Puis il changea de ton pour s'adresser à Isabeau :

— Avez-vous besoin de mon aide, lady Isabeau ?

Cette dernière lui sourit, de ce sourire qui charmait les hommes. Autrefois, Julianna aurait donné n'importe quoi pour avoir le fascinant sourire de sa mère, son pouvoir de rendre les hommes esclaves d'un mot, d'un regard. Puis elle s'était dit qu'elle ne désirait aucun esclave, mâle ou autre, et n'aspirait qu'à la solitude.

— Ne t'inquiète pas pour nous, Bogo, répondit Isabeau. Le père Paulus doit probablement entendre les confessions dans la grande chapelle. Je la connais bien, pour y avoir passé de longues heures à méditer entre ses murs hospitaliers.

— À méditer sur vos péchés ? s'étonna Julianna.

Aussitôt, elle se détesta d'être aussi mesquine et de savoir aussi mal tenir sa langue.

Isabeau tourna vers elle son sourire serein.

— Contrairement à toi, ma chère fille, je suis loin de n'avoir rien à me reprocher.

Puis elle se leva et posa son ouvrage sur son siège.

— Pouvons-nous y aller ? Plus tôt nous confesserons nos péchés, plus tôt nous recevrons l'absolution. D'ailleurs, en ce qui te concerne, cela ne devrait guère prendre de temps.

Julianna se mordit la lèvre. En se montrant si douce, Isabeau lui donnait l'impression de réagir en enfant gâtée qui aurait demandé la lune. Pourtant, elle n'avait demandé que sa mère.

— En effet, répondit-elle.

Tandis qu'elle suivait la mince silhouette de sa mère le long des sombres couloirs du château, elle ne put s'empêcher d'envier son aisance gracieuse. Pour penser à autre chose, elle tenta de s'intéresser au décor de forteresse qui l'entourait, dépourvu de la moindre touche féminine, à la fraîcheur automnale qui enveloppait les pierres, au bruit étouffé des pas de sa mère. Le trajet pour rejoindre la chapelle lui sembla interminable, et elle arriva en bâillant.

L'abbé les attendait, l'air impatient, un rictus crispé sur les lèvres.

— Filles d'Ève, prosternez-vous pour écouter votre châtiment !

— Mais, mon père, protesta Isabeau, nous ne nous sommes pas encore confessées.

— N'ayez pas l'audace de me donner des ordres, madame ! Le Seigneur m'a parlé, Il m'a envoyé en ce lieu de péché, et je ne tolérerai nulle désobéissance. Si vous aspirez au pardon de vos innombrables fautes, prosternez-vous sans tarder, que tous ceux qui viennent ici puissent vous voir !

Sous le regard horrifié de Julianna, sa mère s'agenouilla, puis se coucha sur le sol dans l'attitude du pénitent. Le père Paulus tourna alors son œil inquisiteur vers Julianna.

— Prosternez-vous, madame, ou je demanderai à des serviteurs de vous y obliger.

Bien qu'elle doutât qu'il aille jusque-là, elle préféra ne pas prendre de risque et se prosterna sur la pierre glacée, face contre terre, près de sa mère.

— Reconnaissez votre malignité, votre peu de mérite, votre lubricité, tous les noirs péchés que vous avez commis en acte ou en pensée ! tonna la voix du père Paulus au-dessus d'elles.

Julianna n'avait pas l'intention de confesser quelque acte ou pensée lubrique que ce soit, surtout depuis que cette notion lui donnait des frissons qui ne devaient rien au froid de la chapelle. Il y avait bien un brasero, mais on ne l'avait pas allumé. De toute évidence, le père Paulus était partisan des mortifications de la chair. Ignorant le froid glacial, elle garda obstinément le silence.

— Filles de Satan, vous êtes venues ici-bas pour soumettre les hommes à la tentation, pour les éloigner du chemin de la vertu, pour les tourmenter et les anéantir. Sachez qu'insensible à vos ruses démoniaques, je protégerai de vous ceux qui se rangeront à mes côtés. Je saurai leur montrer le droit chemin et vous détourner de l'idolâtrie et de la luxure.

Julianna, malgré elle, protesta faiblement, tandis qu'Isabeau restait calme et silencieuse.

— Le monde est un lieu de péché, et la femme, cet instrument du démon envoyé en ce monde pour flétrir la fleur du bien, est la cause du péché. Les seuls espoirs de salut résident dans la chasteté, l'humilité et le silence.

Julianna s'agita sur les dalles froides. Si la chasteté ne lui posait pas de problème, l'humilité était plus difficile à atteindre, et le silence devenait impossible à respecter.

— Ma mère se marie demain, père Paulus. Comment pourrait-elle faire vœu de chasteté ? L'Église n'a-t-elle point instauré le mariage en vue de la procréation ?

— Silence ! rugit l'abbé. Votre mère et vous-même vous êtes montrées incapables d'enfanter, vous rendant ainsi sans valeur aux yeux du Seigneur. N'ayez pas le front de me chapitrer sur la doctrine de l'Église et d'ajouter ainsi l'hérésie à vos crimes ! Le châtiment des hérétiques est le bûcher, et je ne reculerai pas devant mon devoir.

Julianna découvrit instantanément les vertus du silence. La détermination du père Paulus ne pouvait être mise en doute : quand on n'hésitait pas à infliger à maître Nicolas le châtiment dont son large dos portait la trace, on n'avait pas de scrupules à envoyer un hérétique au bûcher.

Un bref instant, elle se laissa distraire par le souvenir du dos du fou. Oubliant les plaies sanguinolentes, les cicatrices qui trahissaient d'anciennes blessures, elle en revit les contours et la musculature, puis le regard de son propriétaire posé sur elle, un regard dérangeant... Elle secoua légèrement la tête pour revenir à la réalité.

— Ne secoue pas la tête, créature de noirceur et de péché ! vociféra le prieur. Bien qu'elle se soit fourvoyée, ta mère connaît son devoir en ce monde, encore qu'elle t'aurait sûrement fait le plus grand bien en t'administrant de bonnes et régulières séances de fouet. Quel malheur qu'on t'ait envoyée tourmenter un innocent époux au lieu de t'avoir gardée sous la houlette éclairée d'un père !

Julianna se mordit la langue. Il faisait un tel froid qu'elle commençait à trembler et n'allait pas tarder à confesser tout ce qu'on lui demanderait - hérésie, sorcellerie, luxure - pourvu qu'on lui permette d'aller se chauffer au coin d'un bon feu. Décidément, elle n'était pas faite pour une vie de martyre.

— Je te vois trembler et sais que tu crains pour le salut de ton âme, continua l'abbé. Mais sache qu'il n'est pas trop tard. Lady Isabeau, votre mariage devra rester chaste jusqu'à ce que je déclare le moment venu pour la sainte procréation. Sous aucun prétexte vous ne devrez soumettre votre mari à la tentation ni succomber à ses bas instincts, au risque de mettre en péril le salut de votre âme. M'avez-vous bien compris ?

— Oui, mon père, fit Isabeau d'une voix à peine audible.

— Quant à vous, lady Julianna, vous porterez des couleurs ternes, dissimulerez vos cheveux, garderez le silence et n'accomplirez que de saintes tâches ; vous ne lèverez les yeux sur aucun homme et passerez chaque jour cinq heures à genoux. Nous extirperons le mal de votre chair ou nous la brûlerons.

Au point où elle en était, Julianna aurait dit amen à n'importe quoi.

— Oui, mon père.

— Père tout-puissant, reprit l'abbé d'une voix tonitruante, comme s'il s'adressait à des sourds, ces créatures pécheresses et dévergondées ont entendu Ta parole...

Il poursuivit ainsi un bon moment. Julianna ferma les yeux et s'efforça d'ignorer son discours exalté. Il était clair que l'abbé était un fou, qui plus est un fou dangereux. S'il voyait en elle une dévergondée, il aurait sans doute trouvé à la sainte mère de Dieu elle-même le visage d'une pécheresse. Julianna se savait exempte de tout péché de luxure, comme sa mère l'était probablement aussi.

Cependant, il était sans doute plus sage de garder le silence et de lui laisser croire qu'il venait de l'arracher à une vie de débauche. S'il avait su qu'elle avait justement décidé de ne plus jamais avoir à se soumettre à cette torture !

Sans qu'elle sût pourquoi, le dos de Nicolas s'imposa de nouveau à ses pensées. Il bénéficiait d'un grand lit apparemment plus confortable que celui qu'elle allait partager avec sa mère cette nuit – si le père Paulus la laissait jamais se relever. C'était une bonne chose que Nicolas puisse jouir de ce confort, étant donné ses blessures.

Sans doute Bogo veillerait-il au confort de son maître. Peut-être irait-il jusqu'à lui procurer une accorte servante pour adoucir son malheur. Son expérience limitée dans les choses de l'amour poussait Julianna à penser que tous les hommes sans exception ont de l'appétit pour les femmes, qu'ils soient bien portants ou blessés, sages ou fous.

Elle secoua de nouveau la tête. Il ne fallait plus songer à Nicolas. Avec un peu de chance, elle ne le reverrait plus de sa vie. Le père Paulus semblait penser qu'elle ferait mieux de se retirer du monde, sans plus jamais voir personne, ce qui lui convenait parfaitement.

Elle n'aurait su dire durant combien de temps le prieur harangua un dieu visiblement un peu sourd à ses paroles. Des heures, lui sembla-t-il. Lorsqu'il parut penser que le Tout-Puissant s'était enfin plié à sa volonté, il se redressa, et ses os craquèrent.

— Allez et ne péchez plus, déclara-t-il brusquement.

Il fallut un moment à Julianna pour comprendre qu'il était sorti, les laissant seules dans la chapelle.

Elle se releva précipitamment, en dépit de ses membres endoloris. Voyant que sa mère l'imitait, plus lentement, elle eut un moment d'hésitation, puis lui tendit la main pour l'aider.

D'abord, lady Isabeau ne dit rien. Une lueur intriguée brillait au fond de ses yeux bruns, si semblables à ceux que Julianna voyait quand elle contemplait son propre reflet. Enfin, sa mère posa sa douce main menue dans la sienne.

— Je crains que mon mari ne soit mécontent de l'abbé, dit-elle.

Une part du ressentiment de Julianna s'était envolée. Peut-être le simple fait d'avoir passé ces quelques instants désagréables aux côtés de sa mère avait-il suffi à l'apaiser.

— Dans ce cas, il s'en débarrassera, et nous ne nous en porterons que mieux, répondit-elle.

— C'est impossible, hélas. L'abbé de Sainte-Hugeline a été envoyé ici par le roi, et l'on ne désobéit pas impunément au roi. Il va rester ici, tout comme le fou.

Julianna soupira. Elle ne savait lequel des deux la dérangeait le plus.

Trois heures plus tard, allongée près de sa mère endormie, elle contemplait les ombres qui dansaient sur les murs recouverts de tapisseries. Tout au long du chemin qui les avait ramenées de la chapelle, elles n'avaient échangé que quelques mots. Une fois dans la chambre, les servantes étaient venues les déshabiller et leur brosser les cheveux, tout en bavardant gaiement à propos du mariage, du charme viril de Hugh de Fortham et des beaux enfants qu'il ne manquerait pas d'engendrer.

Après les avoir écoutées babiller sans rien dire, Isabeau s'était couchée. Dans sa longue chemise, avec ses cheveux blonds tressés pour la nuit, elle ressemblait à une enfant et paraissait plus jeune que sa propre fille. Quand Julianna s'était couchée à son tour, Isabeau dormait déjà, et les servantes bavardes s'étaient installées pour la nuit sur des paillasses devant la porte.

Bien éveillée, Julianna écoutait à présent la respiration régulière de sa mère, les ronflements des servantes, le vent qui fouettait le socle rocheux du château.

Elle aurait voulu croire que les douces collines de Moncrieff et ses gens lui manquaient. Mais, en réalité, elle ne regrettait qu'Agnès et ses enfants. Moncrieff avait toujours appartenu à son mari, et, même si ses gens l'avaient aimée, elle avait toujours su qu'elle n'était pas l'une d'eux.

Ici non plus, elle n'était pas chez elle. Quant à sa maison natale, elle n'existait plus depuis longtemps. Trois solutions s'offraient donc à elle. Soit elle restait auprès de sa mère, à sa charge, et elle vieillirait en se sentant inutile. Soit elle se remariait – bien qu'elle doutât que quiconque veuille l'épouser, étant donné son inaptitude à enfanter. Soit elle demandait à lord Hugh ou à sa mère de payer son entrée dans un couvent, où elle apprendrait le silence et l'obéissance et où nul homme ne la toucherait plus jamais.

Elle pouvait aussi s'enfuir, faire un paquet de ses maigres affaires, des quelques bijoux qui lui appartenaient, puis disparaître par une belle nuit d'automne. Elle pourrait rejoindre des gens du voyage ou, mieux encore, repartir avec les comédiens qui viendraient à Noël, et personne ne la retrouverait jamais.

Quelle idée troublante! Se déguiser, s'affubler de masques, de grelots, voyager à travers la campagne...

Soudain, elle s'aperçut avec effroi que cette description ne correspondait que trop à un certain personnage: Nicolas Strangefellow devait avoir vécu ainsi jusqu'au jour où il avait retenu l'attention du roi et troqué cette existence contre une autre, plus confortable.

Trop fatiguée pour lutter contre ces pensées, elle ferma les yeux alors que l'aube grandissait déjà derrière les volets. À l'insu de tous, elle pouvait échafauder les rêves les plus farfelus...

Bien sûr, Nicolas ayant horreur des chevaux, ils voyageraient à pied. Les enfants marcheraient aussi, sauf les plus petits. Elle en porterait un dans ses bras, Nicolas un autre sur son dos. Ils chanteraient à tue-tête dans les forêts désertes et danseraient pour gagner leur pain. L'hiver venu, ils se feraient loger par quelque riche seigneur, en Espagne ou en Normandie. Ils ne parleraient qu'en vers et en chansons et ne manqueraient jamais de rien.

Il l'embrasserait doucement. Quant à ce qu'il lui ferait pour lui donner des enfants, elle ne voulait pas y penser, sachant au fond d'elle-même qu'elle n'en aurait jamais. Mais, si elle évitait de regarder la réalité en face, elle pouvait pour un instant devenir mère et sourire dans les bras de Nicolas.

Ce rêve était bien entendu complètement absurde. Pourtant, il la berça comme les chansons d'une mère, et elle s'endormit enfin à l'heure où la maisonnée s'éveillait.

Dans son sommeil, elle embrassait un fou.

7

Le lendemain, jour du mariage, lorsque Julianna se réveilla dans le petit matin frais, encore fatiguée après une nuit agitée, elle se découvrit seule dans la chambre. Un jour blafard jetait ses rayons à travers les planches disjointes des volets encore fermés. Toujours allongée et immobile, elle songea distraitement qu'un château devrait être pourvu de volets plus hermétiques, pour protéger ses habitants de la lumière et du vent. Puis, peu à peu, ses devoirs de maîtresse de maison lui revinrent en mémoire.

Or, elle n'avait plus de maison à gouverner, n'était plus l'épouse de personne, et, si elle désirait que les volets l'isolent mieux, elle n'avait plus qu'à glisser des lambeaux de tissu dans les interstices des planches ou attendre que sa mère remarque leur mauvais état. Autrefois, Isabeau se montrait toujours diligente dans les affaires domestiques. Cependant, dix ans avaient passé, et peut-être la mémoire de Julianna la trahissait-elle.

Pour être honnête, elle doutait aussi du jugement qu'elle avait porté sur sa mère. Durant dix ans, elle en avait voulu à Isabeau de ne pas l'avoir protégée, de ne pas l'avoir suffisamment aimée pour la soustraire à cet horrible mariage. Mais, à présent, elle commençait à se dire qu'Isabeau, loin d'être indifférente au sort de sa fille, s'était peut-être tout simplement retrouvée dans l'impossibilité de contrarier les desseins de son entêté de mari.

Qu'elle le voulût ou non, elle ne pouvait pas écarter cette hypothèse: Isabeau de Peckham n'était sans doute pas la mère cruelle qu'elle s'était imaginée. En tout état de cause, elle lui devait le respect. Peut-être même irait-elle jusqu'à lui témoigner un peu d'amitié le jour de son mariage.

Elle quitta le lit pour aller pousser les volets, qui s'ouvrirent sur un ciel bas. En dessous d'elle, la cour du château grouillait d'activité. Le nouvel époux d'Isabeau bousculait tout le monde et semblait de fort méchante humeur. Quant à Isabeau, Julianna ne l'aperçut nulle part. Peut-être était-elle en train de prier dans la chapelle pour son mariage imminent. Quoiqu'elle n'en ait pas parlé, elle remerciait probablement le Ciel que l'abbé ait interdit la consommation de cette union. Pour sa part, Julianna se serait volontiers résolue à se remarier si elle avait pu bénéficier à coup sûr d'une telle clause.

Cependant, c'était là une chose absurde. Le mariage avait été instauré pour transmettre des biens et procréer, et à sa connaissance il n'existait aucun autre moyen de concevoir des enfants. Dépourvue de tout bien et d'aptitude à la procréation, elle pouvait s'estimer hors de danger. En réalité, elle n'était qu'un poids mort pour le monde.

Mais, à la réflexion, Isabeau se trouvait dans le même cas qu'elle. Elle ne possédait rien non plus : après la mort de son premier époux, le roi s'était aussitôt emparé des biens de ce dernier, en échange d'une dot décente. Julianna redoutait que le souverain ne prenne le même genre de dispositions à son égard.

Sans attendre les servantes de sa mère, elle s'habilla, tressa ses cheveux et les recouvrit d'un voile, tout en remerciant le Ciel de ne posséder que des vêtements ordinaires et modestes. Rien ne devait attirer l'attention sur la fille veuve de la mariée. Au moins le père Paulus n'aurait-il pas à se plaindre d'elle – même si elle se voyait mal passer cinq heures agenouillée, à se repentir de péchés dont elle n'avait pas la moindre idée.

Sa presbytie, qui la handicapait dans les travaux d'aiguille, lui permit en revanche de reconnaître sans peine les personnes présentes dans la cour. Bogo, le valet de Nicolas, se glissait le long d'un mur. Quant aux hommes de lord Hugh, ils s'entraînaient au combat, même en ce jour de fête.

Soudain, son regard fut attiré par la haute et étonnamment gracieuse silhouette du fou du roi, vêtu de vêtements disparates et de couleurs vives. Il se déplaçait avec aisance à travers la foule, comme si son dos n'avait pas été couvert de plaies. Elle crut presque entendre tinter les grelots qui bordaient l'une de ses manches. Mais comment un son aussi aigrelet aurait-il pu lui parvenir au milieu des cris des chevaliers et du bruit fracassant des épées qui s'entrechoquaient ?

Comme elle le regardait se joindre à un groupe d'hommes, il s'immobilisa brusquement, se retourna et leva les yeux vers sa fenêtre, comme s'il avait deviné qu'elle était en train de l'observer.

Certes, il avait peut-être regardé dans cette direction sans chercher à voir quelque chose de particulier, songea-t-elle en s'écartant légèrement de la croisée. Cette tour comportait de nombreuses fenêtres, et peu de gens possédaient une aussi bonne vision de loin qu'elle-même. Et même s'il avait aperçu quelqu'un à la fenêtre, il ne pouvait l'avoir reconnue, encore moins avoir la certitude qu'elle le regardait, lui, entre toutes les personnes présentes dans la cour. Elle n'avait donc aucune raison de s'inquiéter.

De nouveau, elle se pencha pour voir au-dehors. Il regardait toujours dans sa direction et, avec un sourire moqueur, lui envoya un baiser.

Julianna recula en trébuchant sur ses jupes. Bon, il avait vu une femme l'observer. Et alors ? Il était impossible qu'il l'ait reconnue. Et, si c'était malgré tout le cas, elle pourrait toujours lui dire qu'elle désirait simplement s'assurer que son état s'était amélioré depuis qu'elle lui avait prodigué des soins et que...

Elle se laissa tomber près de la cheminée et posa ses mains glacées sur son visage en feu. Que lui arrivait-il donc ? Cet homme était-il non seulement un bouffon, mais aussi un magicien ? Certains fous, disait-on, avaient des pouvoirs particuliers, celui de guérir, entre autres. Maître Nicolas connaissait-il les sciences occultes ? Il devait bien y avoir une explication aux étranges réactions qu'il éveillait en elle.

Elle n'avait certes jamais rencontré de bouffon auparavant. Peut-être ces êtres avaient-ils la faculté de charmer leur prochain : n'était-ce pas en cela que résidait leur pouvoir ? Mais, quel que fût ce pouvoir, il lui déplaisait. Plus tôt maître Nicolas rejoindrait le roi, mieux elle se porterait. À moins, bien sûr, qu'elle n'ait la chance de quitter le château la première.

Comme lady Julianna ne réapparaissait pas à sa fenêtre, Nicolas haussa les épaules et s'éloigna en sifflotant nonchalamment. Grâce à cette dame farouche aux grands yeux apeurés, son exil se révélait beaucoup plus divertissant qu'il ne l'avait craint. Déjà prompt à guérir d'ordinaire, il se sentait étonnamment en forme ce jour-là, malgré la gravité des blessures qu'avait infligées l'excellent abbé de Sainte-Hugeline à son dos de pauvre mortel. Cette guérison rapide, il la devait à lady Julianna, et il avait bien l'intention de s'acquitter de sa dette avant de s'en retourner auprès du roi.

Or, mener à bien la mission que le roi Henry lui avait confiée était devenu une priorité absolue : il n'avait pas passé vingt-quatre heures ici que sa vie habituelle lui manquait déjà. Il savait exactement ce qu'il voulait et n'entendait pas perdre son temps dans une petite place forte perdue au milieu de nulle part.

Passer encore des années à obéir au doigt et à l'œil à un souverain capricieux ne faisait pas non plus partie de ses projets. Après cette mission, il allait enfin pouvoir réclamer sa récompense pour ses années de bons et loyaux services auprès du roi Henry et recouvrer la liberté.

Bien peu de gens pouvaient se dire libres : le roi lui-même avait des obligations et des comptes à rendre. Cependant, Nicolas se targuait d'être plus malin que le roi et ne doutait pas de réaliser ses projets, d'autant qu'il n'avait que de modestes ambitions.

Le roi Henry voulait le calice sacré ? Nicolas allait le lui rapporter, avec l'aide des complices que le souverain avait probablement déjà envoyés à Fortham. Certes, il ne disposait que d'un temps limité, le roi n'étant pas réputé pour sa patience, mais il comptait bien réussir. Et pour cela, il allait se servir de Julianna de Moncrieff.

Au début, il avait songé à séduire lady Isabeau. Son plan était simple : il était clair que lord Hugh tenait à elle comme à la prunelle de ses yeux. Trahi par son épouse adorée, il aurait perdu la raison et serait devenu une proie facile pour le roi Henry. En outre, ce plan n'aurait pas exigé trop d'efforts de la part de Nicolas, Isabeau étant belle, vulnérable et à peine plus âgée que lui. Il aurait même pu s'amuser follement.

Cependant, au cours des longues heures de la nuit précédente, un bien meilleur plan lui était venu à l'esprit. Éloigner une dame des bras virils de son nouvel époux n'était pas une tâche impossible, mais séduire la fille bien-aimée et veuve depuis peu de cette même dame aurait pour effet de perturber cette dernière, ce qui rejaillirait sur son mari. Et, outre qu'il prisait la galanterie, comme n'importe quel homme, Nicolas avait particulièrement envie d'aller fourrer son nez sous les ternes jupons de Julianna de Moncrieff.

Peu importait que cette dernière ne sache rien des atouts et des faiblesses de la forteresse et qu'elle ignore jusqu'à l'existence du saint calice. Étant d'un naturel curieux, elle se laisserait souffler l'idée de mener l'enquête sans même s'apercevoir qu'elle était manipulée. Pour découvrir les points faibles du château, Nicolas pouvait compter sur Bogo, tandis qu'il se concentrerait pour sa part sur les nobles habitants de la place. L'être humain et ses émotions étaient pour lui les plus intéressants des champs de bataille.

Comme son dos l'élançait, il redressa la tête, se refusant à faire la grimace. Aux servantes qui l'observaient près du puits, il adressa un salut exagéré, en faisant tinter ses grelots d'argent. Elles se mirent à rire et à chuchoter. Aussitôt, il repéra la plus appétissante d'entre elles, une plantureuse et avenante créature dont la bouche semblait connaître le sens du mot plaisir. Si séduire Julianna prenait trop de temps, il pourrait toujours se rassasier auprès de celle-là.

Une femme d'âge moyen chuchota quelque chose à l'oreille de l'attirante servante. Probablement la mettait-elle en garde contre le risque qu'il y avait à concevoir un enfant avec un fou, à moins qu'elle ne lui explique que les fous avaient la réputation d'être dotés d'un membre difforme qui procurait aux femmes plus de douleur que de plaisir. Heureusement, la jeune femme, balayant d'un geste ces avertissements, gratifia Nicolas d'un clin d'œil.

Au diable Julianna ! songea-t-il en s'approchant de la belle. Mais il fut arrêté dans son élan par Bogo, qui lui saisit le bras.

— Pas le temps pour ça, fit-il. Vous ne devinerez jamais qui est là.

— J'ai toujours le temps pour ces choses-là, répliqua Nicolas.

— Cette fois, vous devrez patienter. Gilbert de Blaith n'attend pas, lui.

— Henry nous a envoyé Gilbert ? Comme c'est intéressant... Lord Hugh a-t-il la moindre idée du serpent qu'il abrite sous son toit ?

— Apparemment, il est très attaché à ce garçon. Il le traite comme un fils. Cela fait un moment que Gilbert est arrivé, et il a trouvé sa place au château.

— Il sait si bien s'y prendre ! Je me demande pourquoi le roi Henry a jugé nécessaire de nous faire venir, nous aussi. Le jeune Gilbert n'a pas son pareil dans le maniement de la dague, et, si c'est un assassinat que Henry prépare, il n'a aucun besoin de mes talents.

— Qui sait ce qui se passe dans la tête d'un roi ?

— En effet. Gilbert t'a-t-il vu ?

— Je ne crois pas. Mais il sait que nous sommes arrivés : on ne parle que de vous ici. Ils n'ont jamais vu d'idiot auparavant.

Nicolas esquissa un sourire.

— Permets-moi d'en douter : la vraie rareté, ce sont les gens qui ne sont pas idiots, au contraire.

— Je n'aime pas non plus ce père Paulus, reprit Bogo. Il y a quelque chose qui sonne faux chez lui.

— Je mentirais en disant qu'il m'inspire une grande sympathie. N'hésite pas à lui trancher la gorge lorsque nous aurons terminé notre mission. Je suis sûr que ce saint homme y verra une bénédiction du Ciel, puisque cela lui permettra de monter plus vite au paradis.

— Je doute fort qu'il aille au paradis. Par ailleurs, je réserve ma dague à d'autres usages. Je préfère laisser ce travail à des gens comme Gilbert, qui adorent tuer.

— Tu m'ôtes les mots de la bouche. Il est vrai que ce garçon a le meurtre dans le sang, bien que je n'aie jamais réussi à savoir s'il tuait pour le sport ou pour l'argent. Nous pourrions lui suggérer que l'abbé est digne de ses coups... Mais, en attendant, je crois que je devrais me mettre à sa recherche et découvrir les raisons de sa venue ici.

— Soyez prudent. Vous n'êtes pas censés vous connaître: le roi a fait croire au comte que Gilbert était un orphelin issu d'une grande famille du Northumberland.

Habitué depuis longtemps à maîtriser ses émotions, Nicolas ne cilla pas. Mais, en son for intérieur, il maudit Henry, ce tyran pervers, qui n'avait inventé ce mensonge que pour lui rappeler l'étendue de son pouvoir.

— Le Northumberland ? Comme c'est curieux ! Je présume que la grande famille en question est celle des Derwent. Cela ne te rappelle rien ? Et pourquoi Gilbert est-il venu d'aussi loin se mettre sous la protection du comte de Fortham ?

— Sa famille a succombé à la peste, et le roi Henry a confisqué ses biens jusqu'à ce que Gilbert en soit digne. C'est du moins ce qu'il prétend.

— Je n'aurais jamais cru que le Northumberland intéressait le roi Henry.

Nicolas secoua la tête et regarda autour de lui. Les servantes bavardes étaient retournées dans les cuisines, les chevaliers s'étaient dispersés, et un vent violent s'était levé, agitant ses grelots qui émettaient un bruit irritant.

— Comme je vous le disais, qui sait ce qui se passe dans la tête d'un roi ? reprit Bogo. Peut-être fait-il confiance au jeune Gilbert.

— Peut-être, répéta Nicolas. Quoi qu'il en soit, cela ne nous regarde pas. Il veut le saint calice, et je le lui apporterai, avec ou sans l'aide de Gilbert.

— Je suppose qu'il est juste là pour trancher quelques gorges afin de vous faciliter la tâche. N'est-ce pas ce qu'il sait faire le mieux ? Quel dommage ce serait, cependant, qu'il s'en prenne aux dames ! Celle qui a voyagé avec nous est un beau morceau, vous ne trouvez pas ? On dirait qu'elle n'a pas encore beaucoup profité de la vie. Ce serait vraiment regrettable qu'elle doive la quitter prématurément.

— Bogo, n'essaie pas de te montrer subtil, cela ne te sied pas. Si Gilbert pose seulement la main sur elle, je la lui couperai.

— Je ne m'avancerais pas autant, si j'étais vous.

— Je ne douterais pas ainsi de mon maître, si j'étais toi, répliqua Nicolas. Je possède des talents et connais des secrets que tu ne soupçonnes même pas.

Bogo eut un sourire narquois.

— Après toutes ces années, cela m'étonnerait, mon maître.

Puis il désigna le donjon et ajouta :

— On doit vous attendre dans la grande salle. Je crois que lord Hugh a hâte d'être marié et de pouvoir consommer sa nouvelle union. On dit qu'il est sur des charbons ardents depuis que sa promise est arrivée ici.

— Pourquoi a-t-il attendu ? Les fiançailles valent bien un mariage, comme chacun sait.

— Peut-être a-t-il préféré y aller doucement avec elle, lui donner le temps de s'habituer à lui.

— Cacherait-il une âme sensible sous sa carapace de guerrier ? Intéressant. Voilà qui pourrait se révéler utile par la suite.

— N'en doutez pas : lady Isabeau est son talon d'Achille.

— Alors, nous nous servirons de lady Isabeau.

— Vous voulez que Gilbert l'élimine ?

Nicolas hésita un instant.

— Bien que je ne me croie pas sentimental, j'ai une sainte horreur de la violence. En outre, ce serait un beau gâchis. Lorsque Henry aura récupéré la relique sacrée, Hugh aura besoin d'être distrait, et qui mieux qu'une douce et jolie épouse saura lui faire oublier la perte du calice ? En revanche, un homme assoiffé de vengeance représenterait un véritable danger. À propos de danger, où est le père Paulus ?

— Dans la grande salle. Où nous devrions nous trouver nous-mêmes.

— Eh bien, dépêchons-nous d'y aller.

Il avait hâte de regarder le père Paulus au fond des yeux en exécutant une roulade devant lui. Le prieur n'aurait pas dû le fouetter. Il ne savait pas jusqu'à quel point un fou pouvait se montrer vicieux lorsqu'on le chatouillait. Nicolas avait depuis longtemps compris que le meilleur moyen de se débarrasser de quelqu'un n'était pas de lui couper la gorge. La raillerie et le ridicule étaient des armes bien plus sûres.

Mais il avait encore plus hâte de retrouver la fille de la mariée, ses grands yeux bruns et son élégante et envoûtante silhouette qu'il devinait sous ses vêtements sans charme. Heureusement qu'elle pouvait jouer un rôle dans son plan, sinon elle aurait constitué une dangereuse distraction. Alors qu'il n'avait rêvé d'aucune femme depuis des années, Julianna de Moncrieff avait dansé dans ses songes la nuit précédente en costume d'Ève. La réalité s'approcherait-elle un tant soit peu de son rêve de chair parfumée ? Il était impatient de le découvrir.

— Vous ici, fou ! fit sire Richard en se précipitant à sa rencontre.

Bogo disparut aussitôt dans la brume matinale. Il avait assez d'esprit pour se tenir à distance de son maître. Valet d'un fou que d'aucuns pouvaient considérer comme trop intelligent, il préférait ne pas se faire remarquer. Or, sire Richard ne nourrissait déjà que trop de soupçons.

— On vous attend dans la grande salle, poursuivit l'envoyé du roi.

Nicolas le salua d'une courbette exagérée, puis se dirigea vers l'entrée avec une nonchalance calculée.

— Je ne vis que pour servir mes maîtres, murmura-t-il.

— Cela vaudrait mieux pour vous. La situation est explosive : lord Hugh est furieux, lady Isabeau en pleurs, et ce satané abbé jubile. Allez-y et distrayez-moi tout ce monde en attendant qu'on sache si le mariage va avoir lieu ou non.

Nicolas lui jeta un regard en coin et le précéda dans la grande salle. Sire Richard était un brave homme, malgré son manque d'imagination. De plus, il s'était montré étonnamment gentil à l'égard de Julianna et il détestait le père Paulus, ce qui plaidait en sa faveur.

À l'entrée de la grande salle, Nicolas s'arrêta un instant pour se faire une idée de la situation. La pièce était remplie de serviteurs et de chevaliers qui attendaient le mariage de leur seigneur. Au loin, on entendait les rugissements furieux de lord Hugh. Après quelques instants, il aperçut Isabeau, assise près du feu, le visage faussement calme, sa fille à ses côtés.

Il prit le temps de savourer l'image de lady Julianna dans son affreuse robe brune, puis il observa la mariée. Elle s'efforçait de ne rien laisser paraître, mais il était évident qu'il y avait un problème, et il soupçonnait l'abbé de Sainte-Hugeline d'y être pour quelque chose.

Soudain, un rideau s'ouvrit sur lord Hugh, le visage furibond, suivi du père Paulus. Devant l'indéniable air de suffisance qui se lisait sur les traits anguleux du moine, Nicolas rêva un instant de lui envoyer son poing en pleine figure.

Mais c'était bien entendu hors de question. Pour le moment, du moins. Aussi se jeta-t-il souplement en avant et roula-t-il par terre, ignorant la douleur et les cris de la foule qui s'écartait sur son passage. Après quatre tours complets, il se retrouva debout devant lord Hugh et l'abbé au sourire satisfait.

— Venez tous célébrer l'hymen tant espéré
De notre seigneur et maître,
Avec force vin blanc, bière et bons pâtés
Nous voudrions faire la fête.

Un rire nerveux parcourut l'assemblée, tandis que la fureur de lord Hugh paraissait redoubler.

— Il n'y aura point... tonna ce dernier.

Soudain, son regard se posa sur le calme visage de lady Isabeau.

—... point d'hymen, acheva-t-il d'une voix plus maîtrisée. Pour le moment, le père Paulus nous a enjoint, à lady Isabeau et à moi-même, de vivre chastement sous le regard de Dieu, et nous entendons suivre ses saints conseils. Nous vivrons comme frère et sœur pour le salut de notre maison et de nos gens.

Il fit taire le murmure scandalisé qui s'élevait de la foule, tandis que le sourire de l'abbé s'élargissait.

— Venez, ma fille, dit ce dernier à Isabeau. Venez rejoindre votre frère-époux.

Isabeau était aussi habile que sa fille à dissimuler ses sentiments, et seule une faible lueur dans son regard trahit l'indignation que lui inspirait le décret de l'abbé lorsqu'elle s'approcha de son nouvel époux à l'imposante silhouette. Donc, songea Nicolas, si la fille avait peur de prendre mari, ce n'était pas le cas de la mère.

La cérémonie se déroula sans heurt. Lord Hugh prêta brièvement serment d'un ton bourru, puis la voix douce de son épouse lui fit écho. Le père Paulus se lança ensuite dans un interminable discours tandis que piétinements et bâillements étouffés se multipliaient parmi la foule.

Lorsque la dernière bénédiction fut prononcée et l'heureux couple voué à une vie de chasteté, des hourras contraints s'élevèrent dans la salle. Nicolas, avec son agilité habituelle, vint se placer près des deux malheureux.

— L'abbé a fait pour vous
Un vœu bien étrange et bien déplacé.
Nous verrons son courroux
Quand triomphera votre volonté.

— Silence ! hurla le père Paulus en le foudroyant du regard.

— Comment pourrais-je faire silence, ô frère Tordu ? répliqua Nicolas en faisant tinter ses grelots.

Comme Julianna le regardait, il déposa un baiser sur le front de l'abbé horrifié.

— Satisfaites autrement vos appétits malsains et laissez ces deux-là assouvir les leurs, ajouta-t-il.

— Je vous ferai écorcher vif ! fit l'abbé dans un chuchotement furieux.

— N'avez-vous pas déjà essayé, bon frère ? Trouvez d'autres moyens de vous procurer du plaisir, rétorqua Nicolas avec son sourire le plus suave.

Puis, en dansant, il se dirigea vers Julianna, laissant le père Paulus bafouiller de rage.

8

Il était impossible d'échapper à la foule, et Julianna s'exhorta au courage. Levant les yeux vers le fou qui s'avançait gracieusement vers elle, elle se répéta que le pauvre garçon n'avait pas toute sa tête et qu'elle devait avoir pitié de lui, en bonne chrétienne.

— Vous seriez bien plus jolie sans cette robe hideuse, madame, fit le fou en guise de salut. En fait, vous seriez bien plus jolie sans rien du tout. Tournez-vous, que je délace vos vêtements.

Fort heureusement, il parlait suffisamment bas pour que personne ne l'entende.

— Saignez-vous toujours ? rétorqua-t-elle sur un ton sévère.

Il porta les deux mains à son cœur.

— Seul mon cœur saigne, percé par les traits de Cupidon, torturé par votre froideur et votre indifférence.

— Quelle folie d'avoir exécuté ces roulades ! Vous avez dû rouvrir vos blessures. Et dans quel but, je vous le demande ? Le père Paulus est un homme dangereux. Il va croire qu'il ne vous a pas assez châtié et fera pire la prochaine fois.

— L'abbé ne me touchera plus. Quant à la folie, c'est mon lot, chère enfant. Je croyais que vous l'aviez compris. Vous plairait-il que nous quittions cette peu joyeuse assemblée ? Je me déshabillerais, et vous vous étendriez sur moi.

Un petit rire s'échappa des lèvres de Julianna, presque malgré elle. Aussitôt, Nicolas s'immobilisa et fixa sur elle son étrange regard d'or.

— Recommencez, dit-il avec empressement.

— Recommencer quoi ?

— À rire. Jusqu'à hier soir, je vous croyais incapable de rire.

Elle sentit immédiatement toute gaieté l'abandonner.

— Cette vie ne prête guère à rire, fit-elle.

— C'est que vous n'êtes pas assez observatrice. Sans même regarder autour de moi, je pourrais vous citer cinq choses risibles, et vous pourriez en faire autant si vous le vouliez. Pour commencer, la détresse des pauvres mariés est d'une drôlerie évidente.

— Je ne ris pas de la détresse humaine, répliqua-t-elle.

— Même pas de celle de votre mère ? Vous avez donc le cœur plus tendre que je ne le croyais. Ce qui est amusant, c'est qu'ils ne vont pas tarder à comprendre que les décrets du père Paulus non seulement partent d'un mauvais sentiment, mais vont à l'encontre des commandements de l'Église. Je leur donne au plus deux semaines pour consommer ce mariage. Et vous, que pariez-vous ?

— Je ne parie point sur la vertu de ma mère ! rétorqua-t-elle, scandalisée.

Nicolas recula d'un pas et se mit à l'observer.

— Dans ce cas, parions sur la vôtre. Combien de temps vous faudra-t-il avant de vous unir de nouveau à un homme ?

— Une vie n'y suffira pas !

Aussitôt, elle se mordit la langue. Quelle idiote elle était d'avoir fait un tel aveu à ce fou trop malin, qui n'avait pas besoin d'en savoir autant sur son compte !

Pourtant, il ne broncha pas, comme si cette sortie ne le surprenait aucunement.

— Vous n'attendrez pas si longtemps, madame. Je vous le promets.

Elle resta hypnotisée, séduite par sa voix douce et caressante. Le bruit et la foule qui les entouraient semblaient s'être évanouis dans le lointain, et les étranges yeux du fou paraissaient receler mille promesses de délices, sûrement trompeuses, mais auxquelles elle croyait tout de même. Elle se sentit rougir, perçut des picotements sur sa peau et se rapprocha légèrement de lui.

Soudain, il éclata de rire.

— Pas maintenant, cher trésor. Le père Paulus nous regarde !

Ce fut aussi radical qu'une gifle. Elle se raidit et se prit le pied dans sa robe en voulant reculer.

Il passa un bras vigoureux autour de sa taille, la rattrapant avant qu'elle ne tombe. Leurs deux corps étaient bien trop proches l'un de l'autre, et celui du bouffon, puissant et musclé, ne ressemblait en rien à celui de l'homme qui l'avait touchée auparavant.

— Je pourrais vous embrasser, madame, dit-il à voix basse, sous les yeux mêmes de votre mère, de ce bon père Paulus et de toute la maisonnée. Avez-vous déjà été embrassée par un fou ? Avez-vous jamais été vraiment embrassée par quiconque ?

Autour d'eux, rires et conversations s'étaient faits plus discrets. Pourtant, personne ne semblait remarquer qu'elle était prise au piège contre le corps de Nicolas. Personne ne venait à son secours.

— Je n'aime pas les baisers, répondit-elle d'une voix étranglée.

Il eut un lent et ensorcelant sourire.

— Voilà qui répond à ma question, dit-il. Si vous aviez jamais été correctement embrassée, vous adoreriez les baisers. Désirez-vous que je vous le prouve ?

Elle faillit dire oui. Durant un bref et déraisonnable instant, elle songea que les étreintes des hommes ne se ressemblaient peut-être pas toutes, que maître Nicolas connaissait sans doute le secret de ces étranges et suaves baisers qui charmaient les corps et transportaient les cœurs.

Soudain, quelqu'un les bouscula, forçant le fou à la relâcher, et la tentation se dissipa.

— Je ne vous ai pas remerciée de m'être venue en aide, la nuit dernière. Vous avez été pour moi un ange de miséricorde.

Elle le dévisagea avec méfiance.

— Y compris en vous administrant ce bain inattendu ?

— J'avais le plus grand besoin d'un rafraîchissement. Vous me donnez particulièrement chaud, voyez-vous.

— Je ferai en sorte que cela change.

— Je ne me plaignais pas ! Je vous trouve très stimulante, au contraire.

— Je vous l'interdis !

— Comment pourrais-je lutter contre ce que vous m'inspirez ? Posez votre main sur mon cœur et sentez comme il bat, dit-il en lui prenant la main.

Mais elle se dégagea et lui adressa un regard furibond.

— Ne vous rendez-vous pas compte que nous sommes en public ? Que tout le monde peut nous voir ?

— Dans ce cas, venez avec moi. Nous pourrions nous réfugier dans la chapelle de sainte Hugeline et demander à la martyre de bénir notre union.

— Notre union ?

— Je veux parler de notre union physique. Je ne songeais pas à vous épouser.

Il était suffisamment près d'elle pour qu'elle le touche ou le chasse. Elle le repoussa, mais il ne bougea pas. Il était trop grand, trop fort.

— Laissez-moi tranquille, l'implora-t-elle.

— À moins que vous ne préfériez demander à la sainte de vous délivrer du pesant fardeau de l'amour d'un fou, poursuivit-il, comme s'il ne l'avait pas entendue. On dit qu'un vœu formulé au-dessus d'une sainte relique est toujours exaucé.

— Hélas, les reliques ne sont jamais là lorsqu'on a besoin d'elles.

— Ah, mais il y en a une ici ! Interrogez votre mère. Je suis sûr qu'elle sait où elle se trouve.

Julianna n'avait pas l'intention de demander quoi que ce soit à sa mère, ce qu'il savait sans doute parfaitement.

— De quelle relique s'agit-il ?

— On dit que le calice de sainte Hugeline, martyre au dragon, est quelque part dans le château. Vous pouvez toujours poser la question à l'abbé. Il doit être au courant.

— Pourquoi me parlez-vous de cela ? Pourquoi devrais-je m'intéresser à cette relique ?

— Je croyais que vous vouliez entrer dans les ordres, madame. Les reliques ne sont-elles pas un substitut – bien pauvre, certes – à la passion ?

— Ni la passion ni les saintes reliques ne m'intéressent, pas plus que toutes les autres choses dont vous venez de parler.

Cette fois, il ne fit aucun effort pour la retenir lorsqu'elle se dégagea et se contenta de la suivre de son étrange et énigmatique regard.

Dès qu'elle se fut libérée de lui, s'échapper fut un jeu d'enfant, l'élégant bouffon étant apparemment la seule personne au château à se soucier de sa présence. Certes, sa mère avait bien d'autres sujets de préoccupation. De la grande salle, Julianna se glissa dans le corridor et poussa un long soupir. Ici régnait un silence béni qui contrastait avec le brouhaha de la salle. Soudain, elle faillit renverser une frêle silhouette.

— Je vous demande pardon, dit-elle en rattrapant un bras vêtu de velours. Je ne regardais pas où j'allais.

— Il n'y a pas de mal, madame.

C'était un adolescent aux longs cheveux soyeux et au visage presque féminin. Il possédait les yeux les plus bleus qu'elle eût jamais vus. Devant son doux sourire, elle songea un instant aux enfants qu'elle n'avait pas eus. Auraient-ils été aussi beaux que ce jeune homme ? La même douceur enchanteresse aurait-elle illuminé leur visage ?

— Je m'appelle Gilbert, annonça-t-il d'une voix jeune et suave. Lord Hugh a eu la bonté de me prendre sous sa protection. Bien entendu, je sais qui vous êtes : la fille longtemps éloignée de lady Isabeau, qui se languissait de vous avoir de nouveau près d'elle.

— En effet, répondit Julianna d'un ton neutre.

— Il est bien pénible d'être éloigné de sa mère, poursuivit Gilbert. C'est une chose particulièrement difficile pour une jeune fille, je présume, encore que ma propre mère me manque cruellement, tout garçon que je suis.

— Je n'en doute pas. Quel âge avez-vous, mon enfant ?

— Treize ans, fit-il d'une voix timide. Je suppose qu'il est naturel d'avoir la nostalgie de son foyer. Il y a un mois encore, je n'avais jamais quitté ma demeure natale du Northumberland. Je souhaite seulement que tout aille bien pour ma mère en mon absence. Mon père est mort lorsque j'étais plus jeune, et je n'ai pas de frère pour prendre soin d'elle. Je prie le Ciel que le roi veille sur elle et lui vienne en aide, si besoin était.

— Vous êtes trop jeune pour avoir à vous soucier de tout cela, jeune Gilbert. Si vous le désirez, je parlerai à mon beau-père et lui demanderai de vous accorder la permission de rejoindre votre mère pendant un an. Votre formation peut certainement attendre.

Gilbert secoua tristement la tête, agitant ses boucles soyeuses qui retombèrent sur son pâle visage.

— J'ai donné ma parole, lady Julianna, dit-il. Je ne peux pas me rétracter. Mais il m'est agréable de savoir que j'ai trouvé ici une sœur vers laquelle je pourrai me tourner lorsque j'aurai des ennuis ou que la nostalgie me gagnera.

— Vous pouvez y compter, en effet, fit Julianna du fond du cœur.

Gilbert paraissait grand pour son âge, mais l'innocence de son visage disait son extrême jeunesse.

— J'ai besoin de prendre un peu l'air, reprit-elle. Il fait trop chaud et il y a trop de bruit dans la grande salle, où ce mariage ne semble réjouir personne. Auriez-vous l'obligeance de m'accompagner ?

— J'ai promis à lord Hugh de le rejoindre. Mais, si je le puis, je viendrai vous tenir compagnie plus tard.

Elle lui sourit. N'ayant jamais eu d'enfant, son amour maternel souffrait de ne pouvoir s'exprimer et, même s'il était trop âgé pour être son fils, Gilbert éveillait en elle la tendresse d'une mère.

— À plus tard donc, jeune Gilbert. Je me réjouis de vous savoir ici.

— Pas autant que moi, dit-il en lui baisant la main avec la légère maladresse de son âge.

Gilbert regarda lady Julianna disparaître au bout du couloir en dissimulant soigneusement ses émotions. Âgé en réalité de dix-sept ans et non de treize, il était orphelin depuis ses neuf ans, âge auquel il avait poussé son père dans l'escalier de pierre de Harcourt Grange. La seule beauté, la seule douceur qu'il possédât encore résidaient dans son apparence et avaient depuis longtemps déserté son âme noire. Le roi l'avait envoyé ici pour s'assurer que le calice ne tomberait pas entre de mauvaises mains, et Gilbert espérait avoir à se servir tôt ou tard de sa dague, qu'il maniait avec une précision redoutable.

Bien que lady Julianna ne pût lui être d'aucune utilité, il était trop rusé pour négliger le moindre atout. Coucher avec elle ne l'intéressait pas, car il préférait les femmes plus jeunes et un peu sottes qui n'attendaient rien de lui. Julianna, elle, lui aurait demandé trop de travail : le temps et l'envie de la séduire lui manquaient. Pour lui, le sexe, au même titre que se nourrir ou vider sa vessie, était une fonction naturelle qu'il fallait exercer régulièrement, sans plus.

Sa mission s'annonçait des plus captivantes. Il n'avait jamais pu supporter le fou du roi, ce maître Nicolas qui avait la désagréable habitude de se mettre en travers de ses plans les plus ingénieux. Quant à l'abbé, c'était lui aussi un fâcheux, visiblement persuadé qu'il dialoguait directement avec Dieu et que toutes ses décisions devaient être respectées comme les Saintes Écritures. Or, Gilbert ne croyait guère en l'Évangile.

À quatorze ans, il avait déjà tué sept hommes, en comptant son propre père. Au cours des trois dernières années, il avait perdu le compte de ses victimes. Il tuait pour de l'argent ou sur ordre de son souverain, et toujours avec un certain art qui procurait des satisfactions à son âme blasée. Et cela ne lui faisait ni chaud ni froid.

Cependant, tuer le pâle abbé risquait de lui donner quelque plaisir. Gilbert avait une vision pragmatique de ses missions et une piètre opinion du genre humain. Si on l'envoyait éliminer quelqu'un, ce quelqu'un devait certainement le mériter largement. C'était du moins ce qu'il s'était dit les rares fois où il avait pris le temps de réfléchir à la question.

L'abbé de Sainte-Hugeline méritait sans doute le sort qu'il aurait la bonté de lui infliger. Pourquoi ne pas commencer par lui confesser de façon exhaustive les actes des huit dernières années de sa vie ? Qui sait si le bon abbé ne succomberait pas tout simplement à une attaque ? Auquel cas, Gilbert n'aurait même pas à se servir de son couteau.

— Ah, te voilà, mon garçon ! Le comte te cherche, dit un chevalier grisonnant en lui tapant énergiquement sur l'épaule.

Gilbert chancela, en prenant garde toutefois de ne pas exagérer.

— Il va chercher à s'entraîner d'autant plus durement au combat que son épouse lui est interdite, poursuivit le chevalier. Pauvre bougre ! Les femmes sont vraiment un enfer, tu ne trouves pas ?

Sire Geoffrey ne semblait pas particulièrement attiré par les femmes, mais Gilbert était censé être trop jeune pour s'en apercevoir.

— C'est ce qu'on m'a dit, sire Geoffrey, répondit-il en souriant.

— Tu es un brave garçon, Gilbert. Va donc voir si tu peux distraire lord Hugh. Tant que cette histoire ne sera pas réglée, il sera d'une humeur de chien. Et fais attention à toi, petit. Si tu avais le malheur de lui déplaire, ta vie ne tiendrait plus qu'à un fil, et j'en serais fort désolé.

— J'en serais bien marri moi aussi.

— Comment ? Que dis-tu ? Tu en serais bien marri... Ah, ah ! Très drôle !

Gilbert le regarda s'éloigner. Parfois, les choses lui semblaient décidément trop faciles. Puis il tourna les talons et alla rejoindre son maître furibond avec le masque de la douceur et de la compassion.

Tous les serviteurs s'étant pressés dans la grande salle pour célébrer les noces de leur maître, la cour du château était déserte. Lorsque Julianna sortit du château, le froid la saisit, et elle regretta de ne pas être allée chercher une cape dans la chambre pleine de courants d'air qu'elle partageait avec sa mère. Si elle aimait cette fraîcheur automnale qui régnait malgré le soleil, elle aspirait aussi, sans savoir pourquoi, à un certain réconfort, à un peu de chaleur, de sécurité... et d'aventure.

Elle avait beau se douter que ce fou rusé la manipulait, c'était plus fort qu'elle : rien n'enflammait son imagination comme les chapelles abandonnées et les reliques. Or, elle avait cruellement besoin d'une distraction, et, même si partir à la recherche du calice ne s'annonçait pas aussi grandiose que la quête du Saint-Graal, cela promettait de l'occuper tout l'après-midi.

La chapelle secrète n'avait en fait rien de secret : toutes les servantes qu'elle avait interrogées avaient été en mesure de la lui montrer. Encastrée dans un angle de la cour, sa porte barrée de hautes herbes, elle semblait avoir été abandonnée au profit de la flamboyante chapelle gothique des maîtres de céans, où, la veille, elle n'avait pas vu trace d'une relique sacrée – ce qui n'était guère étonnant, d'ailleurs, étant donné qu'elle avait passé la plus grande partie de son temps face contre terre. Mais, si elle avait dû dissimuler une relique, nul doute qu'elle eût choisi la chapelle abandonnée, et non la plus récente, que tous fréquentaient.

La chapelle de sainte Hugeline était voisine des cuisines et du tas d'ordures. Julianna poussa les portes et pénétra à l'intérieur. L'endroit était exigu, silencieux et tiède, bien que bâti en pierres, comme le reste du château. Le soleil illuminait les vitraux et projetait dans ce petit espace un chaud arc-en-ciel de couleurs. Julianna s'arrêta sur le seuil, leva les yeux et contempla les épisodes de la vie de sainte Hugeline tels qu'ils apparaissaient sur le verre coloré.

Ces vitraux étaient une merveille, un chef-d'œuvre réalisé avec amour bien qu'il ait été destiné à un humble lieu de culte, où peu de personnes pouvaient le contempler. Dès les premiers tableaux, qui peignaient la jeunesse d'Hugeline, toute l'histoire de la sainte, telle qu'elle l'avait pieusement apprise, revint à la mémoire de Julianna. Hugeline avait été une plantureuse et sage jeune fille, puis une bonne épouse, qui s'était retrouvée veuve de bonne heure. Comme la plupart des femmes pieuses, elle était alors entrée dans les ordres, et quelques années plus tard, après que ses talents naturels, sa force de caractère et son intelligence l'eurent amenée à diriger le couvent qu'elle avait rejoint, elle avait décidé de fonder un nouvel ordre.

Or, tout avait changé à cause d'un roi avide qui, extirpant Hugeline du couvent, l'avait forcée à l'épouser afin de s'emparer de ses terres. Mais ce dernier était allé encore plus loin : comme son épouse ne se soumettait pas à sa volonté, il n'avait pas hésité à l'empoisonner, puis à découper son corps en petits morceaux qu'il avait donnés en pâture à un dragon.

Le vitrail consacré à l'épisode du dragon était particulièrement coloré : de la gueule de cette créature couverte d'écailles sortaient des flammes d'un rouge éclatant. Certes, Julianna ne croyait pas à l'existence des dragons, en dehors de ceux qui vivaient peut-être dans des mers lointaines. Néanmoins, si le sol d'Angleterre en avait jamais porté un, c'était ainsi qu'elle l'imaginait.

L'histoire d'Hugeline ne s'arrêtait pas là. Après que le dragon l'eut dévorée, elle était miraculeusement sortie de sa gueule, intacte, et avait dompté le monstre, avant de l'envoyer punir son assassin de mari.

La ressuscitée avait ensuite fondé son propre ordre, les sœurs de sainte Hugeline au dragon, mais elle était morte peu de temps après et s'était transformée en dragon sur son lit de mort. Presque aussitôt, elle avait été canonisée. Les moindres reliques de la sainte avaient été préservées, y compris quelques écailles de dragon – dans lesquelles Julianna avait cru reconnaître de petits morceaux de cuir –, des fragments d'os et, surtout, le saint calice, cette coupe toute simple que son époux avait utilisée pour l'empoisonner et qui s'était métamorphosée en joyau d'or incrusté de pierres précieuses lorsque Hugeline était ressortie de la gueule du dragon.

Julianna ne mettait certes pas en doute cette histoire : c'eût été blasphémer, et elle n'était pas assez imprudente pour risquer l'hérésie. Mais elle n'avait jamais vu de dragon, ni rencontré personne qui en ait croisé un, et elle n'avait jamais été témoin d'un miracle. Néanmoins, l'arbre généalogique du comte de Fortham semblait remonter à sainte Hugeline, née sur ses terres.

Selon certaines rumeurs, le roi revendiquait la propriété du calice. Mais les rois n'avaient-ils pas tendance à revendiquer la propriété de tous les biens de valeur ?

Julianna chassa cette pensée et se concentra sur les vitraux. Le dernier eut sa préférence. On y voyait la sainte s'élever vers le soleil. L'artiste avait vraisemblablement voulu donner à son visage rond et plein d'esprit un air de sainteté mais, de l'avis de Julianna, cela ressemblait surtout à de la sagacité. Près de la sainte se tenait le dragon, le cou penché, et au-dessus de leurs têtes étincelait le calice d'or.

Julianna s'arracha à sa contemplation et balaya la chapelle du regard. C'était un édifice de modestes dimensions autrefois réservé aux dames du château, qui ne l'avaient pas fréquenté depuis bien longtemps. Alors que, machinalement, elle regardait au plafond, au-dessus de l'autel dépouillé, elle aperçut le calice.

Il se trouvait dans une niche en hauteur, hors de sa portée. Terni, ses pierres précieuses couvertes de poussière, il semblait avoir été laissé là par quelque âme négligente. Mais Julianna n'était pas à ce point naïve : on ne pouvait pas avoir oublié un objet d'une telle valeur spirituelle.

Elle s'empara d'un banc et le traîna derrière l'autel. Là, après une rapide génuflexion, elle le cala contre le mur, grimpa dessus et s'étira, s'étira encore. Ses doigts frôlaient presque le socle d'or du calice...

— À votre place, je n'en ferais rien.

La voix de Nicolas la fit sursauter si violemment qu'elle perdit l'équilibre. Le banc oscilla sous ses pieds, et elle tomba sur le sol dur, qui plus est aux pieds de l'intrus.

Il la contempla sans faire le moindre geste pour l'aider. Tant mieux, car elle lui aurait souffleté la main s'il la lui avait tendue.

Toujours vêtu de ses chausses dépareillées, il s'était, détail fâcheux, débarrassé de ses grelots qui, malgré leur bruit exaspérant, avaient du moins l'avantage de prévenir de son arrivée.

— Effrayer votre prochain vous amuse-t-il ? fit-elle en se relevant avec toute la dignité dont elle était capable.

— Je suis la personne la moins effrayante du monde, madame. Et vous, la moins facile à effrayer. Du moins, la plupart du temps. Avouez-le : je vous ai surprise, soit, mais je ne vous ai pas fait peur.

— Vous m'avez suivie, dit-elle d'un ton accusateur.

Il ne se donna même pas la peine de nier.

— Ne vous est-il pas venu à l'idée qu'on avait une bonne raison de placer le calice de sainte Hugeline si haut ?

— Non. Il semble poussiéreux et oublié de tous. Je voulais simplement le nettoyer...

Nicolas secoua la tête.

— Il n'est pas oublié de tous, madame. Qui l'oublierait ? Mais les saintes reliques ne sont pas faites pour les natures craintives.

— Nous venons de dire, je crois, que je n'étais pas de nature craintive.

— Cependant, je doute que vous ayez le cœur pur. Or, le calice de sainte Hugeline au dragon peut se révéler très dangereux pour ceux qui en sont indignes. Si j'étais vous, je ne m'en approcherais pas.

Elle leva les yeux vers le joyau terni.

— Pourquoi ? dit-elle. Vous disiez vous-même qu'il pourrait exaucer mes vœux. S'il peut me débarrasser de vous, je suis prête à affronter tous les dangers pour l'obtenir.

— On dit qu'il contient toujours le poison employé par le mari de la sainte. Lorsque le gobelet s'est métamorphosé en or, le poison s'est transformé en pierres précieuses, afin d'empoisonner les mains de quiconque chercherait à s'en emparer.

— Vous voulez me faire croire qu'une sainte relique aurait le pouvoir de tuer ?

— Souhaitez-vous prendre le risque ? Ce banc n'est pas assez haut pour vous permettre de l'atteindre. Je pourrais vous soulever...

— Ne m'approchez pas !

— Ma dame m'a cruellement blessé
Quand mon seul but est de lui plaire.
Lorsque au crépuscule elle reviendra,
Que son cœur glacé la transforme en pierre !

— Vous m'avez habituée à mieux, maître Nicolas.

— *De ses seins menus mais bien ronds*
Je me languis de toucher les beautés.
Mûrs comme des tripes sont ses mamelons,
Ma langue saura les flatter.

— Comme des tripes ? fit Julianna, qui sentait ses joues s'empourprer. Le fou du roi doit pouvoir trouver mieux.

— J'adore les tripes, fit Nicolas en se rapprochant.

— Je déteste cela, dit-elle en reculant.

— Ce n'est pas vous qui allez les embrasser.

— Embrasser quoi ?

— Vos mamelons.

— Nous sommes dans un lieu sacré !

— Sainte Hugeline était une bonne vivante, elle ne s'en offensera pas. Cessez de me fuir et laissez-moi délacer votre robe...

Bien qu'il fît tiède dans la petite chapelle, Julianna sentit ses seins durcir sous sa chemise en lin. Elle continua à reculer, et Nicolas à se rapprocher, si bien qu'elle se retrouva acculée au mur, enveloppée dans la lumière cramoisie projetée par le dragon qui flamboyait au-dessus de sa tête.

— Je vais crier, l'avertit-elle.

— Alors, l'abbé viendra, m'accusera d'hérésie et me condamnera au bûcher. Vous ne voudriez pas avoir ma mort sur la conscience, n'est-ce pas ? Je puis vous assurer que la chair dégage une horrible puanteur en brûlant.

— Ne me touchez pas, je vous en prie, dit-elle à voix basse.

N'ayant aucune possibilité de s'enfuir, il ne lui restait plus qu'à implorer sa pitié.

Mais Nicolas était sans pitié.

— Vous baignez dans le sang du dragon, chuchota-t-il. Vous êtes absolument exquise dans tout ce rouge. Donnez-moi un baiser, pour l'amour de sainte Hugeline, et je vous laisserai tranquille. Rien qu'un tout petit et doux baiser pour un pauvre fou sans cervelle. Ce ne doit pas être un si grand sacrifice…

À sa propre surprise, à celle de Nicolas, et avant même qu'il ait fini de parler, elle plaqua ses lèvres contre les siennes. Elle sentit sa bouche heurter les dents du fou, mais peu importait. Une seconde plus tard, elle s'enfuyait hors de la chapelle et traversait la cour, où les gens commençaient à se rassembler.

La douleur provoquée par ce baiser hâtif lui fit heureusement oublier tout le reste : l'étrange lueur qu'elle avait vue dans les yeux clairs de Nicolas, l'affolant et bref contact de ses lèvres et le fait même qu'elle avait osé poser sa bouche sur la sienne dans un lieu sacré.

Elle franchit la porte de la tour, gravit l'escalier en colimaçon comme si le diable en personne était à ses trousses et ne s'arrêta que lorsqu'elle heurta la dernière personne qu'elle avait envie de voir.

Le père Paulus, abbé de Sainte-Hugeline.

9

— Une hâte aussi inconvenante ne peut être que l'indice du péché, tonna l'abbé. Votre bouche saigne, madame. Qu'avez-vous donc fait ?

Julianna porta la main à ses lèvres. Si elle saignait, c'était uniquement sa faute. Cependant, il lui suffit de jeter un regard à l'abbé de Sainte-Hugeline pour comprendre qu'il n'était pas question de lui avouer la vérité. Du moins, pas toute la vérité.

Avec une rapide révérence, elle baissa la tête encore plus bas, plus pour dissimuler son visage que par respect pour l'abbé.

— J'étais en prière dans la chapelle de sainte Hugeline, mon père. Je priais la Sainte Vierge si ardemment et si dévotement que j'ai perdu l'équilibre et que ma bouche a heurté... un banc.

L'excuse était certes un peu mince, mais c'était tout ce qu'elle avait pu inventer dans l'urgence. Si le père Paulus apprenait que le fou avait essayé de la séduire dans un lieu saint, ce dernier risquait d'endurer bien pire que le fouet. Elle aussi, d'ailleurs.

— Bien entendu, vous n'auriez pas l'imprudence d'impliquer notre Sainte Mère dans un mensonge, n'est-ce pas ? Ce serait une hérésie de la pire espèce, passible de mort.

Le regard humblement baissé, Julianna se maudit elle-même. Pour le coup, le sinistre abbé avait raison. Elle méritait deux fois d'être damnée.

Pourtant, la Vierge maternelle et bienveillante en laquelle elle avait foi ne pouvait exiger un tel sacrifice.

Quant à sainte Hugeline, cette bonne vivante, elle aurait plutôt souri de sa conduite.

— Mon cœur est pur, mon père, murmura-t-elle, plus pour distraire le prieur que pour s'excuser.

Il hocha la tête, et un calme approbateur éclaira soudain ses traits livides et irascibles.

— Vous dites vrai, mon enfant. J'ai vu le fond de votre cœur et suis rassuré. Vous haïssez le péché et les pécheurs, abhorrez les faiblesses de la chair, méprisez la luxure et les tentations du diable. Vous serez un exemple pour votre mère. Je crains qu'elle ne soit que trop fille d'Ève, attirée par le péché de chair. Vous devez l'aider à assurer le salut de son âme, à l'écarter des désirs immoraux. Je chasserai le démon de son corps avant de repartir. Je chasserai le démon de ce lieu de péché !

Ses yeux décolorés brûlaient, incandescents. C'était là le regard d'un fanatique, et Julianna comprit qu'il valait mieux ne rien objecter. Cependant, la langue n'écoute pas toujours la voix de la sagesse...

— Père Paulus, ma mère est mariée. N'est-il pas de son devoir de mettre au monde de nouveaux chrétiens ?

— Vous et moi savons parfaitement que votre mère a failli à ce devoir. Elle n'a mis au monde qu'une fille pour servir le Seigneur, ce qui est une bien maigre offrande. Mieux vaudrait qu'elle passe la fin de ses jours dans le célibat, à expier ses péchés.

— Quels péchés ? fit Julianna sans réfléchir.

À peine ces mots eurent-ils franchi ses lèvres qu'elle comprit qu'elle venait de dire une bêtise.

— Comment osez-vous me poser la question, mon enfant ? Le monde est un lieu de péché, et les créatures belles, frivoles et dévergondées comme votre mère sont les appâts qu'y envoie le diable. Mieux vaudrait qu'elle et toutes ses semblables soient enfermées entre les murs d'un couvent ou que leur beauté soit détruite. La beauté n'est rien d'autre que le signe du diable.

L'espace d'un instant, Julianna en resta muette d'horreur. Comparé à cet homme, Nicolas Strangefellow, qu'on disait fou, était un monument de sagesse.

— Oui, mon père, fit-elle. Avec votre permission, j'aimerais aller rejoindre ma mère et lui prêcher les bienfaits d'une sage abstinence.

— Allez en paix, mon enfant.

Le père Paulus lui enfonça dans l'épaule ses doigts semblables à des serres, puis il la relâcha. Alors qu'elle s'éloignait en s'empêtrant dans ses jupes, dans sa hâte à s'échapper, la voix du prieur l'arrêta soudain.

— Lady Julianna ? Lorsque vous étiez dans la chapelle de la sainte, avez-vous remarqué la relique ?

La question était posée négligemment, d'un ton mielleux, mais Julianna se méfia aussitôt.

— Laquelle ?

Pourquoi ne pas lui répondre directement ? L'instinct, sans doute. Or, elle avait appris à suivre son instinct, au cours des années.

— Il n'y a qu'une seule relique ici, fit l'abbé, irrité. Le calice de sainte Hugeline, martyre au dragon. Je ne l'ai pas encore vu, bien que j'aie fouillé en détail la chapelle des maîtres de céans entre deux confessions, hier soir. J'ignorais qu'il existait une seconde chapelle dans ce lieu de débauche. Est-ce là qu'est entreposé ce saint objet ?

À la grande surprise de Julianna, le mensonge lui vint aisément aux lèvres, prompt, instinctif.

— Je ne l'ai pas vu, mon père. La chapelle est sombre, emplie de poussière, rarement fréquentée, et il n'y a aucune relique sur l'autel, pas même une paire de candélabres. Le seul objet sacré est une grossière croix de bois.

À un détail près, tout était vrai, et, si elle était réellement entrée dans cette chapelle pour y prier, elle aurait naturellement gardé les yeux baissés et n'aurait pas remarqué le calice, là-haut, dans sa niche.

Convaincu à peu de frais, le père Paulus hocha la tête.

— Cela ne m'étonne pas. Une relique d'une telle valeur doit être soigneusement gardée et cachée des regards impies.

— Lord Hugh ne sait-il pas où se trouve cet objet ? Pourquoi ne pas lui poser la question ?

— J'ai mes raisons, mon enfant. Vous n'auriez pas le front de me juger, n'est-ce pas ?

— Non, mon père.

Il la congédia d'un geste, et elle s'échappa bien vite, avant d'avoir à inventer un autre mensonge.

Quelle étrange rencontre ! Pour avoir trop souvent vu d'autres personnes prises au piège de leur propre fausseté, elle ne mentait jamais, n'ayant du reste jamais trouvé un motif qui en vaille la peine. Et voilà qu'au cours des deux derniers jours elle s'était rendue coupable de plusieurs mensonges. Et elle venait de commettre le pire de tous en mentant à un homme d'Église.

Pourtant, elle était loin de se sentir tenaillée par le remords. Elle avait menti par instinct, naturellement, et espérait avoir eu raison de le faire, même si elle ne parvenait pas à s'expliquer son attitude. Pourquoi ne pas avoir dit au prieur la vérité sur la relique ?

Mais elle ne voulait plus y songer. Elle parcourut en courant le couloir, sur le sol duquel ses semelles de cuir faisaient un petit bruit étouffé. La triste noce semblait avoir pris fin, et elle ne croisa que quelques rares serviteurs en regagnant sa chambre. Lorsqu'elle porta de nouveau la main à sa bouche, elle constata qu'elle ne saignait plus, ce qui la rassura.

Donc, elle l'avait embrassé. Il le lui avait demandé – non, il l'avait exigé, et elle s'était exécutée, avec toute la maladresse et la fougue d'un jeune cheval farouche. La prochaine fois, il y réfléchirait sans doute à deux fois avant de lui demander un baiser.

Chose curieuse, la sensation de ce baiser persistait sur ses lèvres. Comment ce bref et violent attouchement pouvait-il revêtir une plus grande importance que le fait de s'être retrouvée nez à nez avec l'antipathique abbé ? Elle avait déjà été embrassée auparavant. En outre, ce baiser avait été plus que fugace. À vrai dire, ce n'avait pas été autre chose que la caricature d'un...

Elle s'arrêta un moment sur le palier, interdite. L'endroit était désert. Elle s'approcha d'une fenêtre et jeta un coup d'œil discret dans la cour qui s'étendait à ses pieds.

En réalité, elle n'avait jamais été embrassée auparavant. Jamais. Pas sur la bouche. Sa mère l'avait embrassée sur la joue, les visiteurs sur la main, mais jamais personne n'avait posé sa bouche sur la sienne, pas même l'homme dont elle avait été l'épouse pendant dix ans.

Victor n'était pas partisan des démonstrations physiques, de la tendresse, des caresses ou des baisers. Il n'était que rarement venu la rejoindre dans son lit, toujours dans le noir, et ce qui avait suivi avait invariablement été douloureux, pénible et plus que bref.

Heureusement rares, ses visites nocturnes avaient même complètement cessé au cours des cinq dernières années. Était-ce faute de posséder les aptitudes féminines nécessaires ou par dégoût de l'accouplement ? Toujours est-il que, chaque fois qu'ils s'étaient connus au sens biblique du terme, elle avait trouvé l'expérience détestable.

Cependant, elle en était désormais délivrée. Elle n'aurait plus à se laisser tripoter par un homme, à s'étendre sur le dos et à l'écouter grogner et jurer de mécontentement.

Mais ne jamais connaître la joie des caresses, des baisers, des mots doux murmurés à l'oreille...

Comment diable pouvait-elle penser à des choses pareilles ?

Elle effleura de nouveau sa bouche. Elle n'avait pas mal – la coupure devait être minuscule. Quand elle appuya dessus, il ne se passa rien. C'était fini, comme si ce baiser n'avait jamais eu lieu.

Que serait-il arrivé si elle était restée tranquille, si elle avait laissé Nicolas l'embrasser ? En affirmant qu'elle n'avait jamais été embrassée correctement, il ne croyait pas si bien dire. Aurait-elle trouvé cela fascinant ? Aurait-elle aspiré aussi à des caresses ? Aurait-elle eu envie de retrousser ses jupes pour lui ?

Seigneur ! Il fallait qu'elle fût devenue folle pour nourrir de telles pensées. Tout en secouant la tête, elle s'écarta de la fenêtre. Elle devait à tout prix quitter ce château. Après des années de tranquillité et de solitude à Moncrieff, voilà qu'elle débarquait dans l'antre de la folie. Si elle ne pouvait pas regagner sa paisible demeure, puisque le sort en avait décidé ainsi, du moins désirait-elle retrouver un semblant de calme. Si elle s'adressait à l'abbé, il lui trouverait bien un couvent. N'y avait-il pas quelque part la somme nécessaire à payer son entrée chez les religieuses ? N'y avait-il pas moyen de se soustraire à ce fou odieux et à ses sourires ensorceleurs ?

La réponse, elle la connaissait d'instinct. Le père Paulus convoitait le calice. Si elle le lui apportait, peut-être le trouverait-elle disposé à lui offrir l'entrée au couvent. Après tout, que pouvait-il attendre d'une veuve stérile et sans le sou, sinon qu'elle prenne le voile pour servir Dieu ?

Elle regarda de nouveau dans la cour. La chapelle de la sainte se situait dans un coin reculé, et l'on ne pouvait la trouver, à moins de la chercher expressément. Même vue d'en haut, elle offrait un aspect paisible et désaffecté. Julianna pouvait même distinguer l'entrée envahie par les herbes folles. Encore un signe de la mauvaise tenue du château. Sa mère aurait largement de quoi s'occuper durant sa période de chasteté forcée.

Quoi qu'il en soit, il y avait à présent trop de monde dans la cour pour qu'elle puisse redescendre immédiatement, subtiliser le calice et s'enfuir en le cachant sous ses vêtements. Mieux valait s'armer de patience, se dit-elle. En outre, Nicolas était sans doute resté dans la chapelle, à attendre son retour.

À ce propos, comment l'avait-il retrouvée ? L'avait-il épiée, suivie, ou avait-il tout bonnement eu de la chance ? Pour un simple bouffon, il semblait étonnamment intéressé par le calice de la martyre. Comment expliquer son attrait pour la relique ? Julianna ne croyait pas à une quelconque ferveur religieuse de sa part. Mais les pierres précieuses dont le calice était incrusté pouvaient expliquer son intérêt.

Peut-être s'en était-il déjà emparé. Et peut-être avait-il disparu ensuite, fuyant le château et son maître par convoitise pour une coupe d'or. Sans doute était-il réellement assez fou pour croire qu'il pourrait s'échapper avec un tel larcin. Et s'il réussissait, éprouverait-elle de la peine à l'idée de ne plus jamais le revoir ?

Il n'y avait qu'un moyen d'en avoir le cœur net, mais l'heure n'était pas encore venue. Ce n'était pas maintenant qu'elle allait se défaire de la patience apprise au cours de longues années.

Pour Dieu sait quelle raison, elle s'était attendue à trouver sa chambre vide. Aussi s'arrêta-t-elle net sur le seuil en voyant sa mère assise sur un tabouret, tandis qu'une servante brossait sa magnifique et épaisse chevelure.

Lorsqu'elle était petite, Julianna aimait jouer avec les cheveux de sa mère, les enrouler autour de ses doigts, respirer leur parfum de fleur. Isabeau lui en recouvrait le visage, puis elles riaient ensemble. Soudain, la nostalgie fut si forte qu'elle eut envie de pleurer.

Isabeau croisa son regard, l'œil tranquille et pur.

— Tu ne t'attendais pas à me voir ici, Julianna, n'est-ce pas ? Il m'a semblé que, voués à vivre comme frère et sœur, mon époux et moi n'avions aucune raison de partager le même lit. C'est pourquoi j'ai décidé de passer un peu de temps avec ma fille. À moins que tu ne préfères avoir une chambre pour toi seule.

Julianna aurait fait n'importe quoi pour avoir une chambre bien à elle. Mais elle aurait aussi fait n'importe quoi pour que sa mère ne l'abandonne pas une seconde fois. Tout en se mordant les lèvres, elle chercha ses mots.

— Comme il vous plaira, madame. Vous êtes ici chez vous, dit-elle avec indifférence, en pénétrant dans la pièce.

— T'es-tu fait mal ? Ta lèvre saigne.

« Sainte Hugeline, venez à mon secours », songea Julianna, affolée.

— Un accident, fit-elle, comme s'il s'agissait d'une broutille.

Quelques instants plus tard, Isabeau renvoya sa servante et entreprit de tresser elle-même ses cheveux.

— Tu es restée trop longtemps loin de moi, Julianna. Je comprends donc aisément que tu aies oublié qu'une mère a la faculté de percer à jour les justifications de son enfant. Il y a un problème, n'est-ce pas ? De quoi s'agit-il ?

— J'ai perdu ma mère il y a dix ans, madame. Bien malgré moi.

— Ne crois-tu pas que cela ait été aussi malgré moi ? dit Isabeau, livide. Si tu savais…

Elle se tut, puis reprit avec un petit rire :

— J'avais oublié à quel point les enfants pouvaient être déplaisants. Ils s'y entendent comme personne pour faire enrager leur mère.

— Je suis votre unique enfant.

— C'est vrai. Dis-moi donc comment tu t'es entaillé la lèvre. Si je ne te connaissais pas mieux, je croirais que tu t'es lancée dans un baiser trop passionné.

— Mais vous me connaissez trop bien pour le croire ?

— En effet. Tu as toujours le même regard froid et perdu. Si tu venais d'embrasser quelqu'un, tu aurais l'air un peu moins sinistre, je pense. D'ailleurs, je ne vois pas qui tu aurais pu embrasser. En dehors de ce beau bouffon si exaspérant.

— Vous pensez que je pourrais embrasser un bouffon ? Un fou, un clown, un vulgaire serviteur, un…

— Nous sommes tous serviteurs du roi. Les fonctions de maître Nicolas lui confèrent des pouvoirs surprenants. En outre, on regarde rarement au lignage avant d'embrasser quelqu'un. As-tu embrassé ce fou ?

— Que vous importe ?

— Il m'importe, car je suis ta mère ! Seigneur, que tu es agaçante ! S'il te fait souffrir, je m'arrangerai pour que lord Hugh lui règle son compte. Il ne se gêne pas pour s'opposer au roi dans d'autres affaires et il fera cela pour moi si je le lui demande. Tu n'as qu'un mot à dire, et il sera renvoyé à la cour.

Voilà qui était terriblement tentant. Plus de Nicolas pour l'agacer et la troubler. Dès qu'il aurait été chassé, elle oublierait son long et mince corps bronzé dont elle n'avait eu qu'un trop ample aperçu, elle oublierait les paroles tentantes qu'il lui avait murmurées et qui ne pouvaient être que des mensonges. Elle oublierait tout de lui, et sa vie reprendrait son cours.

— Vous feriez cela ? demanda-t-elle, hésitante.

— Certainement. Si c'est important pour toi, nous renverrons maître Nicolas afin qu'il ne t'importune plus. J'ignorais qu'il eût un tel effet sur toi, mais je puis demander à mon époux de le faire partir, si c'est ce que tu désires.

— Il n'a pas d'effet sur moi. Simplement… il m'irrite. Chacun sait que les fous sont des créatures importunes. Je crois que je vais l'étrangler si j'entends encore une fois le tintement de ses grelots.

— Il ne les portait pas, au mariage.

— Je sais.

— Tu l'as remarqué ? fit Isabeau avec un sourire énigmatique. Tu n'as qu'un mot à dire, mon enfant. Si maître Nicolas t'agace, nous le chasserons.

Julianna était prise au piège et soupçonnait sa mère, qui affichait pourtant un regard candide, d'en être consciente. Admettre que maître Nicolas perturbait outre mesure sa tranquillité d'esprit était une folie de premier ordre. Le faire chasser était un acte de lâcheté qui l'empêcherait à jamais de savoir si elle était assez forte pour l'ignorer. Elle se poserait éternellement la question et n'était pas sûre de pouvoir vivre en paix si elle ne connaissait pas la réponse.

— Il est certes agaçant. Mais les puces et les punaises ne le sont-elles pas aussi ? Ces choses font partie de la vie. Tant que je pourrai garder mes distances vis-à-vis de lui, tout ira bien.

— Est-ce lui qui t'a embrassée ? insista sa mère.

— Non ! Personne ne m'a embrassée.

C'était la pure vérité, puisque c'était elle qui l'avait embrassé.

Visiblement satisfaite, Isabeau hocha la tête.

— Dans ce cas, si tu n'y vois aucune objection, nous garderons le fou du roi jusqu'à Noël, comme prévu. Je m'attends que mon époux soit d'humeur massacrante, et maître Nicolas parviendra peut-être à l'apaiser un peu.

— Je le crois plutôt capable de le pousser au meurtre.

— Dans ce cas, avec un peu de chance, c'est le fou qui subira les foudres de lord Hugh et personne d'autre.

— Espérons-le.

— Julianna ?

— Oui, madame ?

— Peut-être pourrais-tu essayer de dire « oui, mère » ou même « oui, maman », comme tu le faisais autrefois.

— Oui, madame.

— Tu es aussi têtue qu'une mule, soupira Isabeau. Tu l'as toujours été, depuis l'âge le plus tendre.

Julianna refoula de son mieux l'émotion qui l'envahissait.

— Vouliez-vous me dire quelque chose ? demanda-t-elle.

— Je tenais simplement à t'informer, puisque nous devons partager cette chambre, que je n'avais sur moi ni puce ni punaise.

— Dans ce cas, nous pouvons bien augurer de l'avenir.

— Vraiment ? fit Isabeau d'un ton mélancolique.

Alors, ce fut comme si le cœur blessé de Julianna entamait une longue convalescence.

— Oui, maman.

10

Le soir de ses noces avec Isabeau de Peckham, le comte de Fortham n'était pas d'humeur rieuse. Heureusement, les gens du château, qui le respectaient et nourrissaient de l'affection pour lui, avaient pour la plupart le bon goût de garder leurs distances vis-à-vis de lui lors de ses très rares accès de colère. Les nouveaux venus, en revanche, étaient moins habiles dans l'art d'apprivoiser le comte de Fortham en furie.

Assis seul à la grande table du banquet, le verre débordant d'hydromel, le visage fermé et presque boudeur, Hugh jetait des regards furibonds à quiconque osait l'approcher. D'ailleurs, peu avaient cette hardiesse. Le jeune Gilbert se tenait près de lui, prêt à remplir son verre et à faire ses quatre volontés, en jeune chiot zélé qu'il était. Hugh n'avait pas le cœur de le chasser, bien qu'il n'aspirât à rien d'autre qu'à rester en tête à tête avec sa solitude et sa frustration.

Quant au bouffon, c'était une tout autre affaire. Si Hugh ne pouvait pas réduire en poussière l'importun prieur – en vertu de lois tant civiles que religieuses –, aucune règle similaire ne protégeait les pitres qui ne savaient pas rester à leur place.

Ce fou n'avait pas la démarche d'un homme, ni celle d'une femme, ni celle de ces individus maniérés et efféminés qui apparaissaient de temps à autre parmi ses hommes d'armes. Tant que ceux-ci se battaient bien, Hugh ne se montrait pas regardant. Mais le fou du roi ne se battait pas, ne montait pas à cheval et ne savait rien faire d'autre qu'irriter ses maîtres. Seul Henry pouvait être contrarié par le renvoi du fou, et de toute façon il était déjà contrarié par le refus du comte de lui abandonner le saint calice...

Tuer maître Nicolas atténuerait peut-être sa fureur, songea vaguement Hugh en vidant son verre d'hydromel. Il porta la main à sa dague, tout en observant le fou qui approchait.

Ce dernier n'avait pas non plus la démarche d'un bouffon, mais plutôt celle d'un chat, sournoise et gracieuse. La tête du comte le faisait déjà dangereusement souffrir, bien qu'il ne fût pas encore à moitié aussi soûl qu'il désirait l'être, et il lui sembla qu'avec l'apparition du fou son mal empirait.

— Toi ici, fit-il en fixant le fou.

L'intéressé s'arrêta, pencha la tête sur le côté et dévisagea son nouveau maître avec un total manque de respect. Il était vêtu dans une débauche de couleurs criardes. Au lieu de s'avancer d'une manière convenable, il se mit à exécuter des pirouettes, tel un jouet diabolique, et vint atterrir juste devant Hugh.

— Que fais-tu ici ? lança ce dernier, la voix un peu pâteuse sous l'effet de l'hydromel.

Gilbert avait déjà rempli son verre vide de cette boisson, qui apparemment n'apaisait guère son humeur.

— Vous m'avez mandé, ô seigneur munificent et glorieux ? fit le fou en s'inclinant si bas que son nez racé toucha presque les joncs répandus sur le sol.

— Non. Mais j'aimerais savoir ce qui t'a amené ici.

— Une tâche bien simple pour un simple fou, monseigneur. Le roi Henry m'a fait venir pour vous amuser pendant les premiers mois de votre mariage.

— Et pourquoi pense-t-il que j'ai besoin d'amusement ? Est-ce lui qui a demandé à l'abbé d'imaginer ces... ces abominables dispositions ?

— Mon avis est que le roi voulait me voir divertir votre maisonnée pendant que vous seriez retenu ailleurs.

— Je ne le suis pas ! répliqua Hugh. Retenu ailleurs, je veux dire. Maudit prieur !

— En effet, fit Nicolas d'un air conciliant.

Cependant, Hugh crut percevoir une lueur amusée dans son regard étrangement doré.

— Monseigneur ! fit Gilbert, affolé. Surveillez votre langage, je vous en prie. L'abbé de Sainte-Hugeline est puissant et lié à l'Inquisition. Je ne voudrais pas qu'il vous accuse d'hérésie pour avoir maudit un serviteur de Dieu.

— Ne sommes-nous pas tous des serviteurs de Dieu, jeune Gilbert ? fit Nicolas. On ne pourrait donc plus maudire personne ?

Hugh dévisagea les deux hommes tour à tour.

— Vous connaissez-vous ?

— En effet, monseigneur, répondit Gilbert, impassible. J'ai passé quelques jours à la cour du roi en venant vous voir. Maître Nicolas y était le principal centre d'intérêt. Vous devriez le laisser vous distraire : il compte parmi les meilleurs, et son esprit, à la fois étrange et astucieux, pourrait vous amuser.

— Je ne suis pas d'humeur à rire. Fou, tu ne sais ni combattre ni monter, tu ne marches pas et tu ne t'exprimes pas comme les hommes normaux. Est-ce que tu bois ?

Le fou fit un pas en avant. D'après la rumeur, la gent féminine du château trouvait l'étrange nouveau venu extrêmement intéressant. *A priori*, il n'appartenait donc pas à cette minorité d'hommes qui préféraient ceux de leur sexe. De fait, s'il avait gardé le silence et porté des vêtements neutres, il aurait ressemblé à un homme normal. Il était bien bâti et, s'il était mince, il semblait également vigoureux. Hugh savait reconnaître la force et l'agilité chez un adversaire, si bien cachées fussent-elles, et il lui semblait que maître Nicolas pouvait se révéler un adversaire digne de ce nom.

— Je bois, dit ce dernier d'une voix chantante.

— Gilbert, donne-lui un verre. Et prends-en un, toi aussi. Ensuite, vous me direz tous les deux ce que je puis faire.

— Qui donc pourrait nous débarrasser de ce fâcheux abbé ? fit Nicolas en levant son verre à l'adresse de Gilbert.

Mais le visage de l'adolescent demeura neutre et impénétrable.

— Tu ferais mieux de veiller à ce qu'on ne t'entende pas tenir de tels propos, dit Hugh en se penchant vers Nicolas. Je sais au moins une chose, c'est que la patience de ton seigneur et maître a des limites. Il te fera couper la tête avant que tu n'aies eu le temps de dire ouf. À moins que je ne te tue avant.

— Pourquoi voudriez-vous me tuer, monseigneur ? Je suis là pour me plier à vos fantaisies. Si vous souhaitez me tuer, je me soumettrai bien volontiers à votre désir, mais je puis vous assurer que je suis en mesure de vous procurer des amusements autrement plus agréables que mon banal trépas.

Hugh grommela. Dans une des chambres de cette immense forteresse, l'abbé de Sainte-Hugeline devait être en train de se féliciter d'avoir rendu tout le monde malheureux. Et, dans une autre chambre, sa nouvelle épouse était couchée sans lui, heureuse sans doute de ne pas avoir à endurer la présence de son âne de mari. Son âme simple de soldat n'entendait rien aux femmes – quoique ses précédentes épouses et ses maîtresses aient semblé plutôt satisfaites de ses performances au lit. Cependant, Isabeau, menue et délicate, n'était pas habituée à un colosse brutal et muet. À l'heure qu'il était, elle était probablement en train de remercier Dieu de ne pas devoir subir ses assauts.

Le jeune Gilbert avait pris place non loin du fou. Il n'avait pas touché à son verre d'hydromel et observait l'individu bariolé étendu aux pieds de son nouveau maître. Ces deux hommes ne semblaient guère s'entendre, remarqua Hugh, momentanément distrait de ses malheurs. Son jeune protégé charmait pourtant tout le monde, d'ordinaire.

Puis il revint à ses soucis.

— Quand ce monstre d'ingérence va-t-il repartir ? fit-il, sans s'adresser à quelqu'un en particulier.

— *Le prieur s'en ira*
Quand à cause de lui

Le chagrin triomphera
Et le cœur se glacera.

Hugh résista à l'envie de lui envoyer son verre à la figure, pour la simple raison qu'il contenait encore une quantité d'hydromel qu'il était hors de question de gaspiller alors qu'il n'était pas encore ivre.

— Je déteste les vers. Surtout lorsqu'ils sont obscurs. Sois plus clair.

— *Le chagrin le réjouira,*
Le malheur le comblera.
Il veut tout anéantir
Avant de repartir.

Hugh vida son verre et le jeta à la tête de Nicolas, qui l'évita avec une surprenante habileté et un sourire satisfait.

— Trop de boisson trouble la cervelle et détourne le trait, fit-il. Le prieur est votre ennemi comme il est l'ennemi de la joie de vivre. Il ne partira pas avant d'avoir rendu tout le monde malheureux. Alors, il sera peut-être trop tard. Mais des accidents se produisent parfois. Le triste abbé pourrait tomber du haut d'une tour. Il fait de plus en plus froid. Bientôt, il gèlera la nuit, et la pierre deviendra glissante, fit-il avec entrain, en se tournant vers Gilbert.

Hugh était stupéfait.

— Comment oses-tu suggérer devant cet innocent enfant de tuer de sang-froid un saint homme ? Ne fais pas attention, Gilbert. Même si d'abominables individus nous entourent, ne laisse pas leurs affreux discours flétrir ton âme.

— Cela n'arrivera pas, fit Nicolas, énigmatique. Gilbert restera probablement toute sa vie aussi innocent et candide qu'il l'est aujourd'hui.

— Avec un peu de chance, ajouta Hugh en regardant, mal à l'aise, le pâle jeune homme.

Ce dernier se tourna vers lui et lui sourit avec sa douceur habituelle.

— Je ne souhaite pas rester innocent toute ma vie, monseigneur. J'aimerais prendre femme lorsque mon heure viendra.

— Ce n'est pas le mariage qui ôte son innocence à un homme, déclara Hugh. Ce sont plutôt les maudits prêtres qui se mêlent de tout. Où est ma femme ?

— Probablement au lit, sire, fit le fou.

Hugh avait de plus en plus l'impression d'entendre un homme normal et non un singe savant. Mais il n'était pas d'humeur à se perdre en conjectures sur un bouffon.

— Quel lit, sacrebleu ?

— Certainement celui qu'elle occupe depuis son arrivée ici, murmura Gilbert.

Déjà, Nicolas s'était remis debout d'un de ses mouvements si étrangement gracieux.

— Elle partage le lit de sa fille, dans la tour sud-est. Toutes deux se sont retirées depuis plusieurs heures.

Hugh le dévisagea avec hargne. L'hydromel commençait à faire son effet.

— Par quel miracle es-tu aussi au fait de l'endroit où dort mon épouse et du moment où elle s'est retirée ? Aurais-tu des vues sur elle ? Je te les couperai si tu lui adresses seulement la parole !

Mais cette menace fit rire l'insolente créature.

— Je n'ai aucune vue sur lady Isabeau, sauf celle de la servir comme l'épouse de mon maître. C'est sa fille qui m'intéresse.

— Lady Julianna est une dame, alors que tu n'es qu'un fou et un serviteur.

— Quelle meilleure occupation pour un fou que de cultiver de folles et vaines pensées ? Je n'admire cette dame que de loin, trop content de jouir du seul éclat de sa beauté.

— Veille à ne pas aller plus loin. Si je ne dois pas consommer, tu ne consommeras pas non plus.

Sur ces mots, lord Hugh se leva avec une dignité exagérée et prit appui sur la table du banquet. À l'autre bout de la pièce, quelques serviteurs mal à l'aise semblaient se demander s'ils pouvaient ou non prendre le risque de s'approcher de leur maître.

— Je vais rejoindre ma femme, annonça le comte. Et maudit soit celui qui tentera de m'en empêcher !

— Irez-vous à l'encontre des ordres de l'abbé ? fit Gilbert d'un air choqué.

— Non. Je veux m'étendre aux côtés de mon épouse, pas entre ses jambes.

— Une chaste nuit de noces ? intervint Nicolas. Est-ce vraiment une sage solution ? Saurez-vous résister à la tentation ?

— Je peux résister à n'importe quoi lorsque je l'ai décidé. Maintenant, qu'on me dise où diable se trouve mon épouse !

Ainsi que Julianna ne tarda pas à le découvrir, sa mère avait le sommeil léger. Une fine pluie s'était mise à tomber, dont le battement régulier contre les murailles de pierre aurait dû aider Isabeau à s'endormir profondément, d'autant que la nuit précédente avait été écourtée à cause de l'abbé. Julianna fit de son mieux pour rester immobile près de sa mère, qui s'agitait et se retournait dans le lit.

De toute évidence, elle ne ressemblait pas à Isabeau dans ce domaine, car le bruit de la pluie l'entraînait irrésistiblement vers le sommeil. Elle s'assoupissait, puis sa mère s'agitait, Julianna se réveillait en sursaut, se promettait de ne plus se rendormir et sombrait de nouveau. L'épuisement commençait à la gagner corps et âme, et elle renonça à lutter. Le saint calice pouvait bien attendre un jour de plus. Si quelqu'un le subtilisait dans l'intervalle, tant pis. Plus la nuit avançait, moins elle se rappelait pourquoi elle avait décidé de s'en emparer. Certes, elle avait eu le vague projet d'échanger la relique contre l'aide du père Paulus mais, plus le sommeil la gagnait, moins elle trouvait l'abbé digne de confiance, tout saint homme qu'il était. Et s'il lui prenait la relique sans lui assurer de récompense, bien qu'elle ne demandât rien d'autre en échange que la paix et la sérénité d'un couvent ?

Le fou avait dû grimper sur le banc d'où elle était tombée et déloger la relique de sa niche poussiéreuse. Eh bien, qu'il en soit ainsi ! songea-t-elle. À présent, elle avait plus besoin d'une bonne nuit de sommeil que d'une inestimable relique à échanger contre la sécurité d'un avenir parmi les religieuses.

Elle venait enfin de trouver la paix et le sommeil quand un grand bruit retentit. Puis des pas résonnèrent, une voix s'éleva, et tout espoir de dormir s'envola.

— Que se passe-t-il encore ? murmura-t-elle en s'asseyant dans le lit.

Sa mère avait enfin cessé de s'agiter. Mais elle se mit à chuchoter, prouvant ainsi qu'elle était bien réveillée :

— Je suppose qu'il s'agit de mon nouvel époux.

Julianna avait-elle rêvé ou avait-elle réellement entendu une nuance de plaisir et de satisfaction dans la voix de sa mère ?

La lourde porte s'ouvrit brutalement, et elle s'enfouit sous les draps tandis qu'Isabeau restait assise, calme et sereine, comme toujours.

— Monseigneur ? fit cette dernière.

— Vous êtes mon épouse, annonça lord Hugh comme s'il déclarait la guerre.

— Oui, monseigneur, fit Isabeau.

— Par conséquent, vous passerez la nuit dans mon lit.

Julianna frémit sous les draps, mais Isabeau, quand elle reprit la parole, ne semblait pas effrayée.

— Le prieur a décrété que nous devions vivre chastement, monseigneur.

— Nous vivrons chastement, pardieu ! Mais dans mon lit.

Comme Isabeau hésitait, Julianna chercha désespérément un moyen de la sauver. Mais, dans l'affolement, elle ne trouva absolument rien, pas même une maladie opportune qui aurait exigé que sa mère restât avec elle.

— Bien, monseigneur, fit Isabeau avec entrain.

En un instant, elle fut partie, la porte se referma derrière elle, et Julianna se retrouva seule, blottie dans le grand lit. Dans cette grande pièce obscure que n'éclairaient que les lueurs d'un feu mourant, elle eut envie de pleurer, sans trop savoir pourquoi. Dix ans auparavant, sa mère n'avait pas su combattre le sort cruel qui la condamnait au lit d'un vieil homme affreux alors qu'elle n'était encore qu'une enfant. Julianna ne venait-elle pas de permettre que la même chose arrive à sa fragile mère ?

Cependant, Isabeau avait paru remarquablement calme. Et, en vérité, Hugh n'était ni vieux ni laid. Tremblante, Julianna replia ses genoux contre sa poitrine. Si elle avait un tant soit peu de courage, elle quitterait ce lit dans l'instant et se lancerait à leur poursuite. Elle repoussait les couvertures quand une voix ô combien familière s'éleva soudain tout près d'elle.

— À votre place, je ne perdrais pas mon temps à cela, dit le fou. Ils ne vous en remercieraient ni l'un ni l'autre.

— Que faites-vous ici ? Sortez de ma chambre ! murmura-t-elle.

— Pourquoi vous donnez-vous la peine de chuchoter ? Il n'y a personne dans les parages. Essaieriez-vous, par hasard, de préserver ma réputation sans tache ?

À présent, elle voyait sa silhouette se détacher devant la cheminée. Il semblait plus imposant que dans son souvenir, plus impressionnant. Dangereux, même.

— C'est de ma propre réputation que je me soucie, répliqua-t-elle d'une voix légèrement tremblante.

— Votre réputation ne devrait pas en souffrir. N'êtes-vous pas une veuve vertueuse, qui n'a pas caché son dégoût pour les hommes en général et pour moi en particulier ? En ce qui me concerne, cependant, je pourrais ne pas m'en tirer à si bon compte. En bénéficiant d'un peu d'indulgence, je serai peut-être simplement castré. À moins que votre beau-père ne me hache en menus morceaux qu'il enverra ensuite, dans une boîte, au roi Henry.

— Quelle douce perspective ! Je n'arrive pas à faire mon choix entre ces deux sorts.

— Vous préféreriez me faire castrer, affirma-t-il en s'approchant du lit. Vous préféreriez que tous les hommes ici présents soient castrés. Est-ce que je me trompe ?

— Voilà qui rendrait la vie plus calme et plus paisible.

— Mais il n'y aurait plus d'enfants. Que pensez-vous des enfants, madame ?

Ces mots lui allèrent droit au cœur, et elle remercia le Ciel que la pièce soit plongée dans la pénombre, qu'il ne puisse voir son expression et deviner à quel point il venait de la blesser.

— Ne faites pas semblant d'ignorer la rumeur. Je suis incapable d'avoir des enfants. Je suis une femme inutile.

— Je n'irais pas si loin, dit-il en s'asseyant au bout du lit et en étendant ses longues jambes près d'elle. Il y a une foule de domaines dans lesquels vous pourriez briller, si l'on vous y encourageait convenablement.

— Descendez de mon lit !

— Depuis que votre mère est partie, il est bien assez grand pour nous deux.

Comme il s'étirait, ses pieds arrivèrent presque jusqu'à la taille de Julianna. Il portait une botte en cuir souple à un pied, un chausson à l'autre, et le feu se reflétait par intermittence sur son visage, tantôt éclairant son expression, tantôt la dissimulant.

— Si vous ne sortez pas, je crie. Il y a des femmes dans les chambres voisines ; je pense qu'elles arriveraient promptement. Et, comme vous venez de me l'expliquer, c'est vous qui subirez les conséquences de votre présence ici, pas moi. Je ne vois donc pas ce qui pourrait m'arrêter.

— La curiosité.

— La curiosité est un péché.

— Et, bien entendu, vous êtes au-dessus du péché, madame. Sauf que je n'en crois rien. Je vous crois au contraire capable de pécher de la manière la plus exquise.

— Sortez. Ma mère péchera bien assez pour nous deux.

— J'en doute. Elle va probablement passer une nuit chaste dans le lit de son mari. Comme nous tous, d'ailleurs. C'est bien ça le plus triste.

— Alors, pourquoi êtes-vous ici, si ce n'est pour pécher ?

Il se pencha vers elle, et Julianna retint son souffle. À la lumière des flammes, il était d'une beauté désarmante. Il avait quitté ses odieux grelots, ne l'assommait pas avec ses vers, et, avant qu'elle ait pu s'en empêcher, son regard se mit à errer sur sa bouche. Une belle bouche, grande, moqueuse, aux lèvres chaudes et aux dents blanches. S'il était une bouche digne d'un baiser, c'était celle-ci.

— Si je suis ici, madame, c'est pour achever ce que nous avons commencé.

— Il n'est pas question que j'achève quoi que ce soit.

— Je ne vous ferai aucun mal. Je vais juste vous embrasser.

— Pourquoi ? Vous m'avez déjà embrassée dans la chapelle, ce qui était d'ailleurs un péché, et…

— C'est vous qui m'avez embrassé dans la chapelle. J'en ai encore un bleu.

— C'est faux ! dit-elle après avoir vérifié.

Sa bouche était encore plus attirante lorsqu'elle s'ornait d'un sourire suggestif.

— En effet. Ma bouche possède une grande endurance.

— Sortez.

— Après vous avoir embrassée.

De toute évidence, il n'en démordrait pas. Deux possibilités s'offraient donc à Julianna : soit elle criait, quelqu'un venait à son secours, et Nicolas serait au mieux roué de coups ; soit elle le laissait l'embrasser. Elle pouvait rester tranquillement assise et étudier ses gestes, afin d'essayer de comprendre pourquoi l'on faisait tant de cas du baiser. Après tout, s'il s'en tenait à un baiser, elle ne courrait aucun danger.

— Très bien, dit-elle d'un ton de défi. Embrassez-moi. Ensuite, vous partirez.

Puis elle croisa les bras et attendit.

11

Nicolas devait se rendre à l'évidence : lady Julianna était réellement, profondément, dangereusement fascinante. Il ne se rappelait pas avoir jamais été autant captivé par une femme, et il trouvait cela indéniablement troublant. Cette femme lui lançait un appel. Elle avait été mariée, ce n'était plus une innocente. Pourtant, il émanait d'elle comme une aura enfantine, quelque chose qui la faisait ressembler à une jeune fille encore vierge.

Il n'avait jamais aimé déflorer les vierges, plaisir qu'il estimait par trop surfait. Si une vierge était une garantie contre les maladies, elle était aussi une assurance contre le plaisir. Les vierges pleuraient, se montraient maladroites et sans aucun savoir-faire lorsqu'il s'agissait de donner ou de recevoir du plaisir. Il leur préférait de loin les femmes expérimentées, légères et joyeuses qui savaient combler un homme et connaissaient les secrets de l'amour.

Pourtant, il était là, assis sur le lit d'une jeune femme qui, sur le chapitre du plaisir, n'en savait pas plus que l'abbé de Sainte-Hugeline. Elle ne pouvait lui procurer guère plus que le frisson du danger et quelques instants de distraction. Alors, pourquoi restait-il à la regarder au lieu d'aller chercher le calice ?

Et où se cachait donc Bogo chaque fois qu'on avait besoin de lui ?

Cet après-midi, il aurait juré qu'il avait résolu le problème. Il avait découvert le calice sans rencontrer la moindre difficulté – en compagnie de Julianna, certes, mais elle n'avait aucune idée de l'importance de cet objet. Aussi avait-il décidé de retourner à la chapelle dès la tombée de la nuit et de subtiliser le calice.

Malheureusement, tout le monde avait décidé de l'en empêcher. La cour n'avait pas désempli et, malgré tous les efforts qu'il avait faits pour se rendre odieux, lord Hugh avait exigé de l'avoir auprès de lui. Désobéir eût éveillé les soupçons.

Si seulement il avait pu trouver Bogo ! Son valet serait allé chiper le calice pendant qu'il distrayait le comte. Mais Bogo était resté introuvable. Quelqu'un disait l'avoir vu s'entretenir avec le frère Barth, ce qui semblait assez improbable, Bogo étant à peu près aussi pieux qu'une bête sauvage.

Si ce dernier ne réapparaissait pas rapidement, c'était à Nicolas qu'allait revenir la tâche de voler le calice. Aussi était-ce folie de rester là, folie de se laisser tenter, alors qu'il aurait été si simple d'accomplir sa mission.

Mais Nicolas s'était toujours vanté de ne pas avoir l'esprit pratique. Le calice pouvait attendre. Personnellement, il était exactement là où il avait envie d'être : pour l'instant, il désirait Julianna plus que cette inestimable relique et les faveurs du roi. C'était aussi simple que cela.

Il prit l'une de ses épaisses tresses entre ses doigts. Elle était lourde et soyeuse.

— Nos enfants seraient blonds, fit-il rêveusement.

Elle respira bruyamment.

— Ne réfléchissez-vous jamais avant de parler ? Je ne peux pas avoir d'enfant, et vous ne devriez pas songer à en avoir non plus. Vous pourriez leur transmettre votre infirmité.

Il se mit à dénouer le lien de cuir qui retenait sa tresse, en baissant la tête pour dissimuler son sourire.

— J'espère bien que l'infirmité dont je souffre n'est pas héréditaire. Ne serait-ce pas cruel de voir un enfant aussi déséquilibré que moi, qui dirait tout ce qui lui passe par la tête ?

Il se mit à lui dénatter les cheveux, dont les mèches douces étaient une caresse sur ses doigts. Il émanait d'elle un parfum de cannelle étrangement érotique. De cannelle et de rose.

— Est-ce ainsi que vous étiez, enfant ?

— Non, madame. Si vous m'aviez vu enfant, vous ne m'auriez même pas remarqué.

— Vous ne passez pourtant pas inaperçu, maître Nicolas. Bien peu de gens possèdent vos cheveux d'or et vos yeux de chat.

— Vous ne m'auriez même pas jeté un regard, madame. Enfant, j'étais sale et couvert de haillons. Les dames ne regardent point les petits va-nu-pieds.

Elle se tut. Ressentait-elle un peu de compassion pour lui ? Pour le moment, le plan de Nicolas était simple : s'attirer sa sympathie, l'émouvoir. C'était une femme en mal d'enfant : s'il pouvait éveiller la mère en elle, il ne tarderait pas à se glisser dans son lit.

— Les dames regardent les petits va-nu-pieds plus souvent que vous ne le croyez, répliqua-t-elle. N'aviez-vous pas une mère ? Quelqu'un qui veillait sur vous ? Même les petits paysans ont des parents.

Il songea à lui mentir. Trouverait-elle plus acceptable qu'il soit un paysan plutôt qu'un fou ? Comme il avait fini de défaire la première natte, il tendit la main vers la seconde et croisa le regard de Julianna.

— Regardiez-vous les paysans de vos terres, madame ? M'auriez-vous regardé ?

— Vous n'êtes pas un paysan.

— Et comment le savez-vous ?

Elle ne s'était même pas aperçue qu'il avait dénoué ses cheveux, qui s'étalaient sur ses épaules comme un châle d'or.

— Je n'en sais rien. C'est juste une impression.

— Je ne crois pas que vous aimeriez que j'en sois un. Embrasser un paysan serait déchoir, n'est-ce pas, madame ? Ce serait une terrible déchéance pour vous que d'éprouver le désir de sentir les rudes mains d'un paysan sur votre douce et blanche peau.

— Je ne veux sentir les mains d'aucun homme sur ma peau. D'ailleurs, je suis sûre que les vôtres sont aussi douces que les miennes.

Elle s'empara d'une de ses mains et frissonna.

— Vous avez la peau rêche, dit-elle, surprise.

— Oui.

Ses mains étaient beaucoup plus grandes que celles de Julianna, plus hâlées, plus calleuses.

Elle voulut le lâcher, mais il n'eut aucun mal à la retenir. Elle essaya en vain de se dégager. Il prenait le risque qu'elle crie, mais il était prêt à parier qu'elle n'en ferait rien.

— Vous avez dû travailler dur à une époque de votre vie. Vous n'avez pas toujours été bouffon.

— On dit qu'il suffit parfois d'un coup sur la tête pour rendre un homme fou. Peut-être étais-je autrefois un chevalier qui a eu le tort de se mesurer à un adversaire trop fort pour lui. Cela expliquerait ce que je suis devenu, pauvre ombre de ce que j'aurais pu être.

Il ne parvenait pas à déchiffrer l'expression de son chaud regard brun. Croyait-elle à ce tissu de mensonges ou non ?

— Je ne serais pas étonnée que vous ayez reçu un jour la ruade d'un cheval, étant donné votre aversion pour ces animaux, dit-elle.

— Vous avez raison. Une vraie tragédie, fit-il, solennel. J'étais l'un des favoris du roi, et ma pauvre tête a été réduite en bouillie par un cheval. J'ai eu bien de la chance que ce bon souverain me prenne en pitié, me fasse don de vieux vêtements et daigne m'autoriser à l'amuser.

— Voilà une bien touchante histoire, maître Nicolas !

— En effet.

— Cependant, le roi Henry n'est connu ni pour sa bonté ni pour sa pitié. Et, si votre tête a été fracassée, je veux bien être fille publique.

— Magnifique ! fit-il en se rapprochant.

Elle le souffleta aussitôt – pas une petite tape, mais une vraie gifle. Lady Julianna ne plaisantait pas, songeat-il en se frottant la joue.

— Bien. Vous n'êtes pas une fille publique, ce que je déplore. Cela ne coûtait rien d'essayer.

— Pourquoi faites-vous cela ?

— Quoi donc ?

— Pourquoi m'agacez-vous sans cesse ? Pourquoi ne me laissez-vous pas tranquille ?

— Très chère lady Julianna, c'est mon métier. Je suis sur terre pour amuser et divertir tout le monde.

— Je ne vous trouve pas amusant.

Il lui sourit, sans aucune malice, cette fois.

— Je le sais bien. J'ai l'impression que bien peu de choses vous amusent ici-bas, lady Rabat-joie. Mais je peux vous faire rire. J'y ai bien réussi, l'autre fois.

— Ce n'est pas en m'importunant que vous y parviendrez.

— *Attirer une belle et toucher son cœur,*
C'est tout ce que j'attends de l'art qui est le mien.
Cependant comprenez qu'à son baiser j'aspire
Quand de désir pour elle tout entière je meurs.

— « Mien » et « aspire » ne riment pas.

— Certes. Vous coucherez-vous près de moi, madame ? Personne n'en saura rien. Vous m'avez donné l'assurance qu'aucun bâtard ne risquait de venir au monde, et je n'ai pour ma part aucune maladie. Vous ne dormez pas, moi non plus, et le jour est encore loin. Acceptez-moi dans votre lit, madame, et laissez-moi vous faire l'amour.

— Je croyais que nous nous étions mis d'accord pour un baiser, rien de plus ?

— On peut toujours espérer un petit supplément de la part d'une dame au grand cœur.

— Vous n'aurez rien de plus qu'un baiser, et encore ne suis-je plus si sûre à présent de la sagesse de cette décision.

— Ne réfléchissez plus, madame. C'est une cause d'ennuis, je vous assure. Personnellement, je m'efforce de ne pas réfléchir plus de trois fois par semaine, au maximum.

Elle essaya en vain de cacher son sourire.

— Partez, maître fou. Je suis lasse et j'ai besoin de sommeil. Embrassez-moi et finissons-en.

Une chose à la fois. Il ne fallait pas précipiter les choses, et lady Julianna semblait plutôt novice en la matière.

— Comme vous voudrez.

Elle ferma les yeux et pinça les lèvres, comme si elle s'attendait qu'il la frappe.

Ce baiser risquait de porter un coup en effet, mais à ses certitudes. Il attendit patiemment, si proche de son visage qu'il voyait ses cils trembler. Elle retenait son souffle. Tôt ou tard, elle allait devoir reprendre sa respiration ou défaillir. Et, si elle s'évanouissait, il se ferait un plaisir de la ranimer.

Elle finit par expirer et rouvrit les yeux.

— Qu'attendez-vous ? fit-elle avec humeur.

— Vous. Vous avez l'air d'avoir goûté un mets amer alors que je ne vous ai pas encore touchée. Un baiser n'est pas censé faire mal, madame. Même si celui que vous m'avez assené la dernière fois ressemblait à un coup.

— Je ne veux pas que vous m'embrassiez.

— Pourquoi ? Vous avez peur d'aimer ça ?

— Non, bien entendu !

— Alors, pourquoi vous inquiéter ? Cela ne demandera que quelques minutes...

— Quelques minutes ? Une seule suffira.

Il secoua la tête en riant.

— Les baisers sont ennemis de la précipitation. Pour qu'ils soient efficaces, vous devez prendre le temps de vous y attarder, de les savourer...

— Les baisers ? Depuis quand y en a-t-il plusieurs ?

— Un baiser va rarement seul, madame.

— Et combien en avez-vous prévu ?

— Oh, une dizaine !

— C'est exclu. Un seul.

— Cinq.

— Deux.

— Trois, et n'en parlons plus.

Elle était vraiment délicieuse lorsqu'elle fronçait les sourcils. Ils prenaient alors un pli soucieux qu'il aurait volontiers embrassé aussi. Cependant, s'il n'avait droit qu'à trois baisers, il préférait les garder pour sa bouche vulnérable.

— Deux, dit-elle. Et courts. C'est à prendre ou à laisser.

Il ne fit pas un geste. Il était prêt à se montrer patient, extrêmement patient. C'était là une de ses qualités les plus exaspérantes, et il entendait bien en abuser.

Le silence s'installa, seulement troublé par les crépitements étouffés du feu, les bourrasques de vent qui s'abattaient par intermittence contre les volets et la respiration de Julianna. Il pouvait presque entendre son cœur battre. Il savait que, s'il avait pu desserrer le cordon qui maintenait le col de sa chemise bien serré, il aurait vu son pouls nerveux s'agiter sous sa peau pâle.

Il attendit. Habile à juger autrui, il devinait sans peine l'état d'esprit de Julianna. Le moment était critique : elle en était au point où il ignorait encore si elle allait se laisser faire ou pousser un hurlement qui lui vaudrait toutes sortes d'ennuis. Mais le jeu en valait la chandelle.

— Trois, reprit-il. Et plus de discussion.

Avant qu'elle ait pu s'y préparer, il effleura brièvement ses lèvres des siennes, juste pour la tenter, puis il recula. Ce fut un baiser sec et chaste, plein de promesses inattendues.

Lorsqu'elle battit des cils, surprise, il eut envie d'embrasser ses paupières.

— Cela n'a pas été trop pénible, dit-elle après un instant. Ni trop long, surtout.

— Je suis flatté.

— Si les autres sont du même acabit, cela ne devrait pas être trop...

Plaçant ses mains de part et d'autre d'elle sur le matelas, il l'interrompit en faisant courir sa bouche sur la sienne. Lorsqu'il s'arrêta, elle haletait légèrement.

— Eh bien... dit-elle. Eh bien...

— Oui, bien. Et maintenant le dernier, ma belle, avant que je ne vous abandonne dans vos appartements de jeune fille.

— Je ne suis pas une jeune fille.

— Physiquement, peut-être pas, mais vous avez l'âme d'une jeune vierge, ma douce. Et, tôt ou tard, je la déflorerai.

— Jamais.

— Je ne sais pas résister à un défi, mignonne.

Il prit son visage entre ses mains et glissa ses longs doigts dans ses cheveux soyeux. Elle se raidit et parut inquiète, mais ses joues s'étaient teintées de rose, et elle semblait plus vivante qu'il ne l'avait jamais vue.

— Ne paniquez pas, ma chérie. Vous avez survécu aux deux premiers. Je vous promets que celui-ci ne sera pas pire.

— Veuillez m'excuser si je ne l'apprécie pas en connaisseuse.

— Vous l'apprécierez, ma douce, je vous le promets. C'est un maître qui vous embrasse.

— Et qui vous a promu au rang de maître ? fit-elle d'un air rêveur.

Nicolas se retint de rire.

— Les dames, naturellement. Qui mieux qu'elles pourrait juger mes baisers ? Mais peut-être n'êtes-vous pas de cet avis ? Peut-être votre vaste expérience du baiser vous autorise-t-elle à estimer que je manque horriblement de technique ?

— Le fait est... Je dois admettre que vous embrassez... plutôt bien.

— J'ai gardé le meilleur pour la fin. Pour celui-ci, je vous autorise à fermer les yeux.

— Je trouve plus prudent de les garder ouverts.

— Comme il vous plaira, madame.

Il caressa le contour de son visage, l'amena doucement vers le sien et la sentit trembler. Il aurait voulu boire toute la peur qui était en elle.

Lentement, très lentement, il effleura ses lèvres, tout en la maintenant légèrement par la nuque, au cas où elle essaierait de reculer. Patiente et tremblante entre ses mains, elle le laissa appuyer sa bouche contre la sienne et ferma finalement ses yeux pleins de chaleur et de douceur, tandis qu'il lui faisait entrouvrir les lèvres d'une simple pression des doigts.

Lorsqu'il fit usage de sa langue, elle sursauta et tenta de se dégager. Mais, préparé à cette résistance, il la maintint fermement et goûta son adorable bouche avec un plaisir exquis. Elle émit un faible gémissement qui faillit lui donner des scrupules, puis elle soupira et se laissa faire, l'invitant même, avec une timidité irrésistible.

Il ne pouvait pas la posséder maintenant, malgré tout le désir qu'il éprouvait pour elle. Tout juste prête pour les baisers, un pas de plus risquait de l'effrayer définitivement. Or, Nicolas ne cueillait que les fruits mûrs à point. Lorsqu'il se détacherait de sa bouche, le baiser serait officiellement terminé, et il voulait retarder ce moment, continuer à l'embrasser jusqu'à ce que le feu meure, que le ciel pâlisse, que les servantes de Julianna soient de retour et le chassent de cette chambre, choquées et jalouses.

Il aurait voulu qu'elle passe autour de lui ses bras qu'elle gardait crispés le long de son corps, il aurait voulu toucher ses seins... Il aurait voulu tant de choses d'elle ! Soudain, il comprit qu'il devait cesser de l'embrasser pour son propre bien, sinon il allait s'oublier là, sur ce lit, chose qui ne lui était pas arrivée depuis ses débuts maladroits. Si elle continuait à pousser ces doux gémissements, il n'allait pas pouvoir résister...

Dans la cheminée, une bûche craqua, comme une explosion dans le silence. Il recula, surpris de ce qu'il venait de ressentir.

Ce fut bien pire encore lorsqu'il la regarda. Sa bouche était rose et humide, ses yeux brillants de larmes. Il eut la certitude absolue qu'elle avait peur de lui et le désirait tout à la fois.

Il s'écarta, s'éloigna d'elle, du lit et gagna la porte avec une hâte grotesque, pressé de fuir. Ce n'avait été qu'un baiser, se disait-il, un prélude au sexe, un moyen de lui faire ouvrir les cuisses, de la préparer à l'accueillir en elle, un vulgaire stratagème.

— Je crois qu'il n'y aura plus de baisers, dit-elle à voix basse.

Il lui avait pourtant dit qu'il ne savait pas résister à un défi. L'avait-elle oublié ?

— Pourquoi, madame ? Cela vous a-t-il déplu ?

Bien sûr, il savait déjà qu'il n'en était rien, mais allait-elle lui répondre franchement ?

— Plus de baisers, répéta-t-elle. Cela... cela me trouble.

Par sainte Hugeline, quelle innocence ! Malgré dix ans de mariage avec Victor de Moncrieff, débauché et coureur notoire, elle était restée un bébé, ce qui était à la fois étonnant et excitant.

Mais, à la réflexion, il n'était guère surpris : un homme de la réputation de Victor de Moncrieff ne perdait pas son temps en baisers, particulièrement lorsque la belle était déjà conquise et qu'il n'y avait plus qu'à la prendre. Les hommes vantaient les prouesses de ce seigneur, les femmes en parlaient à voix basse, et Nicolas ne doutait pas qu'il ait su aussi bien donner que recevoir du plaisir. Mais lady Julianna n'avait jamais éprouvé le moindre plaisir, il en aurait mis sa main au feu.

— Plus de baisers tant que vous ne m'y aurez pas autorisé, madame.

Assise sur son lit défait, la pauvre enfant serrait contre elle ses couvertures comme s'il pouvait voir à travers. Il aurait pu aller plus loin, lui promettre de ne plus l'embrasser tant qu'elle ne le supplierait pas de le faire. Mais cela n'aurait rien changé. Elle était presque mûre et ignorait qu'il serait là pour la cueillir le moment venu.

Soulagée, elle hocha la tête.

— Dans ce cas, je ne risque rien, dit-elle, comme pour se rassurer.

— À vous de décider des risques que vous êtes prête à courir, madame.

Pour quelque raison obscure, elle eut alors une expression qui lui rappela la bassine d'eau froide qu'elle lui avait vidée sur la tête lors de leurs précédents adieux.

Comme si elle avait envie de recommencer.

Sans un bruit, il referma la porte derrière lui. Les femmes du château dormaient profondément. Aucune d'elles ne s'était réveillée lorsque lord Hugh avait fait irruption dans la chambre de son épouse, aucune n'avait entendu lady Julianna demander à Nicolas de sortir. Le couloir était sombre et désert. Seule une torche l'éclairait au loin.

Une torche qui révélait la frêle et mince silhouette d'un jeune homme qui le contemplait. Une longue et fine lame luisait dans sa main.

12

Gilbert de Blaith avait beau être parfois d'une intelligence diabolique, il ne savait guère juger son prochain, encore moins quand celui-ci était doté de qualités dont il était lui-même totalement dépourvu. Si la convoitise, le mépris et l'envie étaient sa seconde nature, il était incapable de reconnaître en autrui un trait de caractère qu'il ne pouvait utiliser à son avantage. C'était sans doute ce en quoi il lui ressemblait, songea Nicolas en s'avançant vers lui dans le couloir.

— Vous êtes rapide en besogne, maître Nicolas. Je n'aurais jamais cru que lady Julianna céderait aussi vite. Elle me faisait penser à une nonne collet monté. Votre prouesse me laisse pantois. Peut-être devriez-vous me donner des leçons de séduction.

Nicolas s'arrêta à quelques pas de lui, afin de se trouver hors de portée de tout mouvement imprévisible. Comme personne ne les observait, Gilbert ne se donnait pas la peine de masquer l'expression de son visage. Sous ses doux traits de jeune homme se cachait une âme de vieillard. Parfois, ce mélange de jeunesse, de beauté et d'absence totale d'humanité effrayait Nicolas.

— J'ai appris que vous ne vous débrouilliez pas trop mal non plus, mon garçon. À la cour, votre lit n'est vide que lorsque vous le voulez bien.

— Je vous trouve étonnamment bien informé pour un fou, maître Nicolas. Je me demande si le roi Henry se doute de votre intelligence réelle.

— Ne m'a-t-il pas envoyé ici ?

— Pourquoi ?

Nicolas commençait à bien s'amuser. S'il devait passer le reste de la nuit à digérer sa frustration, autant mettre son entourage aussi mal à l'aise que lui, en particulier les petits prétentieux dangereux comme Gilbert de Blaith.

— À cause du calice de sainte Hugeline, martyre au dragon, naturellement, répondit-il. Il est évident qu'il ne vous croit pas complètement apte à remplir cette mission. C'est pourquoi il m'a envoyé ici.

— Je n'ai jamais trahi mon roi.

— Il y a un début à tout. De plus, Henry aime à parer à toute éventualité. Nous pratiquons tous deux la supercherie et le mensonge, chacun à notre manière, et à nous deux nous devrions parvenir à nous emparer de cet objet.

— Suggérez-vous que nous fassions équipe ?

Nicolas secoua doucement la tête.

— Dieu me préserve de me fier à un petit serpent tel que vous, doux Gilbert ! Ambitieux comme vous l'êtes, vous ne seriez pas pressé de partager le crédit que rapporterait la réussite de cette entreprise.

— Dans ce cas, où voulez-vous en venir ?

— Il est de notre intérêt de ne pas être ennemis dans le camp de l'ennemi. L'important est que l'un de nous rapporte au roi Henry le saint calice. Nous avons chacun nos méthodes. Du moment que le roi obtient ce qu'il veut, il ne réprouvera aucun de nous. Nous pourrions partager nos informations ou, du moins, ne pas nous mettre mutuellement des bâtons dans les roues.

— Nous pourrions, en effet.

— Vous êtes ici depuis plus longtemps que moi. Avez-vous vu le calice ?

— Pas encore. Il est caché quelque part, et personne ne semble avoir envie d'en parler. Lord Hugh n'est pas un imbécile : il sait que Henry ne reculera devant rien pour obtenir cette relique. Cependant, il ne me soupçonne pas, et c'est pourquoi je préfère ne pas l'interroger à ce sujet. Tôt ou tard, je finirai bien par découvrir le calice – je suis maître dans l'art de percer les secrets.

— En effet. Quand vous l'aurez découvert, me le direz-vous ?

— Bien entendu. Après tout, une fois que je l'aurai trouvé, ni vous ni moi n'aurons plus aucune raison de rester ici. Ferez-vous de même ? Me direz-vous où il est si vous le découvrez ?

— Évidemment, jeune Gilbert. Dès que je l'aurai découvert, fit Nicolas avec son sourire le plus candide.

Le jeune homme parut satisfait et hocha la tête. Cependant, Nicolas doutait qu'il le crût. Gilbert était trop rompu aux manières de la cour, à la fourberie, à l'artifice et à la dissimulation pour cela.

— Pourquoi ne retournez-vous pas auprès de votre blonde dame ? fit négligemment ce dernier. Je me demande si sa mère se doute que vous la troussez. Qui eût dit qu'elle écarterait aussi facilement les cuisses ? Votre efficacité me stupéfie.

Nicolas garda un visage neutre, malgré l'étrange élan de rage protectrice qu'il ressentait. Montrer ses émotions à ce dangereux jeune homme eût été une grossière erreur.

— *Les cuisses de la dame et ses appas*
Ne sont pas pour vous mais pour moi.
Sachez donc votre langue tenir
Sans quoi un assassin pourrait bientôt mourir.

— Charmant, commenta Gilbert avec un rictus méprisant. Des menaces en vers. Inutile de vous mettre en peine, maître Nicolas. Toutes les rimes du monde ne feront jamais que m'ennuyer.

— C'est bien mon intention, mon enfant.

— Et ces menaces ?

Après avoir vérifié que la fine dague avait regagné son étui, Nicolas franchit les quelques pas qui le séparaient du jeune homme et l'embrassa sur la joue.

— Tout ce qu'il y a de plus sérieux, lui chuchota-t-il à l'oreille.

Puis, avant que Gilbert n'ait pu faire un geste, il s'éloigna en dansant.

À la grande surprise d'Isabeau, son mari ne la toucha pas. Elle pensait pourtant que Hugh, qu'elle avait suivi en épouse soumise, la prendrait par la main et l'amènerait jusqu'à son lit. Il était d'une humeur inquiétante. Durant son court séjour à Fortham, son fiancé et maintenant époux l'avait pratiquement ignorée, ne lui adressant la parole qu'en cas de stricte nécessité. Elle aurait désespéré de son bonheur futur si elle ne l'avait pas surpris à plusieurs reprises en train de l'observer de son œil bleu glacé. Il s'empressait toujours de détourner le regard, mais pas avant qu'elle n'ait vu l'expression presque mélancolique de son visage.

Non qu'un seigneur et un soldat comme le célèbre comte de Fortham pût être soupçonné de se laisser aller à de telles émotions. Lorsqu'elle avait appris ses fiançailles, Isabeau s'était renseignée sur son futur mari. C'était, disait-on, un homme bon, grave et beau. Il avait enterré deux épouses et apparemment renoncé à avoir un jour un héritier. Sinon, pourquoi aurait-il épousé une femme d'âge mûr connue pour ses nombreux enfants mort-nés ?

Il l'avait voulue, choisie, bien qu'il semblât tout faire pour l'éviter. Même maintenant, alors qu'ils étaient bel et bien mariés, il paraissait à peine remarquer sa présence.

Du moins avait-il envie d'elle, ainsi que son intuition féminine, aiguisée par les ans, l'en assurait.

Pour sa part, Isabeau se sentait un peu impressionnée. Il était si grand, si bruyant, si farouche, si viril qu'elle ne savait trop comment s'y prendre avec lui. Sans doute n'était-il pas un amant tendre et attentionné. Il devait se montrer rapide, rude et pratique lorsqu'il s'agissait de la chose. Néanmoins, elle pourrait lui apprendre la tendresse et la patience – elle ne demandait pas mieux.

Quel effet cela ferait-il de l'embrasser ? Elle n'était hélas pas près de le découvrir, le décret du père Paulus n'étant pas à prendre à la légère. Cependant, puisqu'elle partagerait son lit, Hugh de Fortham lui parlerait peut-être. Ils pourraient apprendre à se connaître avant de consommer leur union. C'était sans doute pour le mieux. Après tout, peut-être l'abbé n'était-il pas l'abominable monstre qu'elle croyait, mais au contraire une fontaine de sagesse.

Encore que rien ne fût moins sûr.

Hugh sortit sur le chemin de ronde, sans même se donner la peine de vérifier qu'elle le suivait. Sa pelisse volait derrière lui. Isabeau devait presser le pas pour ne pas se laisser distancer, dans sa fine chemise en lin qui ne la protégeait guère du vent glacé. Bien élevés, les gardes en faction détournèrent le regard tandis qu'elle trottinait, pieds nus, sur les talons de son seigneur et maître. Lorsqu'elle atteignit les appartements de ce dernier, ses orteils étaient gelés, elle claquait des dents et ne rêvait que d'un bon feu et d'un lit bien chaud.

Comme elle le suivait à l'intérieur, il cria:

— Dehors!

Sur le point de sortir, elle se ravisa, prête à répliquer. Mais, sur ces entrefaites, deux serviteurs, qui avaient attendu leur maître dans sa chambre, se sauvèrent, les yeux baissés. Ils refermèrent la porte derrière eux, enfermant du même coup leur maître et sa nouvelle femme ensemble.

Sans rien lui dire, sans même lui accorder un regard, Hugh s'approcha du feu et retira sa pelisse, qui tomba sur le sol. Sans doute s'attendait-il qu'un de ses serviteurs la ramasse, éventualité fort improbable, étant donné qu'il venait de les renvoyer. S'il espérait qu'elle allait s'en charger, il se trompait lourdement.

Elle attendit. Il ne disait toujours rien. La porte était bien fermée et sans doute gardée par des soldats chargés de l'empêcher de s'enfuir.

Elle apercevait dans la seconde pièce le lit, massif, placé sur une estrade et couvert d'épaisses et somptueuses fourrures. Dans cette pièce aussi un feu brûlait, dont les flammes projetaient des ombres dansantes sur le sol.

— Eh bien, dit-elle enfin.

Mais ce fut d'une toute petite voix, presque inaudible. Elle crut d'abord que Hugh ne l'avait pas entendue. Il ne se retourna pas, absorbé dans sa contemplation du feu.

Isabeau s'éclaircit la voix.

— Eh bien, répéta-t-elle d'une voix à peine plus assurée.

— Eh bien quoi ?

Il se retourna enfin et la dévisagea. Malgré elle, Isabeau fit un pas en arrière. Puis elle s'immobilisa. C'était lui qui avait voulu l'épouser, lui qui l'avait amenée ici.

Elle tenta d'esquisser un sourire.

— Eh bien, me voici, répondit-elle. Qu'allons-nous faire, à présent ?

Son air ironique la fit rougir.

— Couchez-vous dans mon lit. Vous êtes ma femme, c'est là qu'est votre place.

— Et vous ?

— Je ne suis pas fatigué.

— Oh !

C'était l'exemple même de leurs conversations minimalistes. Aussi Isabeau décida-t-elle de prendre les choses en main. Au cours de son existence, elle avait affronté des situations bien pires et s'en était toujours sortie. Elle n'allait pas reculer devant un époux grognon.

Elle traversa la pièce et vint poser une main sur son bras. Surpris, il sursauta. Puis, immobile, il permit à sa petite main de rester sur son bras fort et puissant, sans toutefois croiser son regard.

Elle aurait aimé savoir ce qui se cachait derrière ses beaux yeux brillants chaque fois qu'il la regardait. Regrettait-il ce mariage ou bien déplorait-il le sévère décret du père Paulus ? Il semblait à mille lieues de se livrer.

Sans réfléchir, elle se hissa sur la pointe des pieds et déposa un baiser sur sa joue velue.

— Alors, bonne nuit, cher époux, dit-elle.

Perplexe, il la regarda comme s'il la voyait pour la première fois. Elle crut qu'il allait dire quelque chose. Puis il leva la main, et elle pensa qu'il allait la toucher. Mais il laissa retomber sa main et s'éloigna.

— Bonne nuit, dit-il.

Isabeau le quitta, grimpa dans l'énorme lit et se blottit sous les épaisses fourrures, le regard rivé sur le feu jusqu'à ce que ses yeux la piquent et s'emplissent de larmes. Dans l'autre pièce, Hugh ne faisait aucun bruit. Sans doute fixait-il le feu, lui aussi. Ils étaient si proches, et pourtant si éloignés l'un de l'autre !

Elle laissa échapper un petit soupir triste, trop discret pour qu'il puisse l'entendre, puis, avec la force de caractère qu'elle s'était forgée au fil du temps, s'obligea à dormir.

Hugh l'entendit soupirer, avec un petit spasme, comme si elle venait de pleurer, et ce bruit lui brisa le cœur. Il ne pouvait tout de même pas l'avoir fait pleurer ?

Bien sûr que si. Comme un gros rustaud qu'il était, il avait dû lui faire une peur bleue en la forçant à traverser le château et en lui ordonnant de se coucher dans son lit. C'était bien digne du tendre amant qu'il était de terroriser une si douce créature !

Pourtant, Dieu merci, elle ne semblait pas s'effrayer facilement. Elle avait quitté son lit sans se faire prier et l'avait suivi de-ci de-là sans protester. Il avait à peine osé regarder par-dessus son épaule, de peur de s'apercevoir qu'elle n'était plus là. Cependant, chaque fois qu'il avait jeté un coup d'œil derrière lui, il l'avait vue qui courait pour le suivre.

À un moment donné, il s'était rendu compte qu'elle était pieds nus. S'il avait eu un peu de jugeote, il l'aurait portée – elle était toute menue et ne devait guère peser plus lourd qu'une armure. Mais il n'y avait pas songé tout de suite, puis il avait redouté de poser les mains sur elle. Si une femme méritait qu'un homme risque la damnation éternelle pour elle, c'était bien Isabeau, et il aurait volontiers payé ce prix. Mais il ne voulait pas la damner avec lui.

Son lit était immense, assez grand pour contenir la moitié de ses hommes. Assez grand pour les accueillir, Isabeau et lui, sans que leurs corps se touchent. Au moins l'aurait-il près de lui, là où il rêvait de la voir depuis une éternité. Peu importait qu'il ne pût la toucher, qu'il craignît plus que tout de l'effrayer, de l'offenser, de la dégoûter. Ce qui comptait, c'était qu'elle soit là et sienne.

Il attendit le plus longtemps possible, jusqu'à ce que les bûches se brisent avec une gerbe d'étincelles, jusqu'à ce que les brumes de l'alcool se soient dissipées. Alors, s'armant de courage, comme avant de se lancer dans la bataille, il redressa les épaules et se dirigea d'un pas hardi vers la chambre à coucher.

Jamais il n'avait disputé un combat aussi décisif, jamais il ne s'était senti aussi nerveux. Dans la chambre, le feu, qui n'était plus que braises, n'éclairait que faiblement la pièce. Il vit cependant sa femme, endormie dans son lit, à la place qui était la sienne. Elle ressemblait à une enfant, confiante, innocente, douce et tendre. Un ange, voilà exactement ce qu'elle était, et il ne songeait qu'à la souiller.

Lui qui, d'ordinaire, dormait nu sous les fourrures ne pouvait pas s'autoriser cette tenue cette fois-ci. D'abord, parce que cela aurait choqué Isabeau. Ensuite, parce qu'elle n'aurait que trop clairement constaté l'effet qu'elle avait sur lui et qu'il craignait qu'elle n'en conçoive du dégoût.

Il retira sa tunique et ses bottes et grimpa dans le lit vêtu de sa longue chemise et de ses chausses. Elle s'étira, mais ne se réveilla pas. Il resta immobile, de peur de la déranger. Elle émit un soupir sensuel, semblable au ronronnement d'un chaton ravi, et se rapprocha de lui, de toute évidence inconsciente de ce qu'elle faisait. Devait-il la réveiller ? Le haïrait-elle de se voir blottie contre lui ? Mais il n'avait pas le courage de la repousser. Il allait souffrir héroïquement, même si elle l'enlaçait dans son sommeil. Il serrerait les dents et trouverait la force de ne pas violer le décret du père Paulus, de rester allongé là en espérant qu'elle ne remarquerait pas...

Elle se lova contre lui et soupira profondément. Comment une femme aussi profondément endormie pouvait-elle avoir traversé tout le lit en un temps aussi bref ? Elle était là, tout contre lui, son joli postérieur calé contre sa hanche, un petit sourire béat sur son beau visage endormi.

Il réprima un gémissement. Sa peau avait un parfum de rose, de savon et de linge propre. Il avait envie d'enfouir son nez dans ses cheveux, mais il ne bougea pas. Jamais ses fautes ne lui avaient semblé mériter une telle pénitence, mais sans doute payait-il pour des péchés qui, sur le moment, lui avaient paru véniels.

C'était probablement ce que le père Paulus lui aurait dit. Hugh ne comprenait toujours pas ce que l'abbé de Sainte-Hugeline faisait à Fortham. Sans doute convoitait-il le calice sacré, comme bon nombre de chrétiens, mais il n'y avait encore fait aucune allusion. À moins qu'en tant qu'homme d'Église le prieur ne fût immunisé contre la cupidité.

Cependant, Hugh n'était pas naïf. Depuis qu'il était monté sur le trône, le roi Henry n'avait eu de cesse de prendre le calice aux Fortham, et il n'était pas homme à se décourager facilement.

Hugh non plus, d'ailleurs. Le calice de sainte Hugeline, martyre au dragon, était plus qu'une relique susceptible de faire des miracles. C'était sa responsabilité, son destin. La protection de cette coupe sacrée était un devoir qui se transmettait de père en fils, et Hugh aurait préféré mourir plutôt que de trahir sa famille et la sainte martyre. Cette dernière avait été une femme bonne, une solide paysanne. Elle aurait sûrement voulu que son calice reste parmi les siens, dans sa famille.

Alors, Hugh n'abandonnerait le calice sacré à personne, fût-il roi, abbé, pape ou bouffon.

Cet impertinent Nicolas Strangefellow n'était peut-être rien de plus que ce qu'il prétendait être : un bouffon, un fou rimeur et un acrobate, envoyé par le roi pour amadouer un ennemi de longue date. Néanmoins, il serait peut-être plus sage de changer le calice de cachette dès le lendemain. Avoir la foi ne dispensait pas d'assurer ses arrières.

Isabeau soupira et se rapprocha encore. Hugh gémit en sentant la courbe coquine de son postérieur à travers sa fine chemise. Dieu merci, il ne l'avait pas réveillée, sinon elle se serait sûrement enfuie en hurlant et en l'accusant de tricher avec les ordres stricts du père Paulus. Fort heureusement, elle dormait profondément. Quant à lui, il ne lui restait plus qu'à se préparer à affronter une longue nuit sans sommeil.

Mais… était-ce son imagination ou avait-il réellement vu un petit sourire triomphant se dessiner sur le visage d'Isabeau ?

13

Julianna n'avait aucune envie de quitter son lit bien chaud pour aller traîner dehors dans la nuit froide, à la recherche d'une relique sacrée, d'autant que le fou traînait dans les parages. Il l'avait déjà suivie une fois ce jour-là jusque dans la chapelle de la sainte, et elle ne voulait pas le rencontrer de nouveau.

Hélas, trop de personnes convoitaient le saint calice, y compris le puissant abbé de Sainte-Hugeline. Et la seule solution qui s'offrait à Julianna pour améliorer ses perspectives d'avenir était de s'emparer de cet objet, qu'elle pourrait échanger contre une vie paisible, loin des hommes cupides et des fous ineptes.

En passant une robe par-dessus sa chemise, elle s'aperçut soudain, choquée, que ses tresses s'étaient défaites, libérant un flot d'épais cheveux blonds. Elle commença à les natter, puis abandonna, faute de liens pour les attacher. Peu importait, après tout : la nuit était noire, et personne ne la verrait se faufiler jusqu'à la chapelle abandonnée. Et, même si quelqu'un la surprenait, elle pourrait toujours prétendre s'être rendue là pour prier.

Encore un ignoble mensonge, songea-t-elle en enfilant ses chaussons de cuir et en fermant sa cape. Après la Sainte Vierge, irait-elle jusqu'à impliquer Dieu dans un mensonge ? Et, si elle confessait franchement ses péchés, comme il se devait, quel pouvoir cela donnerait-il sur elle à l'abbé ?

Mieux valait ne pas y songer et ne penser qu'à sa mission : s'emparer de la sainte relique.

Elle traversa les salles désertes et descendit l'escalier en colimaçon. Sans doute les remparts étaient-ils gardés : on n'était jamais assez prudent, même en temps de paix, et Hugh de Fortham était un chef avisé. Les gardes allaient-ils donner l'alerte en la voyant se glisser comme une ombre dans la cour déserte ? Ou penseraient-ils, à juste titre, qu'il s'agissait juste d'une fille perdue sur le chemin du péché ?

Certes, elle n'allait pas commettre le péché de luxure, comme ils l'imagineraient sans doute, mais n'était-ce pas néanmoins un acte égoïste et impie que d'ôter une sainte relique de sa niche ?

Cependant, cette relique était oubliée de tous, couverte de poussière, à peine éclairée. Les gens de Fortham ne devaient même pas se rappeler son existence, sinon ils l'auraient vénérée et honorée. À la réflexion, il y avait de fortes chances qu'on ne remarque même pas sa disparition.

La rosée qui recouvrait l'herbe fraîche traversait ses chaussons. Grâce à la lune, qui brillait haut dans le ciel au-dessus des remparts, Julianna avançait sans peine dans l'ombre, longeant les murs afin d'échapper aux regards curieux des sentinelles.

La porte de la chapelle était restée entrouverte. Julianna inspira profondément et s'élança à travers la cour, s'attendant à tout moment à entendre l'ordre de faire halte ou l'aboiement des chiens.

Mais rien ne se passa. En entrant dans la chapelle, son orteil heurta un caillou à travers sa fine chaussure, et ce ne fut qu'au prix d'efforts surhumains qu'elle se retint de pousser un juron. Même abandonné, cet endroit n'en restait pas moins un lieu sacré. De plus, seuls les hommes l'avaient abandonné, pas sainte Hugeline.

Si l'après-midi, la chapelle lui avait semblé sombre, seulement éclairée par les rayons du soleil qui traversaient les vitraux, il y faisait un noir d'encre à présent. Tandis qu'elle progressait à tâtons, elle crut entendre le pas léger des rongeurs sur les dalles de pierre. Pourvu qu'il ne s'agisse que de souris, et non de rats ! songea-t-elle avec ferveur.

Elle se cogna soudain le genou contre l'estrade de pierre qui supportait l'autel, et son coude rencontra violemment un mur. Elle se mordit la lèvre pour réprimer un cri de colère et de douleur. Se mordre la lèvre fut une erreur : cela lui rappela Nicolas et réveilla en elle un flot d'émotions si troublantes qu'elle se mit à frissonner et dut s'asseoir au bord de l'estrade.

Si son désir de quitter Fortham était plus fort que jamais, elle devait en remercier la bouche du fou. Par ses baisers, ce dernier avait ébranlé tout ce en quoi elle avait toujours cru, et pour la première fois de sa vie elle commençait à comprendre pourquoi les femmes se conduisaient de façon aussi insensée avec les hommes. Des baisers comme ceux-là étaient une drogue, un danger, comme ces vapeurs de pavot qui vous entraînaient au pays des rêves avant de vous ramener brutalement sur terre.

En frémissant, elle serra sa cape autour d'elle. Depuis le temps qu'elle était assise là, ses yeux s'étaient habitués à l'obscurité, mais elle ne discernait pas même une ombre dans cette nuit d'encre. Cependant, comme le froid de la pierre la glaçait, elle se leva. Il était temps de passer à l'action.

Elle se dirigea prudemment vers l'autel. En heurtant un objet en bois, elle se rappela le banc qui avait basculé sous elle. Elle voulut le relever, mais il retomba. L'un de ses pieds avait dû se briser lors de sa chute précédente.

L'autel se trouvait suffisamment près du fond de la chapelle pour qu'elle puisse atteindre la niche en montant dessus. Certes, c'était là un tel sacrilège qu'elle n'osait même pas y songer, mais elle ne voyait aucun autre moyen d'atteindre le calice. La chapelle étant apparemment désertée depuis des décennies, son caractère sacré pouvait être considéré comme douteux. En outre, quel était le pire crime : abandonner une sainte relique ou escalader un autel afin de sauver cette même relique ?

On était au beau milieu de la nuit, elle était gelée jusqu'aux os et, plus longtemps elle réfléchirait, plus elle aurait froid. Au contraire, plus vite elle se déciderait, plus vite elle rejoindrait son lit.

Elle ôta ses chaussons et laissa échapper un petit cri lorsque ses pieds rencontrèrent la dalle glacée. Puis elle escalada l'autel et s'y mit debout. Les bras tendus en avant, elle se pencha jusqu'à ce que ses mains touchent le mur. Elle commençait à chercher la niche du calice quand, soudain, l'avertissement de Nicolas lui revint en mémoire. Qu'avait-il dit, au juste ? Que le calice portait malheur à qui n'en était pas digne ? Que ses pierreries se changeaient en poison ?

Ridicule ! Les saintes reliques étaient un cadeau de Dieu. Pourquoi s'en serait-Il servi pour tuer même Ses enfants les moins fidèles, dont elle ne faisait certes pas partie ? D'ailleurs, si le calice était porteur de mort, elle n'aurait plus à s'inquiéter pour l'avenir. On la retrouverait empoisonnée sur les dalles de la chapelle abandonnée, tenant le calice entre ses doigts crispés, et Nicolas ne troublerait plus jamais son existence par ses baisers.

Ses doigts rencontrèrent le bord de la niche.

— Très sainte Hugeline, si vous désirez me tuer, faites-le vite. Sinon, aidez-moi à prendre les bonnes décisions, murmura-t-elle.

Alors qu'elle tâtonnait, elle sentit soudain sous ses doigts un objet petit, doux, couvert de fourrure... et indéniablement vivant. Elle étouffa un cri et faillit tomber de l'autel.

Recouvrant l'équilibre *in extremis*, elle prit le temps de se calmer. Il ne pouvait s'agir d'un rat : un rat aurait eu le poil plus court, il aurait couiné et sans doute escaladé son bras...

Si seulement elle avait eu une bougie pour éclairer la niche et voir quel genre de créature y avait élu domicile !

Cela ne pouvait être un serpent : les serpents n'étaient-ils pas froids et visqueux ? Il ne pouvait pas s'agir non plus d'un minidragon : ces animaux avaient des écailles. Un lapin, alors ? Non, l'animal était trop petit. D'ailleurs, comme un lapin serait-il arrivé jusqu'à cette niche haut perchée ?

Soudain, l'animal en question émit un bruit. Un doux et merveilleux miaulement : c'était un chat.

— Tu m'as fait une peur bleue, le gronda Julianna. Petit coquin…

Elle tendit le bras et recueillit la douce créature.

Ce n'était qu'un tout petit chaton, qui se mit à ronronner avec ravissement à son contact. Puis, de sa langue râpeuse, il lui lécha la main, et elle le câlina un instant contre sa joue.

Enfin, elle le posa sur l'autel.

— Va retrouver ta maman, minou. Elle doit se demander où tu es passé.

Mais, lorsqu'elle tendit de nouveau la main vers la niche, elle sentit le chaton escalader sa cape à l'aide de ses petites griffes qui s'enfonçaient dans la laine épaisse. Le petit animal menaçait de la faire tomber, alors qu'elle était déjà en équilibre précaire. Elle s'empara prestement du calice et s'écarta du mur, à deux doigts de la chute.

Lorsqu'elle eut repris son équilibre, le chaton grimpa sur son bras et recommença à ronronner en frottant sa petite tête contre le calice. Julianna attendit, à la fois curieuse et effrayée, mais aucun éclair ne vint la foudroyer, aucun poison ne se mit à courir dans ses veines. Ce n'était qu'une coupe, sacrée, certes, mais dépourvue de tout pouvoir maléfique.

À moins qu'elle n'eût le cœur suffisamment pur pour être digne de toucher cet objet – hypothèse assez improbable, étant donné qu'elle venait de monter pieds nus sur un autel.

Le chaton dans une main, le calice dans l'autre, elle descendit de l'autel. Sainte Hugeline avait décidé d'avoir pitié d'elle, mais pourrait-elle en dire autant de l'abbé ?

— Va rejoindre les tiens. Tu es trop jeune pour quitter ta mère, dit-elle en reposant le chaton par terre.

Mais l'animal, qui semblait savoir ce qu'il voulait, escalada de nouveau la cape de Julianna, bien décidé à regagner son nid confortable près de son sein.

Julianna renonça à lutter et, toujours à tâtons, se mit en quête de ses chaussures. Elle les trouva enfin et chaussa ses pieds glacés avec un soupir de soulagement.

Puis elle dissimula le calice sous sa cape, le chaton au creux de son bras et sortit dans la cour.

Après les ténèbres de la chapelle, le clair de lune l'éblouit presque. Il faisait plus noir dans cette chapelle que dans les profondeurs de l'enfer. Cette pensée blasphématoire la fit aussitôt frissonner. Si elle ne contrôlait pas mieux son âme pécheresse, c'était bel et bien là qu'elle allait finir, dans les profondeurs de l'enfer. Si elle avait appris à tenir sa langue, son imagination fertile semblait rétive à toute discipline : elle ne pouvait s'empêcher de penser à des choses qui lui auraient valu le bûcher si l'abbé de Sainte-Hugeline avait eu le pouvoir de lire dans son esprit.

Fort heureusement, le père Paulus n'était qu'un mortel dépourvu d'un tel don, et elle n'avait donc pas lieu de s'en faire. Recherchant l'ombre, longeant les murs, elle regagna bientôt le donjon. Elle allait s'engager dans l'escalier quand des bruits de pas et des voix étouffées lui parvinrent. Tout compte fait, elle avait peut-être lieu de s'inquiéter.

Cachée dans le recoin formé par la dernière spire de l'escalier, elle pria pour que l'obscurité la dissimule au regard des intrus. Si seulement elle avait songé à recouvrir sa brillante chevelure ! Sous sa cape, elle avait l'impression que le calice lui prodiguait une chaleur réconfortante. Quant au chaton, providentiellement calme, il ronronnait d'aise, blotti contre son sein.

Elle reconnut avec horreur les voix qui s'approchaient. L'abbé de Sainte-Hugeline, visiblement incapable de trouver le sommeil, avait entraîné avec lui le fidèle frère Barth, à qui il infligeait un discours rageur sur les mœurs dissolues des habitants du château. Ceci dit, il ne semblait pas s'intéresser particulièrement au calice.

— Je veux que les servantes cachent leurs cheveux, bandent leur poitrine et portent des jupes plus longues. Je ne tolérerai pas que la débauche règne dans cette maison, du moins tant que j'en aurai la responsabilité, déclara-t-il.

Si le frère Barth doutait que l'abbé fût le véritable responsable du château, il eut la sagesse de n'en rien dire. Néanmoins, il répliqua :

— Les femmes portent des jupes courtes pour ne pas se salir dans la boue, me semble-t-il. Quant au bandage des seins, j'ai entendu dire que c'était une pratique inconfortable et préjudiciable à l'allaitement…

Le père Paulus émit un sifflement désapprobateur, auquel le chaton fit écho. Heureusement, l'abbé était bien trop occupé par sa diatribe pour y prêter attention.

Il s'arrêta dans l'embrasure de la porte. Le clair de lune étirait autour de lui des ombres étranges, qui atteignaient presque la minuscule cachette de Julianna.

— Frère Barth, ne me parlez plus de ces choses répugnantes. J'éradiquerai le péché de ce lieu, de toutes ces âmes, à commencer par cette débauchée et sa mère. Elle a beau baisser les yeux, j'y ai vu briller la luxure.

— De qui parlez-vous ?

— De lady Julianna. J'espérais trouver en elle une âme pure, mais je m'aveuglais. Comme toutes les femmes, elle est capable des pires diableries. Si je le pouvais, je la ferais enfermer dans un couvent jusqu'à la fin de ses jours, hors de la vue des hommes.

« Oui, par pitié, mon Dieu », songea Julianna, soudain en plein accord avec le sévère abbé.

— Lady Julianna me semble être une bonne et pieuse fille, fit étourdiment le frère Barth. Qui la soupçonnez-vous de convoiter ?

Julianna aurait bien aimé le savoir, elle aussi. Mais le père Paulus n'avait pas l'intention de le dire.

— Le couvent, déclara-t-il. Ou le bûcher.

L'élan de gratitude que Julianna venait d'éprouver pour lui disparut instantanément. Mille nuits avec son défunt mari valaient encore mieux que le bûcher. Certes, ce châtiment était plutôt rare, l'Église ayant aussi prévu d'autres punitions pour les hérétiques, mais, quand quelqu'un était brûlé vif, toute la contrée restait marquée des années durant par le souvenir d'une telle horreur.

— Je pense que vous jugez mal cette enfant, reprit le frère Barth d'un ton hésitant.

— Nous verrons bien. Si elle se montre docile, réservée et prête à suivre mon pieux exemple, peut-être pourra-t-elle espérer… Que regardez-vous ?

— Euh… rien, mon père. Poursuivons, si vous en êtes d'accord. Vous disiez vouloir découvrir la chapelle abandonnée, mais ne préférez-vous pas attendre le lever du jour ?

— Seuls les pécheurs remettent leur tâche au lendemain. Ceux qui suivent le droit chemin ne s'adonnent pas au sommeil.

Julianna émit alors un bâillement soudain, irrépressible, qui s'éleva comme un murmure dans l'air glacé. Elle n'était qu'une pécheresse qui avait bien besoin de sommeil.

— Qu'est-ce ? fit l'abbé.

— Rien, mon père. Seulement le vent.

Pendant un instant, aucun d'eux ne bougea, puis le chaton remua contre le sein de Julianna et se remit à ronronner.

— Allons à la chapelle prier la sainte martyre, reprit le frère Barth avec empressement.

Le père Paulus resta immobile pendant quelques interminables secondes. Julianna pouvait presque voir ses yeux de feu percer les ténèbres qui l'entouraient. Puis l'abbé se tourna vers la cour.

— Venez, frère Barth. Nous n'avons que trop tardé.

— Il est vrai, père Paulus.

Le frère Barth emboîta le pas à son supérieur, mais s'arrêta brièvement avant de sortir.

— Retournez vous coucher, lady Julianna, chuchota-t-il. Et ne vous laissez pas prendre avec ce chat par le père Paulus. Il l'accuserait d'être une incarnation du diable et le ferait noyer.

Il disparut avant qu'elle ait eu le temps de reprendre son souffle. Elle serra le chaton contre elle, arrachant au petit animal un miaulement de protestation. Puis, sans plus hésiter, elle gravit en courant l'escalier désert, s'élança dans le long corridor et regagna sa chambre.

Là, elle déposa le chaton sur les draps défaits, retira sa cape et s'assit sur le lit en serrant le calice contre elle. Le chaton en profita pour s'installer sur ses genoux, et elle se mit à le caresser machinalement tout en contemplant la relique.

Celle-ci n'avait rien de spectaculaire. Certes, elle était en or, mais ce n'était pas la première fois qu'elle voyait une coupe d'or. Elle était également sertie de pierres précieuses, dont un très gros saphir, mais donnait l'impression d'être un objet inerte et mort. Pour une sainte relique, capable d'accomplir des miracles, ce calice semblait particulièrement quelconque.

Il fallait qu'elle lui trouve une cachette, un endroit où les servantes fouineuses et sa mère ne le découvriraient pas. Comme elle avait eu raison de se hâter ! Elle avait quitté la chapelle juste au moment où le prieur arrivait. Il ne faisait aucun doute que sainte Hugeline désirait qu'elle seule eût le calice. Qui d'autre que la martyre pouvait avoir fait en sorte qu'elle se trouve là au moment opportun et échappe fort à propos à une fâcheuse rencontre avec l'abbé ?

Mais que faire de cet objet, à présent ? Le remettre au père Paulus ne lui semblait plus si sûr…

Un bâillement lui échappa soudain. Le lendemain, il serait bien temps de prendre une décision. Pour le moment, elle avait froid et se sentait trop lasse pour réfléchir. Le feu s'était réduit à quelques braises, et elle avait bien du mal à se réchauffer. Aussi se blottit-elle sous les couvertures, serrant contre elle le calice divinement chaud.

Le chaton bondit sur elle et se mit à sauter sur les monticules que dessinait son corps sous le jeté de lit en fourrure. Enfin, il se lova dans son cou et lui mordilla l'oreille, avec un ronronnement aussi apaisant que le poids infime et la chaleur du calice.

— Bonne nuit, Hugeline, murmura Julianna.

Le chaton émit un miaulement satisfait. Ce devait être une fille, songea Julianna dans les brumes du sommeil, puisqu'elle répondait à un prénom féminin.

14

Décidément, les choses allaient de mal en pis, songea paresseusement Nicolas en posant ses pieds sur la table. Celle-ci était jonchée de gobelets renversés, de tranchoirs oubliés et d'os de poulet à moitié rongés gracieusement jetés sur les ordures. L'aiguière de vin était presque vide, et autour de lui, dans la grande salle, les ronflements des hommes et les grognements des chiens s'élevaient paisiblement dans l'air du petit matin.

Il n'aurait pas dû l'embrasser, évidemment. Pour commencer, il n'aurait pas dû suivre le comte jusqu'à la chambre de Julianna et y rester après que Hugh était reparti avec sa femme. Il aurait mieux fait de s'emparer de la relique dès qu'il l'avait aperçue dans la chapelle obscure. Voilà exactement ce qu'il aurait fait s'il s'était moins occupé de Julianna de Moncrieff.

Certes, s'il n'avait pas suivi cette timide créature, il n'aurait pas découvert aussi rapidement la relique. Il leva son verre à la santé de cette gente dame et but une longue gorgée. Son existence rude et tourmentée ne lui ayant offert d'autre choix que celui de voir la vie avec philosophie, il se disait qu'il ne pouvait que laisser les choses suivre leur cours, si étrange ce cours fût-il. Cependant, il aurait bien aimé que les saints lui donnent un petit indice sur la suite des événements.

Lorsqu'il s'était de nouveau rendu à la chapelle de la sainte, l'auguste abbé en sortait en trombe, apparemment dans une colère noire. Dans son sillage, le pauvre frère Barth gémissait de détresse. Mais Nicolas avait aperçu son visage au clair de lune et constaté que le bon moine semblait bien moins désespéré que ses paroles voulaient le faire croire.

De toute évidence, l'abbé et son acolyte n'avaient pas trouvé le calice – si toutefois ils le cherchaient. Peut-être le père Paulus était-il simplement scandalisé par l'état d'abandon de la chapelle.

Lorsqu'il avait cru pouvoir enfin s'aventurer sans risque dans la cour, le jour commençait à se lever, rendant sa situation plus périlleuse encore. Cependant, il ne pouvait se permettre d'attendre davantage. Chose contrariante, Bogo demeurait introuvable. Quant au frère Barth, enfermé avec l'abbé, il n'était pas disponible pour répondre à quelques questions. Nicolas ne pouvait compter que sur lui-même.

Malgré la pénombre qui régnait dans la chapelle, il n'avait que trop bien vu que la niche était vide et avait juré à voix basse, avant de se signer pour s'excuser auprès de sainte Hugeline. Certes, il était arrivé trop tard, mais les moines aussi, ce qui signifiait que quelqu'un d'autre s'était emparé du calice.

Il ne pouvait s'agir de Gilbert, ce dernier ayant passé toute la soirée près de lui. En outre, le jeune homme avait beau être fourbe et menteur, Nicolas avait le don de deviner les subterfuges. Grâce à cette faculté, qui lui venait de ses côtés les plus obscurs, il savait toujours s'il parlait ou non à un menteur, et il avait compris que Gilbert de Blaith était sincère quand il disait n'avoir pas la moindre idée de l'endroit où se trouvait le calice.

À présent, il ne le savait plus lui-même.

Il vida son verre de vin et le reposa d'une main mal assurée sur la table. Pourquoi les récents retournements de situation ne le gênaient-ils pas davantage ? S'il s'était hâté, tout aurait été plus simple. À l'heure qu'il était, il aurait déjà été sur la route avec le calice, caché parmi ses tenues de bouffon. Bogo et lui auraient disparu dans les bois et entrepris le voyage de retour jusqu'au roi Henry.

Et plus jamais il n'aurait revu Julianna de Moncrieff.

Était-ce si sûr ? Tôt ou tard, Henry voudrait qu'elle se remarie, probablement à un chevalier de second ordre avide d'obtenir la faveur du roi. Julianna étant l'une des parentes éloignées du souverain, son sort dépendait de lui, et Henry ne prenait pas ce genre de responsabilité à la légère. Peut-être Nicolas la rencontrerait-il de nouveau dans une quinzaine d'années, épuisée et aigrie par une demi-douzaine de marmots.

Mais n'était-elle pas dans l'impossibilité d'avoir des enfants ? Sa stérilité ne semblait faire aucun doute. N'avait-elle pas été mariée quelques bonnes paires d'années à l'un des plus fieffés coureurs de jupons que la terre ait jamais portés, un homme dont les bâtards peuplaient tous les environs du château de Moncrieff ?

D'ailleurs, dans quinze ans, Nicolas lui-même aurait fui le roi et son royaume et ne serait plus dans les parages depuis longtemps. Il ne saurait jamais ce qu'il adviendrait de lady Julianna. Apprendrait-elle à tirer du plaisir de son corps délicieux ? S'enfermerait-elle dans un couvent ou dans un affreux mariage ? Se souviendrait-elle seulement d'un pauvre fou qui, en faisant de son mieux pour la distraire, avait fini par se laisser distraire lui-même ?

Nicolas reposa ses jambes sur le sol en jurant. Avec le vin et les années, il devenait mélancolique. Mélancolique et faible. Jamais auparavant il n'avait permis à qui que ce soit de se mettre en travers de son chemin, et voilà qu'avec sa bouche tendre et tremblante et ses yeux apeurés Julianna de Moncrieff avait bien failli réussir ce tour de force.

Elle ne pouvait tout de même pas avoir pris le calice, elle qui ne savait presque rien de cet objet. La relique ne devait avoir aucune valeur à ses yeux. D'ailleurs, à quel moment l'aurait-elle subtilisée ? Après ses baisers, elle n'avait pas dû bouger de sitôt. Il en avait eu la certitude en voyant son regard rêveur, comme ivre. Il avait été à deux doigts d'aller jusqu'au bout avec elle, étant presque certain que s'emparer de la relique et s'enfuir du château de Fortham n'était qu'une question d'heures.

Or, il avait diablement bien fait de ne pas céder à la tentation : presque certain ne signifiait pas certain à cent pour cent. À présent, il était condamné à rester au château jusqu'à ce qu'il découvre la personne qui avait subtilisé le calice et l'endroit où elle l'avait caché. Il se retrouvait donc piégé ici avec Julianna pour quelques jours supplémentaires. Situation qui n'avait rien d'insupportable.

Sans doute le coupable était-il le maître des lieux. C'était le comte qui avait placé le calice dans la chapelle, et qui mieux que lui aurait pu l'en ôter ? Le vol pouvait avoir eu lieu n'importe quand depuis que Nicolas et Julianna avaient aperçu le calice, dans l'après-midi.

La tâche s'annonçait donc un peu plus difficile que prévu. Tant mieux : tout ce qui valait la peine d'être possédé valait la peine qu'on se donnait pour l'obtenir. Peut-être l'heure était-elle venue pour lui de ne plus s'exprimer qu'en vers, talent facile qui faisait enrager son prochain. S'il se montrait suffisamment importun, tout le monde le rejetterait, de sorte qu'il pourrait se concentrer exclusivement sur sa mission.

Soudain apparut le comte de Fortham, comme surgi de nulle part.

— Tu ne dors donc jamais ? fit-il d'une voix passablement contrariée.

— Le sommeil est le…

— Un vers et je te coupe la langue, bouffon. Je ne suis pas d'humeur à supporter ton caquetage.

Nicolas eut pitié du comte. Il n'avait lui-même aucune envie d'endurer son propre bavardage.

— La dame est restée pure ?

Hugh balaya d'un geste un coin de la table, s'empara d'un gobelet et y versa le reste de vin.

— Oui, le diable t'emporte ! Je refuse de risquer son salut éternel pour quelques heures de plaisir.

— Des heures ? Vous êtes un brave. La plupart des hommes ne tiennent le coup que quelques minutes. Plusieurs heures de plaisir valent bien le salut de la dame. Vous devriez lui demander ce qu'elle en pense.

— T'adresses-tu à ton roi avec aussi peu de respect ?

— Avec moins de respect encore. C'est une des rares joies que la vie nous accorde, à nous autres pauvres fous : le droit de parler d'égal à égal avec les rois comme avec les laboureurs. Même la folie a ses privilèges.

— Tu n'es pas fou.

— Vraiment ? Vous devriez en parler aux habitants de ce château. Je doute qu'ils soient de votre avis.

— Mes gens ne me contredisent jamais.

— Votre femme s'en chargera, croyez-moi. C'est une de ces détestables habitudes qu'ont les épouses.

— J'ai déjà été marié auparavant, bouffon, et je connais fort bien les travers des femmes. Elles sont presque aussi exaspérantes que les prêtres fâcheux.

— Mais ô combien plus distrayantes ! Ceci dit, je n'ai jamais été marié. Quelle femme voudrait d'un pauvre fou comme moi ?

Hugh de Fortham lui jeta un long regard cynique, et l'estime que Nicolas avait pour lui s'en trouva encore renforcée. Contrairement à la plupart de ses semblables, le comte ne se fiait pas à son apparence, malgré tout le mal que Nicolas se donnait pour l'importuner.

— Les femmes ont surtout la mauvaise habitude de faire ce qu'on leur dit, reprit le comte d'une voix forte.

Soudain, la lumière jaillit dans l'esprit du fou, et il faillit éclater de rire devant l'ironie de la situation. Il avait déjà compris que le comte de Fortham désirait sa nouvelle épouse, ce qui n'avait rien que de très naturel, Isabeau étant une femme éminemment attirante qu'il aurait lui-même troussée volontiers. Mais ce n'était pas tout : le comte de Fortham, cet homme bourru, ce farouche soldat, était fou d'amour pour sa nouvelle épouse et – pour autant que Nicolas pût en juger – incapable de le lui dire.

La vie était décidément bien intéressante, songea-t-il en s'étirant. Et tout cela pouvait se révéler extrêmement utile pour sa mission.

— Où est le jeune Gilbert ? demanda-t-il au comte.

— Au lit, en train de dormir, comme tous les bons chrétiens. Pourquoi n'es-tu pas couché toi-même ?

— Je dors peu. Et vous, monseigneur ? Pourquoi avez-vous quitté la couche de votre épouse ?

— Maudite soit ton impudence !

— La tentation était trop forte, peut-être ? poursuivit Nicolas sans se démonter. Vous avez probablement eu raison de vous échapper. Parfois, la retraite est la meilleure des attaques.

— Tu n'as pas répondu à ma question : que fais-tu debout à cette heure ?

— À dire vrai, je comptais prendre quelques heures de repos en un lieu sacré. Ayant renoncé à la grande chapelle pour l'évidente raison que l'abbé ne prise guère ma présence, j'espérais méditer paisiblement dans la chapelle déserte qui donne sur la cour, mais même ce petit sanctuaire abandonné s'est révélé être un lieu très fréquenté.

Nicolas obtint une réaction, comme il l'escomptait, mais ce ne fut pas celle à laquelle il s'attendait.

— Diantre ! Et par qui donc ? rugit le comte, réveillant momentanément quelques-uns des soldats endormis.

— À vrai dire, j'ai préféré ne pas entrer dans la chapelle. Cependant, j'ai pu observer que toutes sortes d'hommes et de femmes allaient et venaient, y compris l'abbé et le frère Barth. Je ne comprends pas comment un endroit aussi exigu et aussi désaffecté peut éveiller un tel intérêt.

— Par le sang du Christ ! marmonna Hugh, furieux. J'arracherai le cœur de quiconque osera s'emparer du saint calice.

— Un calice ? De quoi s'agit-il donc, monseigneur ? demanda Nicolas avec l'ingénuité qui s'imposait.

Inutile de se donner autant de peine : de toute évidence, lord Hugh ne se souciait plus de l'odieux bouffon.

— Du calice de sainte Hugeline, martyre au dragon, fit-il d'un ton rageur. Quelqu'un l'a enlevé de l'endroit sacré où il reposait.

— En êtes-vous certain, monseigneur ?

L'indignation du comte paraissait authentique, mais Nicolas restait méfiant. Il était toujours possible que Hugh fût en train de jouer la comédie devant son bouffon d'emprunt. Le comte ne le prenant pas pour le fou qu'il prétendait être, il pouvait avoir l'intelligence d'avoir l'air choqué par la disparition du calice alors que l'objet se trouvait peut-être dans une cachette de son choix.

— Oui, je suis sûr qu'il a disparu, répondit le comte, l'air sombre. Mais il ne doit pas être bien loin. Personne ne quittera le château avant qu'on ne l'ait retrouvé. Le premier qui essaiera de s'enfuir sera torturé jusqu'à ce qu'il avoue.

Hugh de Fortham semblait pourtant peu partisan de la torture, même en des circonstances aussi exceptionnelles.

— Je doute que votre épouse approuve cette méthode, murmura Nicolas.

Le comte eut un instant d'hésitation. Il était bel et bien fou amoureux. Confronté à la perte d'une relique sacrée qui était aussi un trésor de famille, il reculait devant l'idée de contrarier sa femme. Le manipuler allait être un jeu d'enfant.

— Je découvrirai la vérité, déclara enfin le comte. Quoi qu'il m'en coûte.

— Et s'il vous en coûtait votre épouse ?

— Cela n'arrivera pas. Quel besoin aurait-elle du saint calice ? Par notre mariage, il fait désormais partie de ses biens et lui appartient déjà.

— Peut-être quelqu'un d'autre le veut-il.

— Nombreux sont ceux qui le convoitent. En fais-tu partie, fou ?

— *Un homme hardi et audacieux*
Aurait l'utilité d'un calice précieux,
Mais que ferais-je donc de ce saint flacon
Même s'il vient tout droit d'un dragon ?

— Ton maître aimerait l'avoir, reprit Hugh.

— Mon maître, c'est vous, monseigneur.

Hugh secoua la tête, incrédule.

— Tu as été envoyé par le roi – pour un temps limité, Dieu merci. J'ai d'abord pensé qu'il cherchait à s'épargner ton incessant bavardage, mais peut-être es-tu plus sage et plus talentueux qu'il n'y paraît. Sans doute Henry t'a-t-il envoyé ici pour le calice sacré. Est-ce toi qui l'as, fou ?

— Eh non, je ne l'ai pas. N'hésitez pas à me faire brûler la plante des pieds pour le vérifier.

Hugh baissa les yeux vers les chaussures dépareillées de son interlocuteur.

— Je te ferai brûler bien davantage si je découvre que tu m'as trahi.

Nicolas ne crut pas une seconde à cette menace. Infliger un juste châtiment pour obtenir réparation d'un méfait était une chose, torturer en était une autre, et, si Nicolas avait un talent, c'était bien celui de deviner les pensées de ses ennemis. Or, Hugh de Fortham était son ennemi, par ordre du roi. Encore que, pour être tout à fait honnête, si on lui avait laissé le choix, il eût préféré servir Hugh de Fortham plutôt que Henry. Hélas, qui avait le choix en ces temps difficiles ?

— Si vous me permettez d'être franc, monseigneur, vous devriez d'abord vérifier que le calice a bel et bien disparu de sa niche, puis vous entretenir avec votre épouse afin de vous assurer qu'elle n'est au courant de rien.

Le moindre instant que Hugh passerait avec son épouse serait un précieux moment de distraction qui permettrait à Nicolas de se livrer à sa propre enquête.

— Tu es toujours franc, maître Nicolas.

Hugh se rapprocha de lui, imposant. Nicolas ne bougea pas de son fauteuil. Aussi grand que le comte, quoique loin d'être aussi large d'épaules que lui, il trouvait plus judicieux de rester assis en présence de ceux qui le soupçonnaient de ne pas être celui qu'il paraissait.

— Et pour un fou, tes conseils sont sages, poursuivit le comte. Cependant, une chose m'intrigue.

— Laquelle, monseigneur ?

— Comment sais-tu que le calice se trouvait dans une niche, si tu ignorais jusqu'à son existence ?

D'ordinaire, Nicolas était plus vif d'esprit. Le vin devait avoir diminué ses facultés. À moins qu'il n'ait passé trop de temps à rêver de la belle-fille de lord Hugh. En fin de compte, le châtelain et lui faisaient une belle paire de rêveurs, l'un se languissant de la mère, l'autre de la fille.

— Vous me l'avez dit, monseigneur, fit-il humblement.

— Vraiment? répliqua Hugh, peu convaincu. Je m'en vais faire ce que tu suggères, bouffon, et tu vas venir avec moi. Gilbert étant au lit et mes hommes apparemment peu enclins à se réveiller, c'est toi qui m'accompagneras pendant que je chercherai le calice disparu. Et aussi pendant que j'interrogerai mon épouse.

— Ne préféreriez-vous pas vous entretenir seul avec elle?

Les choses ne se déroulaient pas du tout comme il l'avait prévu. Et s'il s'était complètement trompé sur le compte de lord Hugh? Si ce dernier était prêt à torturer sa femme pour lui faire avouer la vérité?

— J'ai besoin de toi pour me protéger, fou.

— Pour vous protéger de votre femme?

— Non, de moi-même.

— Craignez-vous de la blesser, monseigneur?

— Non, fou. Je crains de lui faire l'amour.

Le calice de sainte Hugeline, martyre au dragon, se révélait un bien inconfortable compagnon de lit, songea Julianna, quelques heures après s'être recouchée. Même s'il semblait dispenser une chaleur surnaturelle, il n'en était pas moins en dur métal et incrusté de pierres précieuses qui, malgré leur valeur, n'étaient jamais que des cailloux. En outre, étant rond, il revenait en roulant vers elle chaque fois qu'elle le repoussait. Finalement, elle le glissa sous le lit, réveillant au passage Hugeline – le chaton –, qui lui mordilla les pieds à travers les couvertures, avant de venir lui mâchouiller les cheveux en ronronnant si fort contre son oreille qu'elle désespéra de jamais retrouver le sommeil.

Le ciel pâlissait déjà à travers les volets, et elle comprit que ses heures de repos étaient comptées. Bientôt, on viendrait la réveiller. Peut-être serait-ce sa mère, en pleurs, éprouvée après avoir été la chose d'un homme toute une nuit durant. Peut-être serait-ce ce fou insensé, qui semblait n'avoir aucune difficulté à se glisser partout où elle ne souhaitait pas le voir.

Elle se rendormit enfin et fut réveillée par Hugeline – le chaton, et non la sainte. Le petit animal, installé sur sa poitrine, lui léchait le bout du nez dans la pièce baignée de soleil. Les volets étaient ouverts. Quelqu'un était venu et, prenant pitié d'elle, l'avait laissée dormir. La matinée semblait déjà bien avancée.

Elle prit le chaton et s'assit. Aussitôt, elle vérifia sous le lit que le calice était toujours là. Puis elle souleva le chaton à hauteur de ses yeux et lui dit :

— Quels ennuis nous réserve cette journée, petite coquine ? Ferons-nous confiance à l'abbé ou attendrons-nous encore un peu ?

— Ne fais jamais confiance à un abbé, ma chérie, dit sa mère depuis la pièce voisine. Ils sont presque aussi félons que les rois.

15

Le chaton toujours dans les bras, Julianna se précipita hors du lit. Elle avait complètement oublié sa colère envers sa mère.

— Vous a-t-il fait mal ? demanda-t-elle, inquiète.

Isabeau parut surprise.

— Ta sollicitude me touche, mais pourquoi lord Hugh m'aurait-il fait du mal ? C'est un soldat, certes, mais c'est aussi un gentilhomme.

Julianna l'observa, incrédule. Dans ses bras, le chaton miaula et, s'apercevant alors qu'elle le serrait trop fort, elle le laissa gambader par terre.

— Vous n'avez pas mauvaise mine pour quelqu'un qui sort d'une nuit de débauche, dit-elle enfin.

— Ce ne fut pas à proprement parler une nuit de débauche, ma chérie. Rappelle-toi que l'abbé a décidé que nous devions vivre comme frère et sœur. Bien que, malgré tous mes efforts, tu sois restée fille unique, je puis t'assurer que frères et sœurs ne s'adonnent pas à la débauche ensemble.

— Vous voilà d'humeur bien joyeuse aujourd'hui.

— Et pourquoi ne le serais-je pas ? La journée est belle, je viens d'épouser un homme bon qui éprouve de l'affection pour moi, et ma fille est de nouveau près de moi. En vérité, je suis d'humeur si gaie que, pour prouver ma gratitude à sainte Hugeline, je vais consacrer ma journée à nettoyer sa chapelle et son saint calice.

— Son... son calice ?

— C'est une relique qui appartient aux Fortham depuis des siècles. Savais-tu qu'ils descendaient de sainte Hugeline ? Lorsque je suis arrivée, mon époux m'a montré le calice. C'est un objet merveilleux. J'aimerais que tu viennes m'aider. Je te parlerai de la relique tout en travaillant.

— Voulez-vous dire que le calice se trouve dans la chapelle de la sainte ? fit Julianna. Dans ce bâtiment poussiéreux et désaffecté au fond de la cour ?

Son naturel la surprit elle-même. Jusque-là, elle ne s'était jamais considérée comme douée pour le mensonge, mais elle semblait avoir depuis peu développé ce talent.

— Oui. N'est-ce pas curieux ? Apparemment, la grand-mère de lord Hugh l'a placé là en décrétant que personne d'autre que la maîtresse du château ne devait nettoyer la chapelle. Or, j'ai appris que les précédentes épouses de mon mari s'intéressaient fort peu aux saintes reliques.

Voilà qui expliquait la poussière qui envahissait la chapelle, songea Julianna. Sous son lit aussi régnaient la pénombre et la poussière : le saint calice ne devait pas s'y sentir dépaysé.

— Cet objet sacré accomplit-il des miracles ?

S'il avait ce pouvoir, la première chose qu'elle lui demanderait serait que maître Nicolas soit immédiatement envoyé à des centaines de lieues de là. À moins qu'elle ne fasse le vœu qu'il perde l'usage de la parole pendant la durée de son séjour.

— Les objets ne peuvent accomplir de miracles. C'est Dieu qui en est l'auteur, ma fille. N'as-tu pas poursuivi ton éducation religieuse à Moncrieff ?

— Victor faisait peu de cas de l'Église et de ses préceptes.

C'était un doux euphémisme : un jour, Victor avait même chassé à coups de bâton un prêtre qui avait eu l'audace de critiquer ses mœurs licencieuses.

Julianna, quant à elle, ne trouvait rien à redire aux ébats de Victor du moment qu'il s'y livrait avec d'autres femmes. Il prenait rarement la peine de coucher avec elle et, comme elle trouvait cela douloureux et dégradant, elle n'était que trop heureuse de céder sa place à celles que son époux lui préférait.

— En temps normal, j'aurais parlé à l'abbé de ton éducation religieuse mais, étant donné les circonstances, je crois plus sage d'éviter le père Paulus. Peut-être le frère Barth aura-t-il une ou deux suggestions à te faire. En attendant, une sainte tâche comme le nettoyage de la chapelle devrait édifier ton âme.

Julianna en doutait. Elle avait volé la sainte relique, et tout le nettoyage du monde n'effacerait pas ce péché de sa conscience. Un instant, elle songea à avouer son forfait à sa mère, puis se ravisa. Cette relique était son seul moyen de pression ; elle ne pouvait pas y renoncer à la légère. Bizarrement, elle avait l'impression que sainte Hugeline elle-même l'aurait approuvée.

Mais sans doute essayait-elle ainsi de minimiser sa faute. Subtiliser une sainte relique était bel et bien un crime contre l'Église et le royaume. Pire, c'était un crime contre Dieu, passible de châtiments si épouvantables qu'elle préférait ne pas y songer.

Certes, elle pouvait toujours remettre le calice à sa place. On l'avait ignoré si longtemps qu'il y avait de fortes chances que personne n'ait remarqué sa disparition. Elle n'aurait qu'à le cacher dans l'une de ses manches et le rapporter subrepticement dans la chapelle abandonnée avant qu'on ne s'aperçoive du larcin. C'eût été la solution la plus sage.

Mais Julianna ne se sentait pas disposée à la sagesse. Si la sainte relique avait le pouvoir de condamner au mutisme maître Nicolas, elle valait plus que son poids de pierres précieuses.

En attendant, mieux valait détourner la conversation de ce sujet.

— Vous avez bien de la chance, en vérité, que l'abbé ait veillé à sauvegarder votre vertu, dit-elle.

— Comment cela ? En tant qu'expression de l'amour de Dieu, l'amour charnel entre époux est une belle chose. Je serais très malheureuse que l'abbé décide de prolonger son interdiction.

— Malheureuse ? Malheureuse d'échapper à cette douleur et à cet opprobre ?

Sa mère eut l'air aussi choquée que désemparée.

— Mon pauvre ange, dit-elle en s'approchant de sa fille. Que t'a donc fait cet homme ?

— Rien d'autre que son devoir conjugal. Mais oublions cela. Il s'agit du passé. Avec un peu de chance, je ne serai jamais forcée de me remarier et vivrai le reste de mes jours dans la paix et la chasteté.

Isabeau prit un air étrange.

— Et les enfants ? Tu ne peux pas en faire toute seule. J'espérais être grand-mère.

Le cœur de Julianna se serra, mais elle s'efforça de n'en rien laisser paraître. Tôt ou tard, avec le temps, elle finirait bien par ne plus en souffrir.

— Vous ne le serez jamais. Victor a engrossé la plupart des femmes de Moncrieff, mais il ne m'a pas fait un seul enfant. Je regrette de vous décevoir, mais cette idée a cessé de me torturer.

— Tu mens mal, Julianna.

Elle mentait de mieux en mieux, au contraire. Sa mère était loin de se douter que la fierté des Fortham, le calice de sainte Hugeline, martyre au dragon, se trouvait en ce moment même sous son lit.

— La vie réserve de nombreuses surprises, ma chérie, reprit Isabeau. Les enfants sont le plus doux cadeau de Dieu, même s'ils vous détestent pour des choses auxquelles vous ne pouvez rien. Mais l'union charnelle comporte aussi d'autres joies.

— Je n'ai pas envie d'en entendre parler.

— Il ne serait pas bon que je t'en parle. C'est à un mari aimant et tendre de le faire.

— Je suis très heureuse comme je suis. Je ne veux pas de mari.

— Je crains que tu n'aies pas le choix, de toute façon.

Ces mots résonnèrent comme une sentence de mort aux oreilles de Julianna, qui se sentit pâlir.

— Sire Richard est reparti ce matin, poursuivit lady Isabeau. Mais, avant de nous quitter, il a remis à lord Hugh une missive du roi. Cela ne va pas te plaire, ma chérie.

— Dois-je me marier une nouvelle fois? demanda Julianna d'une voix étranglée. Est-ce pour bientôt? Le corps de mon mari est à peine froid.

— Ce ne sera pas avant Pâques. Après un délai suffisant pour s'assurer que tu ne portes pas un enfant du défunt.

— Comme je vous l'ai dit, la chose est impossible.

— Quoi qu'il en soit, le roi Henry a décrété que tu épouserais à Pâques l'un de ses barons des provinces du nord, et je doute que nous puissions empêcher ce mariage. Je ne pense pas que ce soit un mauvais homme. Apparemment, une dame de la maison du roi est un peu trop éprise de cet homme, et Henry veut éloigner celui-ci de la cour.

— Sachez que je préférerais mourir plutôt que de me remarier.

— Oh, Julianna... Si tu veux, je ferai savoir au roi, par l'intermédiaire de lord Hugh, que je ne puis souffrir de me séparer de toi si tôt.

— Et vous croyez que le roi vous écoutera?

— Nous pouvons au moins essayer.

— Je suis maudite. Qu'ai-je fait pour que le sort s'acharne ainsi sur moi?

Comme Isabeau lui caressait le visage, Julianna, pour la première fois, ne broncha pas. La douceur de la main de sa mère sur sa peau était restée gravée dans sa mémoire, malgré toutes les souffrances qu'elle avait endurées au cours de ces dix dernières années.

— Je prie pour que tu trouves le bonheur, ma fille. Plus que tout au monde, je souhaite que tu connaisses la joie de vivre. Je serais capable de pourfendre des dragons pour toi.

Julianna eut un pauvre sourire.

— Le dernier d'entre eux a quitté cette terre en même temps que sainte Hugeline, mère.

— Peut-être, mais des monstres rôdent encore ici et là, déguisés en hommes. Je ne permettrai pas qu'on te donne à l'un d'eux. Il ne t'arrivera rien de mal, ma douce, je te le promets.

Puis Isabeau pinça la joue de sa fille et ajouta :

— Mais tu dois mourir de faim ! Tu as dormi si longtemps que tu as sauté un repas. Je vais te faire monter quelque chose.

— Ne vous dérangez pas pour moi.

En fait, l'idée même de manger lui soulevait le cœur.

— À propos de dérangement, reprit Isabeau, sache que le château est sens dessus dessous depuis ce matin. Mon époux est d'une humeur noire, et, si l'abbé n'y prend pas garde, il pourrait bien se retrouver en fâcheuse posture. Du moins n'auras-tu plus à supporter l'odieux bouffon.

— Pourquoi ?

« Seigneur, par pitié, faites qu'il soit parti ! » pria Julianna en son for intérieur.

— L'accès de la grande salle lui a été interdit. Il a beau être divertissant, il est allé trop loin. Ses vers étaient plus qu'assommants, et mon mari n'a pas supporté sa dernière astuce.

— Qu'a-t-il fait ?

— Le problème réside plutôt dans ce qu'il refuse de faire. Il semble avoir perdu l'usage de la parole et n'émet plus le moindre son. Soit il est subitement devenu muet, soit il s'agit d'un accès de folie. Toujours est-il qu'il refuse de parler et que lord Hugh l'a enfermé jusqu'à ce qu'il change d'avis.

— Ô mon Dieu ! souffla Julianna.

— Tu n'as pas lieu de te sentir aussi désolée, ma fille. Ce n'est pas ta faute si cet entêté a décidé de ne plus parler. Quant à mon mari, c'est un homme juste et bon malgré ses menaces, et je doute qu'il se résolve à torturer maître Nicolas. Je pense qu'il va simplement le garder enfermé jusqu'à ce qu'il se calme.

— Mais pourquoi ne veut-il plus parler ?

— Étant donné qu'il ne dit mot, comment le saurions-nous ? Je pensais que tout valait mieux que ses vers odieux, mais son silence semble encore plus exaspérant. J'espère seulement qu'il aura l'esprit de retrouver sa voix avant que mon époux ne perde complètement son calme.

— Et s'il n'y pouvait rien ? Si on lui avait volé sa

langue ? On ne peut tout de même pas lui en vouloir si cet accès de mutisme est indépendant de sa volonté.

Isabeau l'observa attentivement, et son paisible regard brun prit une étrange expression.

— Tu me parais exagérément inquiète pour ce fou, ma chérie. Je croyais pourtant que tu le trouvais aussi assommant que nous tous. Bien qu'il s'agisse indéniablement d'un bel homme, abstraction faite de son accoutrement, je ne pensais pas que tu l'avais remarqué.

— C'est une créature de Dieu. En tant que telle, il mérite notre sollicitude.

— Quelle âme généreuse tu as ! fit Isabeau en souriant.

Julianna baissa les yeux. En réalité, elle était une voleuse perverse et dissimulatrice. Elle méritait presque le sort terrible qui serait le sien à Pâques. Pour l'instant, elle pouvait seulement essayer d'arranger les choses avant que lord Hugh ne se laisse complètement emporter par la colère. Si maître Nicolas avait enduré avec une résistance surprenante une terrible séance de fouet, une deuxième séance si rapprochée de la première pourrait se révéler plus difficile à surmonter. Elle voulait qu'il se taise, qu'il s'en aille, mais pas qu'il soit blessé.

— Il faut que j'aille vérifier quelque chose, dit-elle précipitamment en s'éloignant.

— Mais tu n'as pas encore mangé. En outre, tu devais m'aider à nettoyer la chapelle de la sainte.

Julianna se sentit encore un peu plus coupable.

— Nous pourrons faire cela plus tard, mère.

Elle avait traversé la moitié de la pièce quand sa mère la rappela.

— Ne devrais-tu pas t'habiller avant de sortir, Julianna ? Je vais appeler une servante pour t'aider.

— C'est inutile.

Elle passa prestement une robe et enfila ses chaussons. Comme ses cheveux étaient restés défaits, elle les rassembla et les attacha, avant de les recouvrir d'un voile. Elle ne pouvait consacrer plus de temps à sa toilette : chaque minute perdue pouvait avoir des conséquences désastreuses.

Un instant plus tard, elle sortit dans un tourbillon de jupes, laissant sa mère seule dans la chambre, l'air profondément perplexe.

Sa fille nourrissait donc de tendres sentiments à l'égard du fou… Comme c'était caractéristique d'une enfant aussi têtue de refuser d'aimer lorsque c'était permis et de jeter son dévolu sur un homme aussi inaccessible qu'un paysan ou un roi, alors même qu'elle était promise à un inconnu du même rang qu'elle.

Bien entendu, Julianna elle-même n'était pas consciente de ce qu'elle éprouvait. Elle était encore aussi innocente dans ce domaine que le jour où on l'avait arrachée à ses parents. Bien qu'à cette époque Isabeau n'ait eu aucun moyen d'empêcher son mari de disposer ainsi de leur seule enfant vivante, si elle avait su que Victor de Moncrieff laisserait sa fille meurtrie et ignorante, peut-être alors aurait-elle pu…

Non. Elle n'aurait rien pu faire de plus, elle le savait. Elle s'était refusée à son mari jusqu'à ce qu'il la prenne de force. Puis elle l'avait supplié, imploré, blâmé, cajolé. En vain. Il s'était mis en tête que sa femme n'accoucherait d'aucun enfant vivant tant que sa fille n'aurait pas quitté le nid familial. En outre, Victor avait versé un bon prix pour sa jeune épouse.

À présent, Julianna, bien qu'adulte et veuve, ne connaissait pas plus les joies de l'amour que l'abbé de Sainte-Hugeline, cette face de carême. Et, pour couronner le tout, elle semblait s'être entichée du fou.

Évidemment, si Isabeau lui en avait parlé, elle aurait tout nié avec la dernière énergie, et en toute sincérité. Mais Isabeau, qui savait sonder le cœur des hommes et des femmes, avait reconnu le désir sur le visage de sa fille. Julianna était sur le point de tomber amoureuse de l'homme qui lui convenait le moins au monde, et une fois de plus Isabeau ne pouvait rien faire pour la sauver.

Cependant, elle n'allait pas renoncer sans avoir essayé. Ce bouffon était réellement une créature étrange. Certes, l'étrangeté était le lot même des fous, mais quelque chose sonnait faux dans les vers, les cabrioles et les chansons de maître Nicolas. Si, comme la plupart des fous, il disait des choses grossières et choquantes, Isabeau avait l'impression qu'il savait exactement ce qu'il faisait, même lorsqu'il jacassait à tort et à travers.

Elle n'avait rencontré que peu de bouffons dans sa vie, et presque tous ceux qu'elle avait vus étaient des êtres étranges et difformes, à l'esprit trop vif ou au contraire attardé. Unique en son genre, Nicolas Strangefellow possédait un visage et une silhouette indéniablement agréables – du moins lorsqu'il restait immobile suffisamment longtemps pour qu'on pût l'observer.

Il était grand, gracieux et doté d'un regard remarquable, même lorsqu'il brillait de malice. Si Isabeau avait été libre et plus jeune de dix ans, peut-être aurait-elle été elle aussi fascinée par ce pitre intenable.

Mais cet homme n'était pas fait pour sa fille, et il représentait un danger pour toute la maisonnée.

Certes, elle aurait facilement pu le faire chasser du château : un mot de son mari, et cette créature serait repartie vers son roi. Lord Hugh se méfiait de tous les proches du roi Henry. Le moindre prétexte aurait suffi à renvoyer Nicolas.

Cependant, un souverain comme Henry devait être ménagé. Le nouvel époux d'Isabeau, quoique sage, était soldat, et donc habitué à une certaine spontanéité. Henry, lui, était un politique, habile et retors. Hugh n'hésiterait sûrement pas à s'aliéner son souverain, aussi était-ce à elle, son épouse, qu'il incombait de veiller à ce qu'il ne commît pas une erreur si funeste. Le bien-être de ses gens en dépendait, ainsi que la chance de sauver sa fille d'un nouveau mariage désastreux.

La minuscule chapelle abandonnée de sainte Hugeline attendrait bien encore un moment. Depuis le temps qu'elle étouffait sous la poussière, elle n'était plus à un jour près. Si Isabeau en trouvait le temps, elle irait prier la puissante sainte pour le bonheur de sa fille. Bien qu'elle n'ait jamais eu d'enfant, sainte Hugeline s'était toujours montrée particulièrement bienveillante envers les jeunes femmes, et, si une sainte devait protéger sa fille, c'était bien la martyre au dragon.

Or, Isabeau avait le pressentiment que Julianna allait avoir besoin de toute l'aide possible, qu'elle soit terrestre ou divine.

Personne ne prêta attention à Julianna lorsqu'elle parcourut en courant les couloirs du château. On était au beau milieu de la journée, chacun vaquait à ses occupations, et la belle-fille du seigneur n'occupait qu'une place insignifiante dans la vie du château. Personne ne remarqua donc sa robe froissée ni ses cheveux mal attachés. Les yeux baissés, elle fonçait vers son but.

Le problème, c'était qu'elle ne se rappelait pas exactement où on avait enfermé maître Nicolas. La première nuit, suivant les indications de Bogo, elle avait trouvé sa chambre sans grande difficulté, mais le sens de l'orientation lui avait toujours fait défaut. Le donjon du château était entouré par cinq tours, ni plus ni moins. Dans laquelle était cloîtré le pauvre fou victime de ses prières irréfléchies ?

Elle avait en tout cas assez de jugeote pour savoir qu'il valait mieux ne poser la question à personne. Quand elle eut fini de fouiller la troisième tour, elle était au bord des larmes et persuadée que les choses ne pouvaient être pires.

Elle se trompait. En pénétrant dans la dernière pièce de cette tour, où elle ne comptait guère trouver quelqu'un, elle se retrouva nez à nez avec l'abbé de Sainte-Hugeline, à moitié nu dans l'obscurité, la peau zébrée de marques rouges.

Horrifiée, elle s'immobilisa au moment où le fouet, manié par une main dans l'ombre, claquait sur le corps du prieur.

— Doux Jésus, je me repens de mes péchés ! glapit l'abbé d'une voix haut perchée et tremblante.

Julianna s'aperçut alors qu'il fermait les yeux, plongé dans une étrange extase, et qu'il ne l'avait pas vue.

— Encore !

Le fouet claqua une fois de plus, laissant derrière lui un filet de sang frais, et Julianna sentit le cœur lui manquer en voyant l'abbé frissonner avec délices. Ce supplice lui procurait donc du plaisir ?

Elle commençait à reculer, heureusement sans que le prieur, tout à son plaisir douloureux, ne la remarque, quand elle entrevit l'homme qui maniait le fouet. C'était le jeune Gilbert, le nouvel écuyer de lord Hugh. Moins distrait que sa victime – ou était-ce son maître ? –, il laissa retomber le fouet sur le dos de l'abbé, croisa le regard de Julianna et se contenta de hausser les épaules en guise de commentaire devant les curieux appétits du saint homme.

De peur de signaler sa présence à ce dernier, elle ne se donna pas la peine de refermer la porte derrière elle et continua à reculer, trébuchant à demi sur ses jupes, jusqu'au moment où elle heurta quelque chose.

Elle se retourna brusquement et retint un cri de surprise en découvrant le frère Barth. Celui-ci posa un doigt sur ses lèvres pour lui intimer le silence, puis alla prudemment fermer la porte sur l'abbé et le jeune homme.

— Venez avec moi, mima-t-il sans un son.

Elle hocha la tête, releva ses jupes et le suivit dans l'escalier.

Il attendit d'être dehors, dans la lumière purificatrice du soleil, pour parler.

— Le père Paulus croit à la mortification de la chair, dit-il d'un ton d'excuse. Il a l'impression d'entrer en plus étroite communion avec Dieu grâce à la douleur et à la soumission. Gardez-vous de le juger. Il appartient à un petit groupe qui estime que la souffrance est le plus sûr chemin vers Dieu, ce qui est une possibilité comme une autre.

— Je ne me permettrais pas de porter un jugement sur l'abbé.

Encore un mensonge qui ne lui avait guère coûté. N'avait-elle pas déjà décidé que l'abbé était un homme cruel et inhumain ? Le fait qu'il se délecte de la douleur n'était que secondaire.

Le frère Barth hocha la tête.

— Je le sais, lady Julianna. Vous êtes une bonne fille. Que cherchiez-vous lorsque vous êtes tombée par hasard sur le père Paulus ? Puis-je vous aider en quelque façon ?

Elle hésita. Bien que le frère Barth fût aussi bienveillant que son supérieur était sévère, pouvait-elle vraiment se fier à lui ? Si elle lui parlait du calice, n'allait-il pas le lui confisquer sans lui promettre la liberté, et Nicolas ne resterait-il pas éternellement muet, à la merci d'un roi furieux ?

Finalement, elle songea que mentir par omission valait mieux que mentir tout court.

— Je suis à la recherche de maître Nicolas, dit-elle.

— Que lui voulez-vous ? Il a été condamné à garder la chambre à cause de son entêtement, et je doute que votre beau-père souhaite qu'il reçoive des visites.

— Ce n'est pas de l'entêtement, mon frère. Ce n'est pas sa faute s'il ne peut parler.

— Qui est à blâmer, alors ? Parlez, mon enfant. Je ne puis vous aider si vous ne me dites rien. Qui lui a fait cela ? Qui lui a jeté ce sort ?

À quoi bon tourner autour du pot ?

— Moi. Et sainte Hugeline au dragon.

Le frère Barth la contempla un long moment, songeur.

— Suivez-moi, dit-il enfin en la prenant par la main.

— Où m'emmenez-vous ?

— Voir votre fou. Vous constaterez par vous-même que seuls sa volonté et son entêtement le rendent muet. Nous devrions d'ailleurs tous nous en réjouir, car il est de bien meilleure compagnie lorsqu'il ne dit rien.

— Mais ce n'est pas sa faute, insista Julianna.

— C'est ce que nous verrons. Vous devez me promettre de ne dire à personne que je vous ai conduite à lui. Je doute déjà moi-même de la sagesse de cette décision.

— Il ne me fera aucun mal, frère Barth, affirma-t-elle, bien qu'elle n'en fût pas vraiment sûre.

— Il existe plus d'une façon de blesser quelqu'un, mon enfant. Souvenez-vous de ceci : les gens ne sont pas toujours ce qu'ils semblent être.

Comme l'abbé, par exemple, qui raffolait de la douleur, ou comme sa mère, qui n'avait jamais cessé de l'aimer, contrairement à ce qu'elle avait cru.

Ou encore comme le fou, qui n'était rien moins que fou.

— Je m'en souviendrai, frère Barth.

Et elle le suivit dans le couloir désert, en courant pour ne pas se laisser distancer.

16

Tout compte fait, Nicolas n'avait pas à se plaindre. On lui avait attribué la chambre la plus vaste et la plus confortable qu'il ait eue depuis longtemps. À la cour du roi, Sa Majesté aimant s'entourer de monde, les membres de sa suite étaient condamnés à être serrés comme des harengs saurs dans un tonneau. Seule sa conduite extravagante garantissait à Nicolas une chambre individuelle, qui n'était souvent guère plus grande que la cellule d'un couvent lorsqu'il suivait le roi dans ses déplacements.

Si le château de Fortham était gigantesque et labyrinthique, les gens du comte étaient relativement peu nombreux. La vaste chambre de Nicolas avait dû servir de grenier à grain à une époque, à moins qu'elle n'ait accueilli un membre de la famille. Le mobilier y était succinct, mais elle était pourvue d'une immense cheminée et d'un lit non moins immense, et la fenêtre offrait une vue sur une partie de la cour ainsi que sur le paysage environnant.

En outre, pour le moment, Nicolas n'avait plus besoin d'exécuter des cabrioles, d'improviser des vers ou de caracoler. Étendu sur son lit défait, il pouvait se laisser aller à échafauder des rêves osés où Julianna de Moncrieff jouait le premier rôle.

Il n'oubliait pas pour autant la tâche qu'il avait à accomplir. Sa mission venait d'être singulièrement prolongée par la disparition du calice, et rester auprès du comte eût été un gaspillage de temps. Il fallait absolument qu'il établisse un nouveau plan, qu'il retrouve le calice et s'enfuie loin de ce maudit château. La patience de Henry devait déjà être à bout, bien que Nicolas ne fût arrivé à Fortham que depuis deux jours, qui lui semblaient avoir duré une éternité.

Il savait déjà ce qu'il allait faire. Pendant que tout le monde prendrait part au festin du soir, il partirait en reconnaissance. Il commencerait par la chambre du comte, puis visiterait les autres pièces, en descendant progressivement dans l'échelle sociale. Mais, tant qu'il n'aurait pas retrouvé le calice, il resterait odieusement muet.

Une fois qu'il aurait réussi, celui qui avait subtilisé le calice ne pourrait pas pousser les hauts cris parce qu'on le lui avait repris. Et, quand bien même le voleur viendrait à se plaindre et à réclamer qu'on lui restitue l'objet, on pourrait difficilement soupçonner le fou, muet et emmuré, de ce deuxième larcin.

Nicolas n'avait plus qu'à attendre tranquillement le début du dîner pour commencer son enquête.

Le grincement d'une clé dans la serrure l'arracha à une sieste bien méritée. Il s'assit sur son lit en se grattant mollement le cou. Le comte avait-il commis l'énorme erreur d'annuler son châtiment ? Nicolas se réjouissait toujours de constater que le silence se révélait plus gênant encore que son bavardage. À cause du silence, de saints hommes étaient devenus enragés. Or, si Hugh de Fortham était indubitablement un brave homme, il était loin d'être un saint.

Malgré les ombres qui s'allongeaient en cette fin d'après-midi, il vit nettement la porte s'ouvrir et distingua la ronde silhouette du frère Barth.

— Maître Nicolas ?

Naturellement, il ne répondit pas et se contenta de regarder le frère Barth d'un air idiot, tout en se demandant ce que le bon moine venait faire ici.

La réponse était encore pire qu'il ne le craignait. Le moine se retourna vers la personne qui le suivait.

— Il est décemment vêtu, si l'on peut dire. Je vous laisse seule avec lui, mais je ne serai pas loin, au cas où vous auriez besoin d'aide. Criez et je viendrai.

Par le sang du Christ ! Nicolas comprit immédiatement qui était venu jusqu'à sa chambre, avant même que le frère Barth ne s'efface pour laisser passer la personne qui l'accompagnait, la dernière que Nicolas eût envie de voir, celle qu'il venait d'apercevoir en rêve.

La porte se referma, et l'ombre les enveloppa. Certes, il aurait pu descendre de son lit et lacer sa chemise afin de couvrir sa poitrine, mais il ne bougea pas. Quelque chose lui disait que son torse distrayait la timide dame, ce qui n'était pas pour lui déplaire. Car il lui trouvait aussi une poitrine distrayante.

Comme toujours, elle portait une robe sobre qui mettait fort peu en valeur les galbes de son corps. Mais ses cheveux étaient à peine attachés sous son voile, coiffure qui lui allait bien mieux que ses nattes raides, et elle avait le regard un peu hagard de celle qui vient tout juste de quitter le lit.

Aussitôt, il jura intérieurement. Ayant déjà du mal à contrôler ses instincts dès qu'elle s'approchait de lui, il avait intérêt à ne pas penser à elle en termes de lit.

— Maître Nicolas ? dit-elle d'une voix douce et soucieuse.

Pourquoi diantre s'inquiétait-elle ? Qu'était-on allé lui raconter ?

Il ne dit rien et la regarda sans quitter son lit défait, l'incitant ainsi à s'approcher.

Dieu merci, elle obéit à sa sollicitation muette. D'un soudain élan, elle vint tout près du lit, s'agenouilla et lui prit la main, les larmes aux yeux. Il la contempla, stupéfait.

— Je regrette tellement, dit-elle d'une voix étranglée. Si vous saviez comme je regrette ! J'ignorais que…

Sa voix se brisa, et elle se mordit la lèvre.

Que regrettait-elle ? Il ne pouvait malheureusement pas lui poser la question. S'il ignorait ce qui l'avait mise dans cet état, il pouvait toujours lui caresser les cheveux pour la calmer. Comme son voile le gênait, il le lui ôta et le jeta près de lui sur le lit. Puis il prit son menton dans sa main et la força à lever la tête.

Les larmes qui coulaient sur son pâle visage lui fendirent le cœur. Julianna de Moncrieff n'avait certes pas la larme facile, il en aurait mis sa main au feu. Et maintenant elle pleurait. À cause de lui.

— C'est ma faute, reprit-elle.

Il essuya ses larmes en résistant à l'envie de les goûter. Quand avait-il fait pleurer une femme pour la dernière fois ? Bien sûr, elles pleuraient de plaisir dans ses bras, mais jamais une femme n'avait versé de larmes sur son sort. En dehors de sa nourrice, qu'il lui était si facile de faire enrager.

« Tu feras pleurer les femmes », disait cette dernière. Elle avait eu raison, finalement. Ceci dit, il ne connaissait toujours pas la cause du chagrin de Julianna.

Les larmes continuaient à couler de ses paupières closes. Comme il n'était pas question qu'il se serve de sa voix pour communiquer avec elle, il caressa patiemment sa joue trempée de larmes, jusqu'à ce qu'elle rouvre ses grands yeux bruns.

Il lui adressa un regard interrogateur en souriant légèrement. Aussitôt, elle se remit à pleurer de plus belle.

— C'est moi qui vous ai fait ça. Pardonnez-moi, je vous en supplie. J'ignorais qu'il eût un tel pouvoir. Je voulais simplement que vous cessiez de m'importuner et ne désirais pas vous rendre réellement muet, même si c'est ce que j'ai demandé à sainte Hugeline. À présent, vous avez perdu l'usage de la parole, et, même si mon beau-père ne vous bat pas à mort, votre vie est détruite. Un fou doit pouvoir entonner des refrains, raconter des histoires et dire des vers, si affreux soient-ils. Si vous ne pouvez pas parler, vous mourrez.

C'était donc cela, songea Nicolas, impassible, sans cesser de la caresser. Elle se croyait coupable de l'avoir rendu muet, et ce avec l'aide de la sainte au dragon. Voilà qui l'amusait énormément. Il dut résister à l'envie de lui dévoiler la vérité. Tout en elle le ravissait, ses larmes, le pli amer de sa bouche, mais il n'était pas question qu'il se fie à elle. Il avait décidé de garder le silence pendant au moins trois jours, le temps de trouver le calice, et il s'y tiendrait. Même s'il savait que quelques mots auraient pu lui obtenir un baiser d'elle.

D'autres moyens permettaient d'obtenir un baiser d'une femme réticente, surtout si cette réticence n'était que superficielle. Il lui fit de nouveau relever la tête pour pouvoir regarder au fond de ses yeux baignés de larmes, mais elle referma les paupières, de sorte qu'il ne lui resta plus qu'un moyen de communication : le toucher.

Il posa ses mains sur les épaules de Julianna, l'attira contre lui et déposa un baiser sur chacune de ses paupières, goûtant enfin ses larmes. Comme elle étouffait un sanglot, il embrassa le coin de sa bouche.

— Ce n'est pas ce que je voulais, murmura-t-elle. J'ignorais que le calice eût un si grand pouvoir.

Sur le point d'embrasser l'autre coin de sa bouche, Nicolas s'arrêta net.

Elle avait le calice. Dieu sait comment, la rebelle dame de ses pensées avait volé la sainte relique et fait le vœu qu'il soit puni. Mais elle était venue le trouver, repentante, en larmes. Il n'avait qu'à lui dire quelques mots gentils, l'écarter de son chemin et aller chercher le calice. Pour autant qu'il pût en juger, lady Julianna était totalement dépourvue de malice : sa cachette ne devait pas être difficile à découvrir. Elle avait probablement glissé le calice sous son lit.

Voilà exactement ce qu'il devait faire. Si elle menaçait de donner l'alarme, il pourrait toujours la culpabiliser en lui confirmant que c'étaient ses prières impies qui l'avaient frappé de mutisme, mais que son repentir lui avait rendu l'usage de la parole. Puis il s'enfuirait avant qu'on n'ait pu l'arrêter, avec le calice et Bogo.

Oui, c'était ce qu'il allait faire. Après l'avoir embrassée une dernière fois. Il n'aurait plus d'autre occasion de le faire : une fois le calice en poche, il n'aurait plus aucune raison de rester, et leurs chemins ne se croiseraient jamais plus.

Cependant, il n'était pas obligé de se presser. Rien ne l'empêchait de prendre quelques instants pour savourer la douce bouche inexperte de sa dame, d'autant plus que le frère Barth montait la garde dehors. L'espace d'une seconde, Nicolas s'octroya le luxe de songer que Julianna comptait peut-être davantage pour lui que l'avenir promis par le roi, davantage que le titre de son père, qu'un chez-soi où il serait seul maître.

— Je vous en supplie, dit-elle en rouvrant les yeux.

Sans un mot, il l'embrassa, lentement, la laissant s'habituer au contact de ses lèvres entrouvertes avant d'introduire sa langue dans sa bouche. Puis il la prit par les bras, toute frémissante, l'attira plus près de lui et l'enlaça, désireux de sentir ses seins s'écraser contre son torse, ne fût-ce qu'à travers l'étoffe de sa robe.

Elle apprenait vite. Glaciale et d'une séduisante maladresse la nuit précédente, elle se laissait aller à présent sous la chaleur irrésistible de sa bouche. Il prit la main qu'elle avait posée sur son torse et la fit descendre sur sa peau – et elle le laissa faire.

Souffrait-elle le martyre ? Considérait-elle cela comme son châtiment pour lui avoir jeté un sort ? Mais quelle importance, puisqu'elle le laissait l'embrasser ? D'ailleurs, à en juger par ses seins tendus sous son corsage, ses joues en feu, son souffle court et son regard rêveur, il était visible qu'elle appréciait son baiser.

Quand il la coucha sur le lit avec lui, elle eut bien l'air effrayée, mais elle ne lui opposa aucune résistance. Comme elle avait toujours la main posée sur son torse, comme un avertissement, un garde-fou, il la lui prit, y déposa un baiser, puis la reposa sur son ventre nu, où elle voulut bien la laisser.

« Le calice ! » disait dans la tête de Nicolas une petite voix qui ressemblait fort à celle du roi Henry dans ses moments de colère. « Le calice, bouffon ! »

Mais Nicolas n'avait aucune envie d'écouter la voix du roi Henry. Il voulait entendre encore les petits soupirs émus de Julianna.

Elle était couchée avec un homme, de son plein gré, bien qu'elle doutât d'avoir encore un semblant de volonté. Elle se retrouvait allongée sur un lit avec un fou, un clown, un homme incapable de se conduire avec modestie et discrétion. Elle avait une main posée sur son ventre nu, et il venait de l'embrasser.

Pourquoi ne prenait-elle pas ses jambes à son cou ?

Elle n'en avait pas la moindre idée. Elle avait l'impression que ses os mêmes avaient fondu sur le matelas moelleux. Peut-être la malédiction était-elle retombée sur elle. N'était-ce pas tout ce qu'elle méritait ? D'ailleurs, cela ressemblait davantage à une bénédiction qu'à une malédiction.

Sous ses doigts, elle sentait la chaleur du corps du fou et le duvet doré de son torse. Son époux, lui, était couvert d'une épaisse toison noire, comme un ours. Elle remonta la main le long du torse de Nicolas, s'attendant à chaque instant à ressentir du dégoût.

Mais c'était un duvet plus fin, plus doux que le poil de Victor. De plus, ce duvet couvrait un torse délié, ferme et musclé, et non une bedaine blafarde et molle. À vrai dire, où qu'elle posât les yeux ou les mains, Nicolas Strangefellow lui semblait extraordinairement agréable.

— Je dois partir, dit-elle sans faire un geste.

Il ne répondit pas. N'était-il pas dans l'impossibilité de le faire ? N'y avait-elle pas veillé, grâce à son maudit vœu ? Il lui prit simplement la main et la posa contre son cœur au battement lent et régulier.

Le cœur de Julianna, lui, battait comme un fou. Elle le savait et n'y pouvait rien. Nicolas en avait probablement conscience, lui aussi.

Quand il posa la main entre ses seins, elle le sentit battre de plus belle.

— Vous ne devriez pas faire cela, l'avertit-elle.

Peut-être était-il aussi devenu sourd. Comme elle avait à peine lacé son corsage, il fut facile à Nicolas de le baisser pour découvrir le haut de sa chemise. Lorsque ses longs doigts agiles et basanés se posèrent sur la blancheur de sa chemise, elle détourna la tête pour ne pas le voir en dénouer les liens.

Puis il ouvrit sa chemise. Julianna ferma les yeux et sentit la fraîcheur de l'air sur ses seins. Alors, Nicolas émit un soupir étranglé, et elle commit l'erreur de le regarder.

Sans savoir comment, elle s'était retrouvée sur le dos, sa chevelure répandue autour d'elle, nue presque jusqu'à la taille. Penché au-dessus d'elle, ses longs cheveux retombant sur son visage, Nicolas la contemplait, l'air fasciné.

Personne ne l'avait jamais regardée ainsi de toute sa vie, comme si elle était une étoile, une merveille. Elle eut envie de pleurer tant elle se sentait coupable et désespérée.

— J'ai attiré la malédiction sur vous, s'écria-t-elle.

Mais il la fit taire en posant sa grande main sur sa bouche. Puis il lui prit le menton et s'empara de sa bouche en lui caressant les seins.

Il l'avait déjà embrassée auparavant ; elle l'avait laissé faire et y avait trouvé un plaisir inattendu. Mais ce baiser-là avait quelque chose de mystérieux et de possessif. Quelque chose qui l'émouvait, l'effrayait et l'attirait à la fois. Comme elle éprouvait le besoin de se retenir à quelque chose, de peur de tomber dans le vide, elle s'agrippa à lui.

Cette fois, les baisers de Nicolas étaient dénués de tendresse. Ils ne la taquinaient pas, ne la séduisaient plus en douce. Sa bouche, ses dents, sa langue prenaient possession d'elle et, serrant la chemise de Nicolas entre ses poings crispés, elle lui rendit son baiser.

Il n'avait pas prononcé un mot pour l'y pousser, ne lui avait fait aucun serment d'amour, aucune promesse de plaisir. Lentement, langoureusement, il se mit à retrousser ses jupes, sans cesser de l'embrasser. Où allait-il s'arrêter ? Allait-il seulement s'arrêter, d'ailleurs ? Et désirait-elle qu'il s'arrête ?

Il lui semblait bien que non.

Elle sursauta en sentant ses mains sur ses cuisses nues, ses doigts frais sur sa peau brûlante. Mal à l'aise, elle voulut se dégager, mais il se coucha sur elle, la prenant au piège sous son corps.

Elle aurait voulu qu'il lui parle, qu'il la séduise, mais il ne pouvait rien en faire. Dieu merci, il était aussi dans l'incapacité de lui mentir. Soudain, alors qu'il l'embrassait toujours à pleine bouche, il lui toucha l'entrejambe.

Complètement paniquée, elle se raidit et tenta de se libérer, mais il ne parut même pas le remarquer. Elle ne voulait plus penser à ce qu'il lui faisait, elle ne voulait plus penser du tout, mais sentir sa bouche, ses mains, cette sensation délicieuse et cette impatience qui, tout doucement, chassaient sa panique. Elle gémit contre sa bouche, sans savoir elle-même si c'était de protestation ou de plaisir. Son sang brûlait dans ses veines sous les caresses expertes de Nicolas, et elle ne savait qu'une chose : elle en voulait plus, encore plus…

Mais, brusquement, il mit fin au baiser et roula sur le côté, les yeux rivés au plafond. Il respirait rapidement, comme s'il venait d'échapper à un grand danger.

Seigneur ! Cet homme était fou, et pour l'heure elle l'était tout autant. Si au moins elle pouvait s'enfuir avant de s'enfoncer trop avant dans cette folie…

Elle voulut descendre du lit, mais, plus rapide, Nicolas la rattrapa par le bras et la coucha sous lui, sur le lit défait. Immobile, elle le dévisagea un long moment.

« Pars », lui ordonnait sa raison.

« Reste », lui disait son cœur.

Elle prit son visage entre ses mains.

— Vous me rendez folle, murmura-t-elle. Mais n'est-ce pas ce que vous recherchez : faire perdre la raison à autrui ? Quand vous n'y arrivez pas d'une façon, vous essayez d'une autre. Que voulez-vous de moi ?

Il lui prit la main, la fit courir le long de son torse nu et puissant jusqu'à son ventre plat et la partie de son corps qu'elle redoutait le plus.

Elle voulut s'écarter brusquement, mais il se révéla plus fort qu'elle ne le croyait. Sans la quitter des yeux un seul instant, il lui appuya la main sur son entrejambe, toujours sans parler. Ses yeux disaient : « Prenez-moi, soulagez-moi, aimez-moi. »

Lentement, très lentement, elle desserra le poing et toucha ce membre dur comme de l'acier qu'il cachait sous ses chausses.

La surprise la libéra d'une partie de sa peur.

— Seigneur, vous êtes souffrant ? C'est bien cela que vous essayez de me dire ? Vous êtes difforme ! Il vous faut un cataplasme...

Il émit un son étouffé. Un instant, elle crut qu'il allait dire quelque chose. Mais aucun mot ne vint. La malédiction faisait encore son effet. Elle leva les yeux vers le visage stupéfait de Nicolas...

— Bouffon, cela suffit, à présent ! tonna une voix derrière la porte.

En une seconde, Julianna, jetée par terre sans cérémonie, se retrouva en train de ramper sous le lit, au moment même où la porte s'ouvrait à grand bruit. Recroquevillée sur le sol, elle vit quelqu'un s'approcher du lit et s'arrêter. Ce quelqu'un, chaussé de bottes de cuir, n'était autre que Hugh de Fortham.

Elle ne put réprimer un cri étouffé. Nicolas, toujours sans dire un mot, remua sur le lit pour en couvrir le bruit.

— Tu vas parler, fou, ou je te couperai moi-même la langue !

Comme Nicolas ne répondait pas, lord Hugh déversa un chapelet d'obscénités aussi monumentales qu'appropriées aux circonstances.

— La relique de ma famille vient d'être volée, et comme par hasard tu as justement choisi ce moment pour te murer dans le silence ! Je ne crois pas aux coïncidences, fou. Donc, soit tu as volé le calice de sainte Hugeline, soit tu connais l'identité du voleur. Je sais me montrer magnanime dans beaucoup de domaines, mais je ne plaisante pas avec l'honneur et les saintes reliques. Tu seras torturé jusqu'à ce que tu parles.

Julianna se mit à ramper pour sortir de sa cachette, afin de se prosterner aux pieds de son beau-père furieux et le supplier d'épargner le fou, mais Nicolas descendit du lit et lui bloqua le passage de ses jambes. Ce fut alors qu'elle prit le temps de réfléchir et s'aperçut de la tenue peu convenable qui était la sienne. Elle entreprit aussitôt de relacer sa robe, afin d'être au moins décente quand Hugh l'extirperait de son refuge.

Ce moment tardait à venir.

— Avant minuit, maître Nicolas, tu auras retrouvé ta voix. Sinon, je t'arracherai la vérité par la force.

Bien qu'il n'ait pas claqué la porte derrière lui, Julianna comprit qu'il était parti. Nicolas se pencha pour l'aider à sortir de sa cachette et la dévisagea d'un air étrange. Comme elle se débattait toujours avec les lacets de son corsage, il lui écarta les mains et la rhabilla lui-même, à la manière d'une servante.

Assise sur le sol, elle le regarda. Elle était là, à genoux devant lui, dans une posture soumise, et savait qu'elle aurait dû se relever. Mais elle avait du mal à bouger.

— Je vais tout arranger, dit-elle après un long silence. Je vais vous rendre votre voix. Et peut-être est-ce aussi ma faute si vous souffrez de ce… de cette autre maladie. Allons dans ma chambre.

Il haussa un sourcil interrogateur. La porte était restée ouverte sur le couloir désert. Apparemment, le frère Barth avait disparu.

— Le calice est dans ma chambre, reprit-elle. Nous allons demander tous les deux à sainte Hugeline de vous guérir. Je suis sûre qu'elle exaucera notre prière. Mais vous ne devrez faire aucun bruit.

Quelle stupide recommandation ! N'était-il pas condamné au silence ? En outre, ni sa chemise ni ses chaussures n'étaient ornées de grelots.

— Je m'occuperai de tout, je vous le promets, assura-t-elle.

Elle guetta une réponse sur le visage de Nicolas mais, au lieu du soulagement qu'elle s'attendait à lire sur ses traits, il eut un petit sourire ironique qui la laissa perplexe.

17

Heureusement qu'il savait se contrôler ! Sinon, Nicolas, qui suivait lady Julianna dans les couloirs du château, aurait brisé son vœu de silence et hurlé de rire. Pour tout dire, il avait été à deux doigts de la chasser de sa chambre pour pouvoir rire tout son soûl. Néanmoins, le bon sens l'en avait empêché : elle allait l'amener jusqu'au calice. Or, il pouvait difficilement se permettre d'attendre plus longtemps.

Le visage pur de Julianna hanterait certainement ses rêves jusqu'à la fin de ses jours, tout comme ses paroles innocentes. Elle avait beau être veuve, sa connaissance de l'anatomie masculine laissait grandement à désirer. Si elle ne savait pas reconnaître un sexe en érection lorsqu'elle en touchait un, c'était qu'elle n'en avait jamais touché. Le vieux Victor de Moncrieff n'était sans doute plus assez vert à l'époque de son troisième mariage pour déflorer sa jeune épouse, et Julianna était moins stérile que vierge, ou peu s'en fallait. En outre, elle semblait totalement ignorer qu'elle l'était.

Il le lui aurait expliqué avec le plus grand plaisir, gestes à l'appui, mais sans doute n'aurait-il pas le temps de le faire. Hugh de Fortham n'était pas disposé à supporter plus longtemps le « cadeau » du roi et, plus tôt Nicolas apporterait le calice à son souverain, plus ce dernier serait content. Or, le bonheur de son roi passait avant tout.

Hélas, il reviendrait à un autre homme de reprendre l'œuvre inachevée de Victor de Moncrieff. Il espérait seulement que ce serait un amant digne de ce nom.

Julianna, qui ne se retournait pas pour le regarder, avait remis son voile de guingois sur sa chevelure couleur de miel. À présent, convaincue qu'il souffrait d'une étrange malformation, elle devait estimer qu'il ne représentait plus un danger. D'ailleurs, elle avait absolument raison de se croire responsable de cette grosseur bizarre. Nicolas n'en pouvait plus d'être en érection en sa présence sans pouvoir rien y faire.

Mais peut-être pourrait-il y remédier. Lorsqu'elle lui présenterait le calice, il serait miraculeusement guéri, la jetterait sur son lit, la trousserait et la posséderait. Tout en agissant avec célérité et discrétion, il pouvait lui faire passer un bon moment. C'était le seul moyen d'exorciser le pouvoir qu'elle avait sur lui. En fin de compte, toutes les femmes étaient faites de la même façon, et leur corps était tout ce qui l'intéressait. Quand il l'aurait fait gémir de plaisir, il pourrait la quitter sans regret.

Elle jeta un coup d'œil par-dessus son épaule et demanda avec inquiétude :

— Avez-vous des difficultés à marcher ?

C'était le cas, en effet, et, s'il ne cessait de songer à elle et à son lit, il allait finir par boitiller. Il lui sourit en hochant la tête.

— Alors, nous ferions mieux de nous dépêcher.

Tout en la suivant, il observa son joli postérieur à travers les lourds plis de sa robe. Réflexion faite, peut-être ne lui suffirait-il pas de la trousser rapidement. Il avait envie de la toucher partout, de prendre son temps.

Il devait avoir perdu la raison. S'il avait été là, Bogo lui aurait probablement dit que c'était la seule explication. Il demanderait à ce dernier de lui faire la morale sur le chemin du retour, qui s'annonçait assez long. En effet, il leur faudrait emprunter des chemins détournés, car lord Hugh ne manquerait pas d'envoyer ses hommes à leurs trousses. Lorsqu'ils attendraient enfin la cour du roi, Nicolas aurait oublié sa faiblesse passagère pour Julianna de Moncrieff…

Faiblesse décidément curieuse, car les femmes ne lui avaient jamais posé de problèmes. Aussi faciles à conquérir qu'à quitter, il n'en avait encore jamais rencontré qui aient contrarié ses plans. Jusqu'à celle-ci.

Doté d'un excellent sens de l'orientation, et ayant déjà entièrement exploré le donjon, il savait exactement où elle l'emmenait. Lorsque, parvenue à un embranchement, Julianna s'arrêta, hésitant entre deux directions, il dut se retenir de lui indiquer la bonne. Mieux valait qu'elle ignore qu'il connaissait mieux qu'elle-même le chemin de sa chambre.

Certes, il était possible qu'elle ne se dirige pas vers ses appartements, qu'elle ait caché le calice ailleurs. Mais c'était peu probable : Julianna avait beau dissimuler quelques secrets, elle n'était pas retorse. Il la connaissait mieux qu'elle ne le croyait.

Lorsqu'ils parvinrent à sa chambre, la nuit était tombée, et seul le feu éclairait la pièce. L'endroit n'avait rien à voir avec la chambre de secours qu'on lui avait allouée. Il observa avec intérêt les riches tentures et le mobilier sculpté. Curieusement, le lit était relativement petit. Étant grand, il aurait préféré posséder Julianna dans le sien.

Elle se dirigea immédiatement vers le lit et s'agenouilla.

— Le calice est là, dit-elle. Je l'ai pris la nuit dernière et caché ici pour que personne ne le trouve.

Elle tendit le bras, puis glissa la tête sous le lit pour chercher plus loin. Mais aucun tintement de métal contre les dalles de pierre ne retentit, et Nicolas eut soudain la terrible intuition qu'il n'allait pas quitter Fortham cette nuit-là.

Julianna releva la tête.

— Je ne le trouve pas, dit-elle, sans dissimuler son affolement. Je suis pourtant sûre de l'avoir mis là. Personne n'a pu le découvrir. Je ne me suis absentée qu'une heure ou deux. Personne ne pouvait soupçonner…

Les mots lui manquèrent, et son visage se décomposa.

— Je ne vais pas pouvoir vous sauver, soupira-t-elle d'une voix cassée. Tout cela est arrivé à cause de moi, et je ne vais pas pouvoir réparer ma faute.

Silencieux et immobile dans la pénombre, Nicolas réfléchit à son sort. Toujours honnête avec lui-même, il devait bien reconnaître que cette nouvelle péripétie était loin de le décevoir complètement. Ainsi, le calice avait déjà été dérobé à sa voleuse ? Qu'à cela ne tienne ! Il le retrouverait, ce qui lui laisserait le loisir de prendre du bon temps avec lady Julianna. Et de lui en donner également.

— Je vais aller à la chapelle prier la sainte de vous guérir, reprit-elle. Je suis sûre qu'elle m'écoutera. Seul mon maudit égoïsme m'a poussée à implorer son aide précieuse. Je suis même surprise qu'elle m'ait accordé une faveur aussi futile. Le pouvoir du calice doit être bien grand, en vérité.

Soudain, elle eut une idée.

— Et l'abbé de Sainte-Hugeline ?

L'abbé ? songea Nicolas en se rapprochant d'elle. Avait-il dérobé le calice ? Ou incité Julianna à le faire ? Quel pouvoir pouvait-il avoir sur elle ?

Malheureusement, il était dans l'impossibilité de poser la question, et Julianna semblait peu disposée à le renseigner.

— Peut-être le calice a-t-il regagné sa niche, poursuivit-elle pour elle-même. Je vais aller m'en assurer. Puis je me prosternerai devant l'autel et resterai là jusqu'à ce que la sainte m'accorde un miracle. Je ne mangerai ni ne dormirai tant qu'elle n'aura pas exaucé ma prière.

Tout cela commençait à devenir lassant. Nicolas brûlait de lui faire l'amour, et il n'aimait pas les femmes maigres. Il n'avait aucune envie qu'elle jeûne pour lui.

Néanmoins, il fallait bien qu'il se débarrasse d'elle, ne fût-ce qu'un moment, le temps de chercher le calice lui-même. Aussi renonça-t-il à s'approcher d'elle et attendit-il sagement dans l'ombre.

— J'y vais, dit-elle. Vous pouvez m'accompagner, si vous voulez, mais peut-être vaudrait-il mieux que vous restiez ici. Il ne faudrait pas qu'on vous voie, et vous pourriez... euh... m'embarrasser.

Dans la pénombre, elle ne pouvait pas voir son sourire moqueur. Embarrasser lady Julianna était l'un de ses plus grands plaisirs.

— Je crois plus sage que vous ne retourniez pas à votre chambre, ajouta-t-elle. Lord Hugh semble à bout de patience, et la sainte aura plus de mal à vous rendre la parole s'il vous fait couper la langue. Bien entendu, je suis sûre qu'elle en aurait le pouvoir, mais mieux vaut ne point trop exiger d'elle. Vous pouviez parler avant, et je suis certaine que vous parlerez de nouveau, avec son aide. Et, qui sait, peut-être pourra-t-elle vous empêcher de faire des vers, ajouta-t-elle, avec un sens de l'humour surprenant en de telles circonstances.

Il avait envie de l'embrasser, de l'enjôler avec des poèmes érotiques qui la feraient rougir et éveilleraient son désir, mais il ne pouvait rien dire. Il se contenta donc de hocher la tête et se laissa tomber dans un fauteuil près du feu.

— Bien, dit-elle en essayant en vain de rajuster son voile sur sa tête. Personne ne viendra vous déranger. Ma mère doit être avec lord Hugh, et les servantes n'entrent ici que lorsque je les demande. Restez ici jusqu'à mon retour.

Il inclina la tête en signe d'assentiment. Elle sortit aussitôt, en faisant voler derrière elle ses jupes et ses longs cheveux.

Nicolas ne bougea pas tout de suite. Il pouvait être très calme quand il le fallait, et pour l'instant il avait besoin d'être sûr que Julianna, troublée, énervée, incapable de réfléchir sereinement, rongée par la culpabilité due à la prétendue malédiction qu'elle avait attirée sur lui et déstabilisée par les efforts qu'il déployait pour la séduire, n'allait pas revenir sur ses pas. Il ne pouvait écarter le risque qu'elle refasse irruption dans la chambre.

Enfin, il se leva et se dirigea vers la fenêtre. Dans la cour déserte, où la nuit s'épaississait, Julianna se dirigeait vers la chapelle abandonnée. Elle y disparut bientôt. Si elle tenait parole, elle allait y rester un long moment, à se repentir de ses péchés.

Julianna, qui ne savait même pas ce qu'était réellement le péché. Nicolas considérait comme un affront personnel qu'une fille aussi attirante fasse un tel gâchis de sa personne.

Il retourna vers le lit, s'agenouilla et se pencha pour voir au-dessous. Non qu'il n'eût pas confiance dans l'œil de la belle, mais Julianna, bouleversée par les événements qui avaient précédé, avait pu ne pas l'apercevoir dans la pénombre. Comme il ne voyait pas l'ombre d'un objet sous les sangles légèrement affaissées du lit, il s'assit sur ses talons, se retourna... et se retrouva face à Isabeau.

— Que faites-vous ici, bouffon ? demanda-t-elle de sa voix calme.

Nicolas avait beau exercer la profession de fou, il savait qu'il ne devait pas se fier à l'apparence de lady Isabeau. Malgré toute sa douceur, il la soupçonnait de pouvoir se métamorphoser en tigresse si sa fille était en danger.

Peu disposé à répondre, il haussa les épaules. Mais Isabeau ne s'attendait visiblement pas à une réponse.

— J'aurais pensé que vous chercheriez à vous glisser dans le lit de ma fille, et non en dessous.

Elle s'éloigna, et il put se relever, prêt à disparaître avant qu'elle n'ait le temps d'appeler les gardes qui le ramèneraient à sa prison improvisée. Non que les précautions prises par lord Hugh puissent l'empêcher d'aller se promener, mais il préférait que le comte de Fortham continue à croire qu'on pouvait maintenir enfermé Nicolas Strangefellow.

Mais, au lieu d'appeler à l'aide, elle referma la porte, se retourna et revint vers lui.

Il l'observa un moment. Elle était d'une beauté stupéfiante. Petite, délicate, douce, féminine, elle ressemblait au genre de femme qu'il troussait d'ordinaire avec joie. Était-ce ce qu'elle avait en tête ? Malgré son attitude chaste, il doutait qu'elle se réjouît de la décision de l'abbé et pressentait qu'elle brûlait de désir pour son nouvel époux un peu brusque. Peut-être ne recherchait-elle qu'une heure ou deux d'exercice physique. Si c'était le cas, un homme incapable d'ébruiter quoi que ce soit était le partenaire idéal.

Eh bien, il l'obligerait, comme il l'avait toujours fait. C'était une femme ravissante. Cependant, pour quelque raison obscure, il ne pouvait s'empêcher de penser à Julianna et à la tête qu'elle ferait si elle le trouvait avec sa mère.

— Cessez de me regarder ainsi, maître Nicolas. Je désire vous parler et non m'ébattre avec vous. Du reste, je ne crois pas que vous éprouviez un quelconque intérêt pour moi. Vous semblez dangereusement épris de ma fille.

Elle se dirigea vers le fauteuil près de la cheminée et y prit place avec grâce, en faisant tournoyer autour d'elle les plis de sa robe.

— Cette idée semble vous révulser, reprit-elle. Mais, naturellement, vous ne pouvez me contredire. Je trouve fort plaisant de faire la conversation avec un muet. Si seulement tous les hommes pouvaient perdre leur langue!

Il ne s'était déjà que trop trahi. Quant à être épris de Julianna... lady Isabeau se laissait emporter par son imagination. Il n'avait jamais été le jouet d'aucune femme et ne le serait jamais.

Néanmoins, mieux valait ne laisser paraître aucune émotion. Arborer un air vaguement idiot s'imposait. Il ouvrit de grands yeux, détendit son visage et se mit à regarder dans le vide.

— Très réussi, maître Nicolas. Vous êtes un homme aux multiples talents. Bien des gens se laissent abuser par votre comédie, même mon époux, malgré tout son discernement. Mais il est plus difficile de tromper une femme.

Il ne cilla pas.

— Certes, vous avez bien trompé ma fille, qui est étonnamment innocente pour une femme adulte. Vous avez beaucoup trop d'influence sur elle, et c'est ce dont j'aimerais vous parler. Je ne veux plus que vous l'approchiez.

Elle baissa les yeux vers ses petites mains délicates, qui lissaient soigneusement la riche étoffe de sa robe, et poursuivit:

— Lorsqu'elle était plus jeune, je n'ai pas pu la protéger. Mais il en va autrement aujourd'hui. J'ai maintenant un mari puissant et juste et je ne laisserai personne faire du mal à ma fille. Je ne crois pas que vous lui vouliez du bien. Si tel était le cas, vous garderiez vos distances. Je vous ai vu la regarder quand vous pensiez que personne ne vous observait. Je crains que vous ne soyez amoureux de ma fille. Or, elle n'est pas faite pour vous.

Nicolas cligna des yeux, se surpassant pour feindre l'idiot. Étant donné qu'il était expert dans l'art de dissimuler ses émotions, il était impossible que son visage l'ait trahi, que lady Isabeau ait pu deviner quoi que ce soit.

— Vous êtes vraiment très doué, reprit-elle. Rassurez-vous : je suis persuadée que personne n'a rien remarqué, pas même ce vieux prieur détraqué. Mais on a tendance à sous-estimer les femmes, à oublier qu'elles ont des yeux, des oreilles, un cerveau, et on finit par ne plus se donner la peine de cacher ses sentiments en leur présence.

Cette insulte était plus grave encore que les précédentes. Nicolas ne sous-estimait jamais personne, surtout pas les femmes. Il avait en effet découvert qu'elles pouvaient être les plus dangereuses des créatures, à la fois intelligentes et mauvaises et, en fin de compte, fatales. Et dire qu'il ne pouvait même pas dire un mot pour réfuter les tranquilles accusations de lady Isabeau !

— Mais peu importe ! poursuivit-elle. Vous avez importuné mon époux plus que de raison. Dans le meilleur des cas, il se contentera de vous renvoyer à votre seigneur et maître dès demain matin. À moins que vous ne retrouviez mystérieusement votre voix d'ici là et que vous ne lui disiez où se trouve le calice.

Elle attendit sa réaction, mais n'eut droit qu'à un regard hébété.

— Mais vous n'en ferez rien, n'est-ce pas ? J'en suis bien certaine. Non que vous ne puissiez parler, car j'ai dans l'idée que ce n'est là qu'une astuce diabolique de votre part, destinée à irriter ceux qui sont restés indifférents à vos vers importuns et à vos éternels grelots. Ce que je veux dire, c'est que vous êtes dans l'impossibilité de lui dire où est caché le calice, pour la bonne raison que vous ne l'avez pas.

Il releva brusquement la tête, renonçant à son air idiot, et Isabeau eut un sourire sagace et triomphant.

— Tout juste, fit-elle. J'ignore totalement ce qu'il faisait sous le lit de ma fille, mais soyez assuré qu'il n'y est plus. Il sera restitué à mon époux, qui seul décidera du sort de cet objet sacré. Toujours est-il qu'il ne sera pas dérobé par un fou menteur ou un prêtre voleur.

C'était elle qui avait le calice ! En le lui avouant, elle avait commis l'erreur même dont elle l'avait accusé : elle l'avait sous-estimé. La porte était close, et les cris qu'elle pourrait pousser seraient faciles à étouffer. Il avait trop gros à perdre pour se laisser arrêter par sa conscience, ce détail mineur.

Il s'avança vers elle, le visage sombre mais, sans broncher, elle demanda calmement :

— Avez-vous l'intention de m'étrangler, maître fou ? De me forcer à avouer où se trouve le calice, avant de vous enfuir et de le rapporter à votre royal maître ? Comme c'est curieux... Vous ne me faites pourtant pas l'effet d'un assassin. Je n'en dirais certes pas autant de cet adolescent qui tourne autour de mon époux. Si le jeune Gilbert fondait sur moi, je prendrais mes jambes à mon cou. Mais je ne puis croire que vous allez me faire du mal.

Isabeau avait donc deviné ce que bien peu soupçonnaient, à savoir que le jeune Gilbert représentait un danger bien plus grand que ses dehors innocents ne le laissaient supposer. Mais en ce qui concernait le fou du roi, elle était bien naïve. Au cours de sa vie, il avait fait du mal à bien des gens afin d'obtenir ce qu'il désirait. Néanmoins, il ne s'en était jamais pris à une femme et n'était pas sûr de vouloir créer un précédent avec la mère de Julianna.

— Vous êtes une femme extrêmement contrariante, presque aussi agaçante que votre fille, dit-il d'une voix comme rouillée par un silence prolongé.

— Votre voix vous est revenue ? Vous m'en voyez stupéfaite. Quant à Julianna, que vous l'admettiez ou non, je ne crois pas qu'on puisse nommer agacement le sentiment qu'elle vous inspire.

Avec un haussement d'épaules, il s'approcha du lit et s'y laissa tomber. N'ayant plus rien à perdre, un soupçon d'honnêteté pouvait se révéler utile, en fin de compte.

— J'ai envie de la mettre dans mon lit, si c'est ce que vous voulez dire. C'est un morceau de roi, et je n'ai pas eu de femme depuis bien longtemps. Mais là s'arrêtent mes émotions.

— Peut-être êtes-vous réellement fou, après tout.

— Vous pourriez me donner le calice. Le roi finira par l'obtenir, bon gré mal gré. Si vous me le remettiez, cela simplifierait les choses. Je disparaîtrais, personne ne saurait que vous l'avez pris, et votre fille serait hors de danger.

— Je refuse.

— Je vous croyais prête à tout pour la protéger.

— En effet.

— Je pourrais employer la violence. Vous croyez que j'y répugnerais, et il est vrai que j'ai toujours préféré m'en remettre à mon cerveau plutôt qu'à mes muscles. Blesser un adversaire inférieur en force ne m'amuse pas, me faire réduire en poussière par un adversaire plus fort que moi encore moins. Mais je sais me battre quand il le faut.

Isabeau ne parut malheureusement pas aussi intimidée qu'il l'aurait voulu.

— Vous ne me ferez aucun mal. Si j'ai une certitude sur votre compte, c'est que vous n'êtes pas une brute.

— Vraiment ? D'ailleurs, si vous avez une si haute opinion de moi, pourquoi cherchez-vous à m'éloigner de votre fille ?

— Vous l'aimez ?

Cette question le déstabilisa tant qu'il éclata de rire.

— Aimer ? Aimer une femme ? Dans quel siècle vous croyez-vous ? À quel genre d'homme êtes-vous habituée ? Moi et mes pareils, nous ne tombons pas amoureux. C'est un luxe que nous ne pouvons nous permettre. Si l'occasion se présentait, j'irais fourrer mon nez sous les jupes de votre fille, un point, c'est tout. Alors, où se trouve ce maudit calice ?

— Ce saint calice, corrigea Isabeau. À choisir, que prendriez-vous : ma fille ou le calice ?

— Bien que vous ne soyez prête à me donner ni l'un ni l'autre, j'opterais sans conteste pour le calice. Julianna a beau être d'une compagnie fort agréable, elle ne vaut pas la peine que je risque mon avenir pour elle. Le roi veut le calice, et j'ai bien l'intention de le lui rapporter.

— Et si je révélais votre plan à mon époux ? Si je lui disais que je viens d'avoir avec vous une conversation des plus sensées, sans vers ni cabrioles ? Qu'en diriez-vous ?

— *Bien qu'entre les mains de simples mortels*
Mon avenir certainement réside,
Sans renier convoitise ni luxure,
Je veux du vice faire une vertu.

— Taisez-vous, fou.

D'un mouvement souple, il se leva du lit. Lady Isabeau ne lui offrirait pas plus le calice que sa fille, et en vérité il n'aurait su que choisir entre les deux. Peut-être bien la fille. Le calice avait attendu si longtemps qu'il pouvait bien patienter encore quelques années.

Quoi qu'il en soit, le calme souverain d'Isabeau lui faisait soupçonner qu'elle avait trop bien caché la relique pour qu'il la découvre, à moins d'utiliser la force. Or, il y avait des limites à ce qu'il était prêt à faire pour le roi. Et pour son propre bien.

Il se dirigea vers la porte avec une grâce nonchalante.

— *La vertu de votre fille sera conquise.*
De celui qu'on dit fou à lier elle sera
Le tendre prix, la récompense exquise.
À force de mensonges, il la possédera.

Sur ces vers, il ouvrit la porte et se figea, frappé d'horreur.

Certes, la situation aurait pu être encore pire : le comte de Fortham en personne aurait pu se trouver derrière la porte, entouré d'une bande armée. Ou bien cet affreux prieur, tout prêt à administrer une nouvelle dose de fouet à un fieffé menteur.

Ce n'était que Julianna. Elle le regardait, et l'expression de son visage vulnérable disait assez qu'elle les avait entendus, lui et ses adieux moqueurs.

Que dire ? Il n'essaya même pas de trouver une excuse et, sans faire amende honorable, se contenta de hausser les épaules.

En digne fille de sa mère, elle se redressa, et sa tendre bouche prit un pli amer qui réussit presque à masquer sa souffrance.

— La très sainte Hugeline a exaucé mes prières, semble-t-il, persifla-t-elle.

Il eut envie de la toucher, de lui caresser la joue. Il leva même la main. Mais, entendant Isabeau reprendre son souffle derrière lui, il n'acheva pas son geste.

— Je suis votre serviteur, madame, murmura-t-il.

Puis il passa devant Julianna et s'éloigna dans le couloir désert, bien décidé à ne pas se retourner.

18

— Ma pauvre chérie, dit Isabeau avec douceur.

Mais Julianna n'allait pas pleurer, pas devant sa mère. De toute façon, ce fou menteur ne valait pas la peine qu'elle verse des larmes pour lui.

— Je suppose qu'il n'a jamais été réellement muet, fit-elle négligemment en pénétrant dans la pièce.

Les membres un peu raides après l'heure qu'elle avait passée à se prosterner sur le sol sale et froid de la chapelle abandonnée, elle se rapprocha du feu, dont les flammes, hélas, ne la réchauffèrent nullement.

— Je pense que non. Ce n'était qu'un de ses jeux.

— Le croyez-vous fou ? demanda Julianna, feignant la simple curiosité.

— Au contraire. C'est l'un des hommes les plus intelligents que j'aie jamais rencontrés. L'un des plus dangereux, aussi. Il a réussi à faire croire à presque tout le monde qu'il était simple d'esprit alors qu'en réalité il convoite le calice de sainte Hugeline.

Dire qu'elle avait failli le lui donner !

— Pour quelle raison ?

— Pour le rapporter au roi, son maître. Maître Nicolas a été envoyé ici pour s'emparer de la relique sacrée, j'en suis certaine, et il ne reculera devant rien pour accomplir sa mission. Il n'aura aucun scrupule à blesser autrui.

— Il ne m'a pas fait de mal, dit calmement Julianna.

Comment un si beau feu pouvait-il réchauffer si peu ?

— Comment une aussi étrange créature pourrait-elle faire du mal ? ajouta-t-elle.

— J'ai vu la façon dont il te regardait…

Isabeau s'interrompit, estimant visiblement qu'il valait mieux ne pas approfondir le sujet. Julianna lui en fut reconnaissante. Elle préférait que certaines choses restent cachées. Par exemple, le fait qu'à chaque caresse de ce traître, de ce menteur de fou, ses jambes s'étaient dérobées sous elle ; ou encore que, pour obtenir d'autres baisers, elle aurait presque volontiers consenti à endurer l'union charnelle. Si seulement il ne l'avait jamais embrassée !

Mais rien de tout cela ne se lisait ni ne se lirait jamais sur son visage. Elle pouvait considérer ce qui venait de se passer comme une chance inespérée d'échapper à maître Nicolas, en présence duquel elle ne parvenait pas à raisonner clairement. Désormais, il n'aurait plus jamais le pouvoir de la troubler.

— J'ai découvert le calice sous ton lit, reprit enfin Isabeau. Que faisait-il là ?

Julianna ne songea même pas à mentir – le mensonge l'aurait rapprochée du fou.

— Je l'ai pris dans la chapelle. Le père Paulus le veut, et j'ai pensé qu'il accéderait à ma requête si je le lui apportais.

— Quelle requête ?

— J'aspire à la seule vie confortable qu'une femme dans ma situation puisse désirer : je veux entrer au couvent et consacrer ma vie à Dieu et aux bonnes œuvres.

— Et ne plus jamais permettre qu'un homme te touche, conclut sa mère.

Le visage de Julianna s'enflamma, et son corps se réchauffa enfin.

— En effet. Je ne veux pas me remarier. Je pensais avoir plus de temps pour prendre mes dispositions avant que le roi ne me vende à un autre homme, ajouta-t-elle, sans parvenir à cacher son amertume.

Isabeau la contempla longuement, songeuse.

— Assieds-toi, ma fille.

— Je ne…

— Assieds-toi, répéta Isabeau d'un ton sec.

Julianna eut soudain l'impression d'être une fillette de huit ans en train de se faire gronder par sa mère adorée. Elle prit place sur un tabouret près du feu et, pour la première fois depuis bien longtemps, eut l'air plus petite qu'Isabeau.

— Je veux savoir ce que t'a fait Victor.

— Ce que les hommes font aux femmes, répondit Julianna en détournant la tête.

— Je ne crois pas. Si cela était si désagréable, on ne verrait pas autant d'enfants ici-bas.

— Qui a dit que cela était désagréable pour les hommes ? Ils sont plus forts que nous. Ils nous commandent et nous gouvernent. Connaissez-vous des hommes qui s'abstiennent lorsqu'une femme se refuse à eux ?

— Oui, un certain nombre d'hommes convenables.

— Victor était un homme plutôt convenable. Ce n'était qu'au lit qu'il n'était pas… gentil.

Elle sentait le regard de sa mère posé sur elle et aurait voulu se cacher pour échapper à sa perspicacité.

— Il a dû se montrer plus que maladroit lorsqu'il t'a déflorée, dit Isabeau. La plupart des hommes ne savent guère s'y prendre avec les jeunes filles, si bien que nombre de mariages démarrent lamentablement. Mais, après la première fois, cela a dû s'arranger, non ? Une fois l'hymen rompu, la douleur disparaît, et les choses vont généralement en s'améliorant.

— La douleur n'a jamais disparu.

Sa mère garda le silence un instant.

— Peut-être avait-il des difficultés. Saignais-tu à chaque fois ?

Julianna ne répondit pas tout de suite. Pourquoi sa mère lui imposait-elle une conversation aussi pénible ? Agnès, à qui elle avait confié le dégoût que lui inspirait l'union charnelle, avait été autrefois la maîtresse de Victor, de sorte qu'elle ne lui avait jamais posé de questions sur la façon dont celui-ci faisait l'amour.

— Non, murmura-t-elle.

— Seulement la première fois, alors ?

— Non.
Sa mère la prit par le menton et la força à la regarder.
— Tu n'as jamais saigné en couchant avec lui ?
— Non.
Isabeau laissa retomber sa main.
— Voilà qui est des plus étranges, fit-elle, l'air troublé. Si seulement ta vieille nourrice était encore de ce monde, peut-être saurait-elle expliquer...
Julianna se leva, renversant son tabouret dans sa hâte.
— Je ne vois aucune raison d'en discuter. Je me suis pliée à mon devoir lorsque je n'avais pas le choix. Mais, à l'avenir, je ferai tout ce qui est en mon pouvoir pour éviter d'avoir à m'unir à un homme. Et, si vous avez un tant soit peu d'affection pour moi, vous m'aiderez.
— Julianna, tu es ma fille et je t'aime. Je ferais n'importe quoi pour toi.
— Dans ce cas, donnez-moi le calice. Le père Paulus peut me procurer la paix et la sécurité auxquelles j'aspire. Si vous ne pouvez empêcher le mariage qui m'attend, il le pourra, lui. Si je lui remets la coupe sacrée de sainte Hugeline, il me sera reconnaissant et...
Elle s'interrompit en voyant sa mère secouer la tête.
— Ma chère enfant, ne sais-tu pas encore qu'on ne peut pas se fier aux hommes ? Plus ils sont puissants, moins ils ont d'honneur – c'est du moins ce que j'ai pu constater par moi-même. Si tu donnes le calice à l'abbé, il l'utilisera pour servir ses propres intérêts et oubliera qu'il t'est redevable. Il se passera de toi, ira voir ailleurs, et tu auras fait tout cela en vain.
— Je pourrais au moins essayer...
— Mon époux sait déjà que le calice est entre mes mains. Je lui ai dit que je le lui rendrais ce soir.
— Dites-lui que vous l'avez perdu ! Que quelqu'un a découvert votre cachette !
— Je ne mentirai pas à mon époux. C'est un homme bon, qui me fait confiance. Je ne veux pas perdre cette confiance.
— Je vois. Autrefois, vous avez préféré votre devoir d'épouse à votre devoir de mère. Je ne suis pas sur-

prise que vous fassiez le même choix cette fois encore.

— Les choses ne sont pas aussi simples, fit Isabeau en pâlissant.

— Si, elles le sont. Ne vous inquiétez pas, je comprends. Nous ne pouvons rien contre certaines choses. Une mère ne devrait pas être confrontée à de tels choix. Quant à moi, ne pouvant être mère, je ne saurai jamais si j'aurais fait le même choix que vous. Mais peu importe !

Les yeux brillants de larmes, Isabeau ne bougeait plus. Soudain, elle se leva avec détermination.

— On ne peut pas faire confiance au père Paulus. Il trahirait n'importe quelle promesse pour assouvir sa soif de pouvoir, déclara-t-elle.

— C'est fort probable.

— Quant à mon mari, si je ne lui remets pas le calice, il me battra, et tu épouseras de toute façon celui que le roi a choisi pour toi. D'ailleurs, ce lord Derwent est peut-être un homme bon et avenant. Sans doute trouveras-tu le bonheur auprès de lui.

— Tout est possible.

Isabeau hocha la tête.

— Néanmoins, je vais te donner le calice. Une chance mince vaut mieux qu'aucune chance.

Julianna fut prise d'un mélange d'espoir et de détresse.

— Vous ne pouvez...

— Si.

Isabeau se mit à fouiller dans un coffre en bois sculpté situé à l'autre bout de la pièce, jetant çà et là étoles, voiles et chemises.

— Je crois mon époux assez épris de moi. S'il décide de me battre pour avoir désobéi, la punition ne devrait pas être trop rude. D'ailleurs, je me trompe peut-être sur le compte de l'abbé. C'est un homme inquiétant mais, avec le frère Barth comme témoin, sans doute hésitera-t-il à trahir sa parole.

La tête au fond du coffre, elle se mit à jeter les vêtements plus énergiquement encore.

— Il est là, quelque part. Je l'y ai caché cet après-midi, après ton départ. Il ne doit pas être si difficile de le retrouver...

Elle poursuivit ses recherches avec frénésie, et Julianna devina ce qu'elle allait dire ensuite.

Enfin, Isabeau émergea du coffre, le visage pâle et défait.

— Il a disparu, dit-elle.

— Nicolas...

— Je ne crois pas. Je t'ai croisée en venant ici et, lorsque je suis entrée dans la chambre, il était en train de chercher sous le lit. En outre, il n'aurait pas pu le cacher sous ses vêtements, étant donné qu'il ne portait presque rien.

Un bref instant, Julianna revit la chemise ouverte de Nicolas, son torse doux et chaud. Elle ferma les yeux pour chasser cette vision... qui n'en devint que plus nette.

Elle rouvrit les yeux et s'obligea à se reprendre.

— Peut-être lord Hugh se l'est-il fait apporter, puisque vous lui avez dit le détenir, suggéra-t-elle.

— Il n'aurait pas eu besoin de le faire en cachette. Je devais le lui apporter ce soir, il était d'accord. S'il le voulait plus tôt, il lui suffisait de me le demander. J'ai été stupide.

— Quelqu'un était-il présent lorsque vous lui en avez parlé ? Quelqu'un aurait-il pu vous entendre et venir fouiller ici ?

— Je n'ai remarqué personne. Mais il est vrai que mon époux est rarement seul. Il est bien possible que quelqu'un m'ait entendue.

Les yeux d'Isabeau s'assombrirent.

— Cette nouvelle ne va pas plaire à lord Hugh, reprit-elle. J'espère du moins qu'il me croira.

— Et si vous aviez toujours le calice ? Si vous me l'aviez donné afin que j'essaie de monnayer ma liberté ? Que lui auriez-vous dit ?

— La vérité aussi. Lorsqu'on vit entouré de menteurs, la seule chance de survivre est de dire la vérité, même si elle choque, la plupart du temps.

— Je ne crois pas avoir jamais choqué personne.

— Il est peut-être temps de commencer. Je trouve ton fou bien trop sûr de lui.

Isabeau se leva et se dirigea vers la fenêtre en frottant ses mains glacées l'une contre l'autre. La nuit était complètement tombée, à présent, et, si le feu éclairait la pièce, il ne parvenait pas à la réchauffer.

— Je crois que je devrais aller avouer ce que j'ai fait à mon époux. J'ai agi de façon imprudente et irréfléchie avec cette relique de famille.

Puis elle ajouta avec un sourire :

— Je ne suis pas novice en matière d'hommes. S'il se montre violent, je saurai le distraire, j'en suis sûre.

Julianna réprima un frisson. Pour de mystérieuses raisons, sa mère semblait n'éprouver aucun dégoût à l'idée de coucher avec son mari. C'était à n'y rien comprendre, à moins que...

— Vous l'aimez ?

Isabeau tourna le dos à la fenêtre.

— Quelle étrange question, ma fille ! J'ignorais que tu croyais à l'amour entre homme et femme.

— C'est une chose rare, mais je ne doute pas qu'elle existe. Vous me faites penser à Agnès lorsqu'elle parle de son mari. Pourtant, vous connaissez à peine le comte. Comment pouvez-vous éprouver de tendres sentiments pour lui ? Pour cette... brute ?

— Ce n'est pas une brute. Quant à cet amour, il a une explication. J'ai rencontré le comte il y a longtemps. J'étais plus jeune que toi, à l'époque. Je me souviens de l'avoir regardé dans les yeux et d'avoir songé... Mais peu importe ce que j'ai songé ! Je ne pensais pas le revoir un jour. J'ignorais qu'il m'avait remarquée parmi tant de belles femmes. J'étais alors enceinte, malheureuse, effrayée et seule. Et il s'est montré gentil.

— Les jeunes garçons peuvent se montrer gentils, mais les hommes faits sont cruels.

— Je préfère cent fois lord Hugh au jeune Gilbert, répliqua Isabeau. Bref, ce n'est pas par hasard que le comte de Fortham a demandé ma main. Bien qu'il n'ait jamais fait allusion à notre première rencontre, je crois qu'il s'en souvient. Je crois aussi qu'il pourrait en venir à m'aimer. Peut-être même m'aime-t-il déjà.

Julianna secoua la tête, autant pour manifester son incrédulité que pour chasser ces sottises de sa tête.

— Que vient faire l'amour dans le mariage ?

— Si jamais tu te remaries, je te jure que l'amour fera tout dans ton mariage. Je ne te laisserai pas vendre à un inconnu.

— Et comment l'empêcheriez-vous ?

— Les femmes ont plus de pouvoir que tu ne le crois, ma chérie. Si tu te remaries, ce sera un mariage d'amour.

Et aussitôt l'image maudite et fascinante du fou menteur se mit à danser devant les yeux de Julianna.

En regagnant la tour nord et la pièce qui lui servait de prison, Nicolas ne croisa personne. En revanche, lorsqu'il entra dans sa chambre, dont la porte était ouverte, il trouva Gilbert étendu sur son lit, en train de se curer les ongles à l'aide d'une longue et fine dague. Il était seul.

Nicolas referma la porte derrière lui et ne s'approcha pas. Il ne croyait pas que Gilbert fût venu le tuer, le jeune assassin ne dérogeant pas à certaines habitudes, notamment celle d'accomplir sa besogne la nuit, et parderrière.

— Que faites-vous ici ? fit-il d'un ton rude, sans plus se soucier de jouer les fous.

Le souvenir du visage choqué et blessé de Julianna lui faisait mal, et rien ne lui aurait plu davantage que de pousser le jeune homme à l'attaquer. En combat régulier, Gilbert était trop frêle pour blesser sérieusement un homme plus grand que lui. Il brillait plutôt dans les attaques surprises et la ruse.

— Vous avez décidé de retrouver votre voix ? fit Gilbert sans bouger. Sage décision de votre part : lord Hugh semblait sur le point de perdre son calme. Avez-vous le calice ?

— Et vous ?

Nicolas l'écoutait à peine. Il ne croyait pas avoir vu de larmes dans ses yeux : Julianna de Moncrieff n'était pas de celles qui pleurent facilement.

Gilbert se redressa brusquement sur le lit.

— Ne me dites pas que vous l'avez laissé filer ! Lorsque vous avez mis au point votre farce, je pensais que vous saviez où le trouver. Le temps presse, et le bon prieur ne se laissera pas éternellement distraire.

— Pourtant, d'après Bogo, vous accomplissez cette tâche avec succès.

— Il aime le fouet, fit Gilbert avec un haussement d'épaules. Il aime aussi les jeunes gens, mais je ne crois pas être obligé d'en arriver là pour obtenir ce que je veux.

— Néanmoins, vous y seriez prêt.

Le jeune homme eut un sourire angélique.

— Je fais ce qui est nécessaire, maître Nicolas. Me jugeriez-vous, par hasard ?

— Non. J'ignorais simplement que coucher avec des vieillards fît partie de vos nombreux talents.

— Ce que je fais, je le fais discrètement. La plupart des hommes se laissent abuser par ma charmante innocence. Si vous me percez à jour, c'est uniquement parce que vous vivez dans le mensonge, vous aussi. Vous n'êtes ni le bouffon ni le dément que vous prétendez être.

— Et vous, vous n'avez rien d'un innocent enfant.

— Je ne l'ai jamais été. Qui a le calice ? Savez-vous au moins si c'est l'une des dames du château qui l'a pris ? J'avoue éprouver une certaine réticence à tuer des femmes. Mon côté sentimental, sans doute. Un reste de l'amour que je portais à ma sainte mère.

— Votre sainte mère ?

— Une putain tuée dans la rue par son souteneur lorsque j'avais cinq ans. Mon père, en revanche, était de haut lignage. C'est son sang et non celui de ma mère qui s'est exprimé en moi. Je lui ressemble beaucoup plus qu'à cette pitoyable traînée.

— Comme vous êtes bavard, Gilbert ! Cela ne vous ressemble guère d'être aussi disert sur votre vie. Avez-vous l'intention de me réduire au silence ?

— Inutile. Nous sommes dans la même situation, vous et moi. Vous supprimer ne m'apporterait rien, et je ne tue jamais pour le sport, uniquement pour l'argent. Nous pourrions nous entraider. Dites-moi qui a le calice, et je me débrouillerai.

— Je n'en ai aucune idée.

C'était la stricte vérité. Il avait écouté à la porte de Julianna après qu'elle l'avait refermée sur lui, espérant découvrir où Isabeau avait mis la relique. Il était resté suffisamment longtemps pour apprendre que le calice avait une fois de plus disparu et que Julianna allait se remarier.

— Le roi Henry est un homme impatient, maître Nicolas. Il veut ce calice, et rapidement. Ni vous ni moi n'avons intérêt à ce qu'il s'énerve. Et, si d'aventure vous éprouviez une quelconque affection pour les membres de cette maison, souvenez-vous qu'il est sans pitié.

— Le château de Fortham pourrait soutenir son assaut un certain temps.

— Mais pas éternellement. Henry l'emporterait, tôt ou tard, et je préfère ne pas imaginer les châtiments qu'il infligerait alors aux maîtres de cette forteresse. Vous ne voudriez pas que la charmante lady Julianna soit livrée aux soldats du roi en guise de récompense, n'est-ce pas ? Je crois qu'elle n'apprécierait pas tellement cela.

Gilbert prêchait le faux pour savoir le vrai, jeu dans lequel il était passé maître. Nicolas ne broncha pas.

— Nous retrouverons ce calice, Gilbert. D'après ce que je sais, il est possible que Hugh lui-même l'ait caché quelque part. On est venu le prendre dans la chambre de ces dames, et je n'ai aucune idée de l'identité du voleur.

— Ne serait-ce pas vous ? Ou votre serviteur ?

— Sur mon honneur.

— Je doute que vous et moi soyons des hommes d'honneur.

Gilbert descendit du lit et passa négligemment près de la haute silhouette de Nicolas.

— Je m'en vais annoncer à notre maître provisoire que vous êtes guéri. Peut-être vous éviterai-je d'avoir les oreilles coupées et jetées au feu.

— Comme c'est aimable à vous !

— Ensuite, nous trouverons le calice. Nous devons faire vite, maître Nicolas. Notre maître s'impatiente.

Après le départ de Gilbert, Nicolas songea à ce que ce dernier avait dit : « Je doute que vous et moi soyons des hommes d'honneur. » Il ne s'était pas donné la peine de répliquer, la plupart des gens étant incapables de comprendre la conception personnelle qu'il se faisait de l'honneur.

Jamais il n'aurait volé un pauvre ni blessé plus faible que lui. Jamais non plus il n'aurait promis plus qu'il ne pouvait donner, qu'il s'agisse d'une relique sacrée ou de son amour.

Il n'avait rien à offrir à une femme comme Julianna de Moncrieff. Quand bien même il aurait eu la tentation de lui faire des promesses inconsidérées, il aurait soigneusement refoulé cet élan. Désormais, elle allait le fuir comme la peste, tandis que de son côté il accomplirait la mission pour laquelle on l'avait envoyé ici.

La vie n'était-elle pas belle ainsi ?

19

La nuit était noire et orageuse. Une tempête venue du nord s'abattait sur le château de Fortham, avec ses vents glacials et sa pluie cinglante. Aussi Isabeau n'était-elle pas pressée d'aller se promener sur les remparts inondés, d'autant qu'elle savait ce qui l'attendait au bout du chemin : un mari très courroucé.

Elle avait bien songé à rester terrée dans la chambre qu'elle avait si brièvement partagée avec sa fille, mais à quoi bon ? Hugh, qui était venu l'y chercher la veille, n'aurait aucun scrupule à recommencer. En outre, elle ne voulait pas que Julianna soit mêlée à cette histoire, bien que sa fille fût coupable d'avoir dérobé la première le calice sacré. Comme elle semblait avoir une très mauvaise opinion des hommes, mieux valait qu'elle n'imagine pas le sort que Hugh réservait à sa femme.

L'instinct d'Isabeau lui disait pourtant qu'il ne lui ferait pas de mal. Mais ne voyait-on pas souvent des hommes plus doux que lui battre leur femme ? Sans compter qu'il était immensément frustré par le décret de l'abbé. Il était possible qu'il veuille la punir, mais elle en doutait. Peut-être allait-il fulminer, menacer, comme le faisaient même les meilleurs des hommes, mais il finirait par se calmer, contrairement à son précédent mari.

Elle ne voulait pas songer au père de Julianna. Elle lui était reconnaissante de lui avoir donné une fille belle et forte, même s'il lui avait arraché cette même fille de bonne heure. Du moins Julianna lui était-elle revenue, et Isabeau remerciait le Ciel que son défunt mari ne puisse plus se mêler de sa vie et de ses choix.

Aujourd'hui, Isabeau devait rendre des comptes à son nouvel époux. Sans le décret du père Paulus, elle les lui aurait rendus de la manière la plus voluptueuse qui soit. Elle avait espéré qu'en restituant le calice à Hugh, ce dernier baisserait suffisamment sa garde pour qu'elle découvre s'il l'aimait vraiment, ainsi qu'elle le soupçonnait.

Hélas, quelqu'un avait compromis ce plan. Elle s'était montrée négligente et devait maintenant répondre devant son mari de cette négligence. Mais que dire ?

Hugh ne sachant pas que Julianna avait subtilisé le calice la première, Isabeau ne mentionnerait pas ce détail. S'il ressemblait à la plupart des hommes, il ne croirait pas que Julianna ne l'avait pas volé une seconde fois, s'emporterait et fulminerait contre cette dernière, qui en sortirait plus convaincue que jamais que tous les hommes étaient des démons.

Quel dommage que ce nouveau mariage débute ainsi ! songea Isabeau en contemplant la pluie. Il y avait trop de monde autour d'eux, trop d'invités indésirables : l'abbé, le fou, le jeune Gilbert au sourire mystérieux et aux yeux sans vie. Seule sa fille était la bienvenue, quoique Isabeau eût rêvé d'un moment mieux choisi pour renouer des liens avec elle.

Malheureusement, le destin et Julianna elle-même n'avaient pas voulu qu'il en fût autrement. Il avait fallu attendre la mort de Victor de Moncrieff pour que Julianna se retrouve contrainte d'adresser la parole à sa mère, et Isabeau ne voulait pas laisser passer cette chance unique.

La pluie ne se calmait pas. Sur le lit, Julianna, repliée sur elle-même, semblait anéantie par un malheur qu'elle préférait ne pas nommer. Ce bouffon avait été bien fou, en vérité, de jouer avec sa fille. Ce n'était pas un homme pour une femme comme Julianna, si haut placé qu'il fût dans l'estime de son maître. Sa fille avait besoin d'un homme solide sur qui elle puisse compter, qui se montre doux et compréhensif au lit et la mène tout doucement à l'amour. Victor de Moncrieff semblait avoir complètement bâclé sa tâche.

Non, décidément, Nicolas Strangefellow, avec ses manières bizarres, ses vêtements fantasques, ses mensonges, ses roueries, n'était pas fait pour sa fille. Quant à Julianna, elle avait assez de sagesse pour le savoir.

Même si le fou avait ravi son cœur.

Elle était éprise de lui à un point qui brisait le cœur. Et pourtant elle ne se doutait même pas qu'elle était amoureuse. Dès que le fou et elle se retrouvaient dans la même pièce, on eût dit que des étincelles volaient entre eux. Lorsque Nicolas se tournait vers elle, il changeait légèrement de visage, juste assez pour se trahir aux yeux clairvoyants d'une mère.

Julianna, la pauvre enfant, était totalement vulnérable et presque inconsciente de l'effet qu'il produisait sur elle. Il la faisait enrager, l'obsédait, la tourmentait, la charmait. C'était de l'amour à l'état pur, mais Julianna ne savait pas le reconnaître. Sans doute parce qu'elle n'avait jamais eu l'occasion d'observer ce genre d'amour éperdu.

Nicolas ne l'avait pas possédée, Isabeau en était certaine. Julianna n'aurait pas su cacher une chose pareille ; elle n'aurait pu dissimuler l'expression rêveuse, folle et enamourée de son visage.

Avec un peu de chance, tout danger était maintenant écarté. Julianna venait d'apprendre de la bouche même de Nicolas qu'il n'était qu'un menteur, un voleur, prêt à se servir d'elle pour atteindre son but, puis à l'abandonner sans regret. Si elle avait un peu de bon sens, elle ne le laisserait plus jamais s'approcher d'elle.

Mais une femme amoureuse avait-elle du bon sens ? Sa fille avait beau avoir du caractère et être furieuse que le fou se soit moqué d'elle, que pouvait-elle contre un homme comme Nicolas Strangefellow ?

Isabeau aurait pu le faire renvoyer. Cela n'aurait pas été difficile, Hugh étant particulièrement irrité par les vers et le bavardage du fou. Il aurait sauté sur n'importe quel prétexte pour le renvoyer à son royal maître.

Ce soir-là, cependant, il ne serait sans doute pas d'humeur à lui faire plaisir. Elle l'avait trahi et, plus elle repousserait le moment de le lui avouer, plus difficile serait cet aveu.

Le pire, c'était qu'elle n'avait aucune idée de la personne qui avait pu subtiliser le calice qu'elle avait si soigneusement caché. Ses servantes étaient dignes de confiance. Jamais elles n'auraient fouiné dans ses coffres. Quant à l'abbé, il n'était pas du genre à s'abaisser à fouiller la chambre d'une femme.

En revanche, il avait fort bien pu y envoyer un acolyte. Pour lui, il ne s'agissait sans doute pas d'un vol, puisqu'il estimait que le calice appartenait à l'ordre de Sainte-Hugeline et qu'aucune loi humaine ni divine n'autorisait Hugh à le conserver. Aux yeux du Ciel, les crimes que l'abbé pourrait commettre pour s'emparer de cet objet n'en étaient pas.

Avait-il envoyé le frère Barth ? Cela semblait peu probable : visiblement, le bon moine n'exécutait les volontés de son maître qu'avec une certaine répugnance.

Peut-être Gilbert, l'adolescent mystérieux, était-il le coupable. Mais, là encore, Isabeau n'avait aucune preuve. Seul son instinct la poussait à penser que ce garçon était capable de toutes les formes de forfaiture.

Néanmoins, Hugh ne serait probablement pas disposé à entendre ce genre d'opinion. Si elle lui parlait en termes défavorables de ce garçon dont il semblait si entiché, il risquait de la traiter de menteuse.

Tout bien réfléchi, elle ne voyait qu'une solution : se prosterner aux pieds de son mari et implorer son pardon, en espérant qu'elle ne s'était pas trompée sur lui et sur les sentiments qu'il éprouvait pour elle.

Les remparts étaient déserts. Même les sentinelles s'étaient mises à l'abri des vents violents qui fouettaient la muraille. Serrant sa cape autour d'elle, Isabeau inspira profondément et s'élança sous la pluie battante, qui transperça aussitôt ses vêtements. Lorsqu'elle parvint à s'abriter, elle était trempée jusqu'aux os et transie de froid. Quelle idiote elle faisait ! D'autres itinéraires permettaient d'atteindre les appartements de son époux sans s'exposer à la pluie. Mais elle avait eu honte de demander son chemin. Une femme ne devait-elle pas savoir où dormait son mari, même si le prieur lui avait interdit de partager son lit ?

Un maigre flambeau brûlait au sommet de la tour. À tâtons, elle descendit l'escalier en colimaçon jusqu'aux appartements de Hugh. Avec un peu de chance, il ne serait pas encore là quand elle arriverait. Elle pourrait ôter sa cape trempée, se sécher de son mieux et même aller s'étendre dans le grand lit chaud. Si elle feignait d'être endormie à son retour, peut-être n'aurait-il pas le cœur de la réveiller pour lui réclamer le calice.

Non, cette hypothèse était peu probable. Hugh de Fortham était peut-être bon, mais il n'avait pas le cœur tendre à ce point. Il n'hésiterait pas à réveiller sa nouvelle épouse.

Et s'il avait peur de s'exposer à la tentation ? La nuit précédente, il avait attendu d'être sûr qu'elle dormait avant de la rejoindre. Elle savait bien pourquoi : il craignait de ne pouvoir lui résister. Car il la désirait, elle en était absolument certaine.

Par conséquent, la prudence de Hugh jouerait peut-être en sa faveur. Les hommes étaient souvent plus raisonnables le matin venu, moins enclins à s'emporter. Si elle pouvait attendre le lendemain pour lui avouer la disparition du calice, peut-être les choses s'arrangeraient-elles. D'ailleurs, Julianna avait probablement raison : il avait dû envoyer quelqu'un le prendre, et elle s'inquiétait pour rien.

La porte des appartements du comte était fermée, ce qui était bon signe. Quelque serviteur avait dû allumer un bon feu et refermer la porte en partant, afin que la chaleur ne s'échappe pas. Elle hésita un bref instant, puis poussa le battant. Les gonds de cuir grincèrent… et elle vit son époux, seulement vêtu de ses chausses, qui la fixait de son regard sombre et soucieux.

Malgré la gravité de la situation, Isabeau resta un moment fascinée. Le comte de Fortham était un homme d'une grande beauté, fort, bien bâti, avec de larges épaules et un torse développé. Bizarrement, il parut soudain embarrassé de la voir le contempler et saisit vivement sa tunique.

— Je ne vous attendais pas si tôt, madame, marmonna-t-il. J'avais l'intention…

— Surtout pas, fit-elle en voyant qu'il était sur le point de remettre sa tunique.

Le feu crépitait, il faisait chaud, il n'avait pas besoin de se rhabiller. En outre, elle avait envie de le regarder encore, de savourer ce qu'elle ne pouvait avoir. Ce qu'elle n'aurait jamais, quand il aurait appris qu'elle s'était fait voler le calice.

Il s'immobilisa, surpris, et laissa tomber sa tunique.

— Isabeau ? fit-il.

Chaque parcelle de son corps le savait : il désirait la toucher, tout comme elle désirait le toucher. Mais, si elle le laissait faire, tout en sachant qu'elle l'avait trahi en perdant le calice, il ne le lui pardonnerait jamais, et il n'y aurait plus aucun espoir d'avenir.

Mais n'était-ce pas déjà le cas ? Le père Paulus ayant décrété qu'ils devaient vivre chastement, il ne serait que trop facile à Hugh d'annuler ce mariage non consommé et de prendre une autre femme, plus jeune, plus belle.

Elle en aurait pleuré. Elle avait passé tant d'années à obéir au doigt et à l'œil à un homme qu'elle haïssait ! N'avait-elle pas droit à une miette de bonheur ? À un peu de joie et de plaisir ?

Sans doute, mais pas au prix de son honneur.

— Le calice a disparu, dit-elle brusquement.

Elle ne cilla pas et n'eut pas un mouvement de recul, bien qu'elle s'attendît à le voir se jeter sur elle, le poing levé.

Mais il n'en fit rien et la dévisagea d'un air absent.

— Disparu ? Comment ?

— Je l'avais caché dans mon coffre à vêtements. Quand je suis venue le rechercher, il n'était plus là.

— Vous vouliez me l'apporter ?

À quoi bon mentir ? songea Isabeau, résignée.

— Non, dit-elle en soutenant son regard. J'allais le donner à ma fille, afin qu'elle puisse soudoyer l'abbé, dans le but de se soustraire au mariage prévu pour elle par le roi et d'entrer dans les ordres.

Hugh prit place dans un fauteuil près du feu et détourna les yeux. Ne pouvait-il plus supporter de regarder en face son visage de traîtresse ?

— Il ne faut pas faire confiance à cet abbé. Il ne tiendrait pas sa parole, commenta-t-il.

— C'est ce que je lui ai dit. Mais c'est la seule chance qu'il lui reste, et comme j'ai déjà permis une fois qu'elle soit vendue...

— Donc, vous alliez lui donner la relique des Fortham, trahissant du même coup votre époux et vos gens ?

Elle aurait préféré qu'il s'emporte, qu'il hurle, la frappe, tout plutôt que ce calme effrayant.

— Oui, répondit-elle en baissant la tête, honteuse. Pour ma fille, je l'aurais fait.

Elle l'entendit se lever, venir vers elle et s'efforça de garder son calme. Elle était sa propriété, il avait le droit de faire d'elle ce que bon lui semblait. Après une telle trahison, il pouvait fort bien la tuer de sang-froid.

Lorsqu'il la toucha, elle frémit. Il lui prit le menton et lui fit relever la tête. Il était immense et lui cachait presque la lumière, mais sa main puissante était douce.

— J'espère que vous saurez veiller sur l'avenir de nos enfants avec le même courage, dit-il.

À ces mots, elle sentit ses yeux s'emplir de larmes brûlantes qu'elle ne parvint pas à contenir.

— J'ai bien peu de chance dans mes grossesses, monseigneur. Et je suis... vieille.

Ces mots, qu'elle n'avait jamais dits tout haut, lui coûtèrent énormément.

— Si vous m'avez épousée pour concevoir un héritier, poursuivit-elle, vous auriez pu mieux choisir.

Pour la première fois, il lui sourit.

— Je ne vous ai pas épousée pour concevoir un héritier, comme vous dites. Nous aurons des enfants, cependant : des fils forts, des filles belles comme le jour. Au fond de mon cœur, je le sais. Mais ce n'est pas pour cela que je vous ai épousée.

— Je n'ai pas de terres...

— Voulez-vous savoir pourquoi je vous ai épousée, madame ? coupa-t-il. À cause d'un après-midi d'été, il y a quinze ans de cela, et d'une jeune fille en pleurs.

— Je n'étais plus une jeune fille : j'étais enceinte de sept mois et grosse comme une vache.

Il sourit.

— Vous étiez la plus jolie chose que j'eusse jamais vue. Dès cet instant, vous êtes devenue la dame de mes pensées, et vous le resterez toujours.

Il faisait chaud dans la pièce, mais Isabeau, trempée, frissonnait. Elle vit un filet d'eau s'écouler de sa cape. Hugh en dénoua les liens et la laissa retomber à ses pieds.

— Vous avez froid, dit-il en repoussant les cheveux mouillés qui lui tombaient sur le visage. Venez vous coucher.

— Le père Paulus...

— Le père Paulus est un vieil homme aigri. Dieu a instauré le mariage en vue de la procréation. Si l'abbé s'oppose à cette divine décision, alors c'est lui l'hérétique.

C'était bien l'avis d'Isabeau. Elle allait le lui dire quand un long frisson la parcourut. Était-ce le froid ou la chaleur qui la faisait trembler ? Elle ne le savait plus.

Il se pencha vers elle et l'embrassa, effleurant à peine ses lèvres. Elle sentit son cœur bondir dans sa poitrine, presque douloureux de désir et d'amour. Elle avait envie de se blottir dans ses bras, de fermer les yeux et de lui ouvrir son cœur.

— Le calice... fit-elle, honnête jusqu'au bout.

— Nous le trouverons, ma chérie. Pour le moment, nous avons plus important à faire.

Sa caresse était comme une flamme sur sa peau glacée. Son souffle était l'air que respiraient ses poumons assoiffés. Il était la chaleur et la force, et quand il la souleva dans ses bras en la serrant contre sa poitrine, frêle et tremblante, elle eut envie de pleurer de soulagement.

Mais il ne lui demandait pas de pleurer. Il avait raison : ils avaient bien mieux à faire. Sans bouger, elle le laissa la déposer près du lit et lui retirer lentement ses vêtements mouillés.

Comme il l'aimait ! Soudain, elle se sentit timide et gênée. Elle n'avait connu aucun autre homme que son mari, qui s'était toujours montré direct, rapide et efficace au moment de faire la chose. Si elle avait appris à aimer cela malgré tout, c'était sans doute parce que telle était sa nature, mais rien ne l'avait préparée aux lents plaisirs que Hugh de Fortham tira de son corps.

Il se servit de sa bouche, de ses doigts, de ses dents pour la combler de délices ; l'embrassa, la toucha, la mordilla, la caressa. Il la câlina, la séduisit et l'excita avec un art qu'elle n'aurait jamais cru trouver chez un soldat bourru et, lorsqu'il la pénétra, elle cria de joie, de surprise et de jouissance.

Mais Hugh n'était pas un homme pressé, et il lui réservait encore d'autres surprises. Il attendit patiemment que ses premiers spasmes de plaisir s'estompent et la fit jouir encore et encore, jusqu'à ce qu'elle ait envie de pleurer, de le supplier d'arrêter, de lui dire qu'elle n'en pouvait plus. Mais elle se savait capable de tenir encore. Lorsqu'il roula sur le dos, l'entraînant à califourchon sur lui, elle le suivit avec joie. Puis il revint sur elle et jouit à son tour, en l'embrassant sur la bouche.

Plus tard, comme elle gisait dans ses bras, brûlante et comblée, d'étranges rêves lui vinrent, dans lesquels un terrible dragon menaçait sa fille, des prêtres fous côtoyaient des bouffons sensés, et un bébé conçu cette nuit-là grandissait dans son ventre. Un bébé fort et plein de santé, enfant de l'amour, enfant des délices.

Un bébé qui, dans ses songes, dansait avec le dragon.

20

Le frère Barth se déplaçait silencieusement, chose étonnante chez un homme de sa corpulence. Le château de Fortham entrait tout doucement dans la nuit. Dans la grande salle, des soldats jouaient aux dés, tandis que d'autres troussaient des servantes en espérant que le moine fermerait les yeux sur leur conduite – ce qu'il faisait, du moment que la femme était aussi consentante que son partenaire. N'ayant pas toujours été moine, il avait autrefois connu les plaisirs et les tristesses de la chair et, s'il en avait perdu le goût, ne se permettait pas de juger les pécheurs qu'il côtoyait. Le Seigneur Lui-même n'avait-Il pas dit : « Que celui qui n'a jamais péché lui jette la première pierre » ?

Cette pensée le ramena à l'abbé de Sainte-Hugeline, par trop familier des péchés de toutes sortes, qu'il s'agisse de les juger ou de les commettre. Le frère Barth avait fréquenté des princes et des pauvres, des évêques et des mendiants, qu'il avait tous regardés du même œil tolérant. Le père Paulus, cependant, mettait son naturel indulgent à rude épreuve et le contraignait à prier ardemment pour se délivrer des doutes qu'il éprouvait à son égard.

Il ne se sentait pas le droit de critiquer son supérieur, d'en désapprouver les durs jugements et la convoitise éhontée. Même si le désir de l'abbé de s'emparer du calice semblait dicté par un intérêt personnel, qui pouvait prétendre que l'ordre de Sainte-Hugeline n'était pas bien servi par un homme tel que lui ? Mais, si le frère Barth estimait que le calice revenait de droit à l'abbaye de Sainte-Hugeline et devait être vénéré par les bons moines, il doutait que tel fût le but ultime du père Paulus.

L'abbaye de Sainte-Hugeline était petite et pauvre, comme il seyait à un ordre voué à une modeste sainte. L'abbé, lui, était un homme ambitieux, qui comptait sur ses fonctions de prieur pour l'amener à l'évêché. Or, quel meilleur moyen qu'une relique inestimable pour atteindre un tel but ?

Car le frère Barth ne se faisait plus d'illusions depuis longtemps. Il savait que les directions des abbayes et évêchés, qui auraient dû être attribuées par la divine miséricorde, étaient des postes qui s'achetaient. Bien souvent, les membres les plus éminents des communautés religieuses, quelles qu'elles fussent, étaient les moins exemplaires. Il avait trouvé de plus purs exemples de foi chez de simples frères convers illettrés affectés au potager que parmi les religieux les plus érudits de la chrétienté.

Non, le frère Barth ne pensait pas que le père Paulus ait l'intention de rapporter la sainte relique à la pauvre abbaye. Cela ne lui donnait pas pour autant le droit de garder le calice caché dans la petite chambre qu'il occupait, juste à côté des appartements de l'abbé.

Seule la discrétion l'avait retenu d'interrompre les saintes épreuves que l'abbé s'infligeait par la main du jeune Gilbert, bien qu'il sût faire la différence entre des cris de ravissement religieux et des cris de volupté impie. D'après lui, l'abbé éprouvait un peu trop de plaisir sous le fouet, mais il se gardait bien d'intervenir.

Trouver le calice avait été si simple que la sainte avait dû vouloir qu'il en fût ainsi. Lorsqu'il avait surpris Julianna dissimulée sous l'escalier, il avait immédiatement compris qui avait volé la relique. Ensuite, il lui avait suffi de se rendre dans les appartements de la jeune femme, après l'avoir conduite à la chambre du fou, et de chercher la coupe. Même privé de l'usage de sa langue, on pouvait compter sur maître Nicolas pour distraire lady Julianna le temps nécessaire.

Il avait réussi à se dissimuler dans l'ombre juste au moment où lady Isabeau sortait précipitamment de la chambre de sa fille, avec un air agité qui lui avait tout de suite appris que le calice n'était pas aussi bien caché que Julianna le croyait.

En un instant, il en avait découvert la cachette, grâce qu'il attribuait encore une fois à sainte Hugeline. Lady Isabeau n'était certes pas encline à la dissimulation, et ses vues sur le calice étaient sans aucun doute nobles et droites. Après l'avoir découvert, elle était probablement allée trouver son époux – époux pour lequel elle éprouvait un amour passionné qui sautait aux yeux de tous, sauf à ceux de l'intéressé. Le frère Barth ne voulait surtout pas entreprendre quoi que ce soit qui pût perturber leur mariage, le père Paulus ayant déjà suffisamment jeté le trouble dans cette union alors qu'on ne lui demandait rien.

Cependant, la mémoire de sainte Hugeline passait avant les soucis de deux mortels. Aussi, durcissant son cœur, le frère Barth avait-il finalement glissé le calice sous sa robe.

Lorsqu'il regagna sa chambre, ce soir-là, il y faisait froid, ce qu'il acceptait sans broncher. Le père Paulus lui avait en effet enjoint de donner l'exemple du renoncement monastique, les ordres religieux ayant acquis mauvaise réputation ces derniers temps, après que des moines avaient commis les péchés de gourmandise, de luxure et de convoitise dans des proportions alarmantes. Tout en donnant un coup dans la panse imposante du frère Barth, l'austère abbé avait décrété que celui-ci devait refréner ses appétits terrestres, au grand dépit du pauvre moine. Si, depuis son entrée dans les ordres, il n'avait convoité ni femme ni bien, il avait plaisir à manger et à boire et se voyait avec regret contraint au rationnement.

Il ne pouvait même pas accuser le père Paulus de gourmandise, l'abbé ne semblant se passionner que pour le pouvoir qu'il pouvait acquérir au sein de l'Église et pour les jeunes gens bien faits susceptibles de le fouetter. Le frère Barth aurait peut-être éprouvé plus de compassion pour son supérieur si les faiblesses de ce dernier avaient été plus banales et plus naturelles.

Néanmoins, la compassion faisait partie de ses devoirs. Humilité et pardon, se répétait-il sans cesse. D'ailleurs, pour prouver qu'il se repentait vraiment de ses pensées mesquines, il allait réveiller le père Paulus et lui présenter le calice tant convoité.

En outre, ce serait là un bienfait pour les malheureux habitants de cette forteresse. Une fois l'abbé parti, lady Isabeau et le comte pourraient entrer dans le mariage ainsi que Dieu l'avait ordonné et non comme Son importun serviteur l'avait décrété. Quant au fou et à lady Julianna, le frère Barth les plaignait de tout cœur. Désespérément mal assortis et à couteaux tirés, ils n'en étaient pas moins sur le point de tomber follement amoureux. Pourvu qu'ils échappent à ce grand malheur !

Un tel amour, en effet, apportait plus sûrement le chagrin et la douleur que la joie. C'était le genre d'amour qui pouvait ronger l'âme d'un homme, conduire une femme au désespoir, anéantir des familles, des vies. Ils n'avaient aucun avenir ensemble : lady Julianna était bien née, alors que maître Nicolas n'était qu'un fou. Le fou du roi, certes, mais un fou tout de même, et, par conséquent, un parti indigne d'une dame.

Frère Barth soupçonnait fortement le fou d'avoir été dépêché au château de Fortham pour s'emparer du calice. Le roi Henry était aussi avide que l'abbé, la seule différence étant qu'il avait plus de gens à son service pour exécuter ses ordres. Une fois le calice disparu, maître Nicolas n'aurait plus aucune raison de s'attarder en ces lieux, et tout danger serait écarté, pour lui comme pour lady Julianna.

De l'autre côté du mur s'élevaient des ronflements sonores étonnamment triviaux pour un prieur. L'abbé dormait, et le frère Barth allait prendre un malin plaisir à le tirer du sommeil.

Avant le dîner, il avait caché le gobelet incrusté de pierres précieuses sous sa paillasse, estimant que personne ne viendrait fouiller la chambre d'un pauvre moine, dont le père Paulus avait décrété d'emblée qu'il ne devait jouir d'aucune attention particulière. Il lui suffisait à présent de glisser la main sous la fine paillasse et de...

Rien.

Incrédule, il sortit la paillasse de son cadre de bois, mais ne vit pas la moindre trace du calice. La pièce dépouillée n'offrait pas d'autre cachette. Donc, quelqu'un était tout de même venu chez lui.

Il se laissa tomber lourdement sur le cadre de bois, les yeux perdus dans la pénombre de la chambre, qu'éclairait seulement la chandelle qu'il avait apportée avec lui. Le vent hurlait, la pluie fouettait les murailles du château, et l'abbé ronflait comme un bienheureux, sans savoir qu'une fois de plus le calice tant désiré venait de lui échapper.

À cette idée, le frère Barth rejeta la tête en arrière et éclata de rire.

Ce bourdonnement était pire que les sabots de milliers de chevaux sur une route pavée. Julianna enfonça son visage de plus belle dans son oreiller pour tenter d'échapper à ce bruit lancinant qui voulait l'arracher à un sommeil bienfaisant.

Elle avait pleuré jusqu'à l'épuisement, comme une idiote qu'elle était, comme une enfant qui réclamait la lune. Quoi de plus stupide, de plus puéril ? Quand bien même elle l'aurait obtenue, qu'aurait-elle fait de cette chose aussi brillante qu'inutile, aussi attirante que désespérante ?

Avec un soupir, elle enfouit de nouveau son visage dans l'oreiller. Elle sentit alors une légère pression sur ses reins, suivie d'un tout petit miaulement.

Elle se retourna, en prenant soin toutefois de ne pas écraser le pauvre chaton.

— Hugeline ! s'écria-t-elle. Je t'avais complètement oubliée.

Comme le chaton, qui frottait sa tête contre sa main, émettait un miaulement indigné, Julianna faillit se remettre à pleurer. Seule sa fierté l'en empêcha. Après tout, elle n'avait aucune raison de pleurer. Certes, un fou idiot s'était moqué d'elle, mais ne se moquait-il pas de tout le monde ? Et s'il y avait une justice ici-bas, son beau-père le renverrait, et elle ne le reverrait plus jamais.

À cette pensée, ses yeux la piquèrent, mais elle refoula ces nouvelles larmes avec colère. L'air qu'on respirait à Fortham devait décidément avoir des vertus déprimantes.

Malgré elle, ses pensées revinrent au long et délicieux moment passé dans le lit du fou et au plaisir qu'elle y avait éprouvé, un plaisir qu'elle n'avait jusqu'à présent connu que dans ses rêves. Comme il serait doux de pouvoir penser que les enfants naissaient d'un tel plaisir et non de l'humiliation et de la souffrance !

Alors qu'elle secouait la tête pour chasser ces pensées dévoyées de son âme rebelle, le chaton se jeta sur une mèche de ses cheveux et y enroula avec bonheur son petit corps poilu. Julianna tira sur ses cheveux pour les libérer et posa le chaton dans son cou.

Aussitôt, le ronronnement sonore reprit, d'autant plus étonnant qu'il émanait d'une minuscule créature. Il faisait presque un noir d'encre dans la chambre, toute la maisonnée dormait, et un petit chaton affamé ronronnait et piaillait dans ses bras.

À vrai dire, elle mourait de faim, elle aussi. Son estomac grondait de concert avec celui du chaton, et elle commençait à douter sérieusement de pouvoir passer la nuit sans manger quelque chose.

Voilà probablement pourquoi elle était si émue : sa faiblesse n'était que de la faim, ses larmes des larmes d'inanition. Qu'elle trouve seulement le chemin des cuisines, et Hugeline et elle retrouveraient le calme et la paix de l'âme. Puis elle regagnerait son lit, rabattrait les couvertures sur sa tête et ne sortirait de sa chambre que lorsque ce méprisable menteur de fou serait à des lieues du château, dût-elle pour cela attendre des heures, des jours, voire des semaines.

Elle descendit du lit, enfila une ample robe par-dessus sa fine chemise et dissimula le chaton dans sa main, sous l'une de ses longues manches bouffantes. Puis, sans même prendre le temps de se chausser, elle quitta sa chambre.

D'abord, elle songea à la grande salle. Des restes du dîner devaient en joncher les tables, mais il lui faudrait se montrer prudente : les chiens du comte rôdaient, qui ne feraient qu'une bouchée d'Hugeline s'ils la découvraient. En outre, elle ne voulait pas courir le risque de réveiller les hommes qui dormaient dans cette pièce après une dure journée de labeur et les beuveries du soir. Passé minuit, la grande salle pouvait se révéler un endroit dangereux. D'ailleurs, les chiens devaient avoir déjà terminé les restes, à moins que les rats ne les aient précédés.

Julianna frissonna. Rien ne laissait penser qu'il y eût des rats mais, avec la malchance qui était la sienne depuis un certain temps, elle n'aurait pas été surprise d'en rencontrer. N'avait-elle pas eu l'occasion de croiser plusieurs bipèdes appartenant à la famille des rats dans ce château ?

Les cuisines étaient situées derrière la grande salle, près de la cour et des jardins. Avec un peu de chance, elle ne croiserait personne chemin faisant.

La faim l'emporta sur son peu de foi en sa chance présente. En outre, le chaton menaçait de lui manger les cheveux si elle ne lui trouvait pas quelque chose de plus nourrissant.

Guidée par des fumets de rôtis qui flottaient encore dans l'air, elle s'engagea dans le corridor qui contournait la grande salle, passa devant des dizaines d'hommes et de chiens endormis et parvint enfin aux immenses cuisines qui nourrissaient les nombreux habitants du château. Malheureusement, elles étaient mieux tenues que le reste des bâtiments : malgré l'obscurité, Julianna vit que l'endroit était impeccable. Les servantes n'avaient rien laissé en évidence, ni quartier de viande, ni morceau de fromage.

Elle ne tarda guère, cependant, à découvrir le garde-manger, qui regorgeait de lait, de viandes, de tourtes, de tout ce qu'une femme et un chaton affamés pouvaient désirer.

Julianna s'assit en tailleur sur le sol en terre battue, le chaton sur ses genoux, prête à partager avec lui ce festin. Hugeline semblait avoir un faible pour la tourte aux oignons et les restes de mouton, tandis qu'elle préférait les pommes séchées et les fromages forts.

— Quel régal, Hugeline ! Il ne nous manque plus qu'une cruche de lait et une bouteille de vin...

Soudain, elle se souvint du calice disparu, et la nourriture qu'elle savourait ne suffit plus à la réconforter. De nouvelles larmes roulèrent sur ses joues. Hugeline escalada sa robe à l'aide de ses petites griffes et se mit à lécher ses pleurs salés de sa langue râpeuse.

— Oui, je sais, je suis plus folle encore que maître Nicolas...

Elle s'interrompit brusquement, alertée par un bruit de voix. Il y avait quelqu'un dans la cuisine, derrière la porte du garde-manger.

Paniquée, elle se figea. Qu'allait-elle trouver à dire si on la découvrait là, pieds nus et débraillée ?

— Tu es un fameux gaillard, disait une voix féminine. J'aimerais bien goûter à ce beau morceau de cochon que tu caches dans tes chausses.

Cette femme avait faim, et Julianna compatissait bien volontiers. Mais pourquoi diantre son compagnon cachait-il de la nourriture dans ses chausses ?

— J'en ai là plus qu'il n'en faut pour te contenter, ma belle, répondit l'homme.

Puis Julianna entendit un bruit de chute accompagné d'un « ouf » étonné, suivi d'un étrange grognement.

Que pouvaient-ils bien faire ? Jamais elle n'avait assisté à un repas occasionnant des sons aussi incongrus, quoique les deux compères fussent indiscutablement en train de se régaler, à en juger par leurs gémissements et soupirs de plaisir.

Quoi qu'ils fussent en train de manger, cela semblait bien meilleur que son modeste festin. Elle n'avait pourtant remarqué aucune nourriture en arrivant. Peut-être était-elle passée à côté d'un morceau de choix.

Elle ouvrit la porte pour signaler sa présence et resta muette de surprise. L'homme et la femme n'étaient pas en train de partager un festin – du moins, pas un festin de bonne chère.

La femme, que ses vêtements, retroussés jusqu'à la taille, désignaient comme une servante, était allongée sur la table et se faisait honorer par l'un des hommes de lord Hugh. Ni l'un ni l'autre ne remarquèrent la présence de Julianna, tant ils s'en donnaient à cœur joie.

Julianna les observait, pétrifiée et incrédule. L'homme était manifestement affligé d'une déformation. Pourtant, les sons qu'émettait la femme traduisaient un incontestable plaisir, et non de la douleur. De vagues souvenirs de scènes entre animaux lui revinrent à l'esprit, des images qui remontaient à son enfance. Mais elle avait toujours cru que les humains étaient différents des animaux.

Ils n'étaient peut-être pas aussi différents qu'elle l'avait cru. Elle sentit le rouge lui monter aux joues, de surprise et de honte. Quelques instants plus tard, elle réussissait à s'échapper sans être vue, loin du spectacle gênant qui se déroulait sur la table de la cuisine.

Elle ignorait où elle allait et s'en moquait. Une fois de plus, son univers venait de s'effondrer; elle ne savait plus que penser, que croire. Elle se retrouva dehors sous la pluie battante, nu-pieds dans une flaque d'eau. Le chaton poussa un miaulement de protestation, bondit par terre, s'enfuit dans la nuit, et Julianna laissa échapper un cri de détresse. Rien n'était tel qu'elle l'avait cru. Elle ne pouvait se fier à rien, sauf peut-être à l'affection d'un petit chaton, qu'elle n'allait pas abandonner dans une cour pleine de dangers.

Hélas, comment le retrouver? Même au grand jour, le chaton était si petit qu'elle aurait eu bien du mal à le repérer.

Pourtant, elle ne voulut pas abandonner. La pluie continua à tomber dru, et ses pieds se transformèrent en glaçons tandis qu'elle explorait la cour en tous sens. Lentement, très lentement, le ciel s'éclaircit, annonçant l'aube glacée d'un nouveau jour sinistre, mais aucun chaton ne répondit à ses appels.

Hugeline était suffisamment futée pour s'être mise à l'abri, se dit finalement Julianna. Elle aurait dû rentrer, elle aussi. Le chaton pouvait se débrouiller seul. Il avait sans doute rejoint sa mère dans l'étable ou suivi la piste d'un rongeur qui lui servirait de dessert après son festin de mouton et de tourte à l'oignon. Bientôt, la maisonnée se réveillerait. Mieux valait qu'elle retourne dans sa chambre et quitte ses vêtements mouillés.

Cependant, elle ne parvint pas à bouger, ne fût-ce que pour aller se mettre à l'abri dans la chapelle abandonnée. C'était là qu'elle avait orienté ses recherches en premier lieu, mais le chaton était demeuré introuvable dans ce refuge sacré qui portait pourtant son nom.

Si seulement elle avait pu regagner la chapelle et dormir... Mais ses pieds refusaient de lui obéir, et ses jupes trempées ralentissaient son pas. Elle capitula et s'adossa au mur de la chapelle, contre lequel elle se laissa lentement glisser jusqu'à terre en fermant les yeux.

— Que diable faites-vous là ? fit une voix cinglante, froide et autoritaire.

Mais elle n'avait même plus la force de soulever les paupières pour voir à qui appartenait cette voix. Sa seule certitude, c'était qu'elle ne l'avait jamais entendue auparavant.

L'homme s'accroupit près d'elle sous la pluie, et elle sentit une main chaude effleurer son visage avec une douceur inattendue. Un instant, elle ouvrit les yeux et croisa le regard doré du fou. Non, il ne pouvait s'agir de lui. L'homme qui se tenait devant elle parlait d'une voix trop sensée et trop sévère pour être ce fou de maître Nicolas. Refermant les yeux, elle chassa le bouffon de ses pensées. Tout cela n'était qu'une illusion issue de son imagination.

Cette illusion était pourtant bien tangible et fortement charpentée. Avec un juron étouffé, l'illusion glissa ses mains sous son corps, la prit dans ses bras et la souleva de terre sans effort apparent. Elle aurait peut-être dû émettre un quelconque signe de protestation, mais elle avait trop froid et était trop déprimée pour le faire.

La tête posée sur l'épaule de l'illusion – une épaule solide et musclée –, elle se laissa porter à l'intérieur.

21

Trempée et semblable à un paquet mou dans ses bras, elle se blottit contre lui avec une confiance inattendue. Peut-être la fièvre la faisait-elle délirer. Ceci dit, elle ne semblait pas brûlante mais gelée, et Nicolas n'avait jamais vu de fièvre se déclarer aussi rapidement. Une femme en bonne santé pouvait parfaitement passer la nuit à se promener pieds nus sous la pluie glacée sans tomber malade. Or, Julianna de Moncrieff était une femme jeune et robuste.

Le laisserait-elle seulement lui réchauffer les pieds ?

Il avait mal dormi, ce qui n'était guère surprenant car il avait le sommeil léger. Inutile, donc, d'en accuser le sentiment de culpabilité qui n'avait cessé de le tourmenter depuis que Julianna avait découvert son subterfuge. De quel droit, d'ailleurs, avait-elle pris cet air offensé ? Il n'avait jamais rien fait pour l'inciter à croire qu'il était un homme comme il faut. Au mieux, il était un pauvre fou sans cervelle ; au pire, il était exactement celui qu'elle avait vu en levant les yeux vers lui : un menteur doublé d'un voleur.

Car il venait de se rendre coupable de vol à son tour. Un peu plus tôt, Bogo avait frappé à sa porte. Nicolas l'attendait, tout habillé, sur son lit.

— Êtes-vous prêt à partir, mon maître ?

— Tu as le calice ?

C'était une question de pure forme.

— Vous aviez raison, c'est le moine qui l'avait.

Interloqué par un accent étrange qu'il n'avait jamais perçu dans la voix de son serviteur, Nicolas s'était assis au bord du lit pour scruter le regard de son vieil ami.

— Tu sembles troublé, Bogo. Aurais-tu préféré laisser cet objet entre les mains du frère Barth ?

Bogo avait haussé les épaules, et son visage basané était demeuré impénétrable.

— De toute façon, il l'aurait donné à l'abbé, qui n'est pas plus digne de ce trésor sacré que le roi. Si notre souverain s'en empare, du moins recevrons-nous une récompense.

— Alors, pourquoi ces remords ?

— Le frère Barth est un brave homme. Ses semblables se font rares.

— Note bien que nous n'en faisons pas partie.

— Loin de là mes pensées.

Le même ton étrange subsistait dans les propos de Bogo, comme une incertitude, bien qu'il eût toujours été de ceux qui savent quelle direction donner à leur vie.

— Où se trouve le calice à présent ? avait repris Nicolas.

— Dans mes bagages. Combien de temps vous faut-il pour être prêt ?

— Je suis déjà prêt.

Et aucun regret ne l'arrêterait. Julianna s'en sortirait bien mieux sans lui.

Bogo avait hoché la tête.

— Il y a des taillis à un quart de lieue à l'est. Deux chevaux nous y attendent.

Là non plus, pas question d'hésiter, s'était dit Nicolas.

— Vas-y le premier, je te suivrai. C'est plus prudent. Si jamais les hommes du comte m'arrêtent, je veux que tu continues ta route avec le calice. Apporte-le à Henry.

— En vous laissant derrière ? Jamais de la vie !

— Fais ce que je t'ordonne.

— Il y a bien longtemps que nous ne sommes plus maître et serviteur. Ma mission est de veiller sur vous, ainsi que je l'ai promis à votre mère, et aucun de vos ordres ne pourra m'en empêcher.

Nicolas avait fermé les yeux un instant.

— Si nous ne rapportons pas le calice à Henry, nous n'aurons plus aucun intérêt aux yeux de personne. Si je ne t'ai pas rejoint dans une heure, pars sans moi. Je te rattraperai.

— À pied ?

— Cesse de t'inquiéter pour moi, Bogo. Je survivrai, tu peux en être sûr. Je suis comme les chats : j'ai neuf vies. Or, je n'en ai encore utilisé que deux ou trois.

Bogo avait secoué la tête en signe de désapprobation.

— Je ferai comme vous dites, mais vous avez foutrement intérêt à surveiller vos arrières. Et soyez sûr que je n'hésiterai pas à revenir sur mes pas pour venir vous chercher.

— Tu serais bien fou d'agir ainsi.

— Ainsi, nous serons deux.

Nicolas avait effectivement eu l'intention de rejoindre Bogo, de le retrouver près de ces taillis et de filer dans la nuit, en abandonnant tout derrière lui, à commencer par Julianna de Moncrieff.

Mais il ne s'attendait pas à la trouver effondrée contre le mur de la chapelle sous la pluie battante, plus pitoyable qu'un chat mouillé.

D'abord, il avait pensé la mettre simplement à l'abri de la pluie. Elle n'en accepterait probablement pas davantage de lui – si encore elle le laissait la toucher. Mais elle n'avait pas protesté quand il l'avait recueillie dans ses bras ; son corps trempé qui frissonnait contre lui ne lui avait opposé aucune résistance.

Elle n'avait pas rouvert les yeux. Des veines bleues se dessinaient sur ses paupières fermées, au milieu de son visage pâle. Plus pâle que d'ordinaire, d'ailleurs. Elle avait besoin d'être réchauffée. Quant à lui, il avait besoin de partir.

À quel moment prit-il sa décision ? En prit-il seulement une ? À gauche, la chambre de Julianna, avec son petit lit et ses éventuels témoins. À droite, sa propre chambre, déserte, loin des yeux indiscrets, des langues bavardes, des fâcheux de tout poil et de quiconque pourrait le faire renoncer à sa folle entreprise.

Elle gisait dans ses bras, trempée, gelée, immobile. Un homme convenable serait allé chercher une servante, qui l'aurait déshabillée et réchauffée devant une bonne soupe et un bon feu.

Mais il n'était pas un homme convenable. Il allait la déshabiller lui-même et la réchauffer grâce à de bien meilleures méthodes.

Bien qu'en ces premières heures du jour la maisonnée fût en train de se réveiller, il ne croisa personne tandis qu'il gagnait sa chambre, son fardeau serré contre lui. Lorsqu'il atteignit son but, ses bras tremblaient : elle était légère, mais il l'avait portée dans de nombreux escaliers. De l'épaule, il poussa la porte, puis la ferma derrière lui d'un coup de pied. Il faisait bon dans la chambre, qui avait gardé la chaleur du feu. Il porta Julianna près du lit, où il la mit doucement debout.

Elle s'accrocha à lui et enfouit son visage dans son torse, refusant qu'il la lâche.

— Il vous faut retirer ces vêtements mouillés, madame, murmura-t-il.

Il s'attendait plus ou moins à une réaction outragée de sa part – une réaction qui lui permettrait de partir.

Elle releva la tête et le dévisagea. Malgré la pénombre, il distinguait nettement ses traits, ses yeux bruns et calmes, sa peau claire et mouillée. Elle ne regarda pas autour d'elle. Sans doute savait-elle où il l'avait amenée et qu'elle était seule avec lui – et elle ne semblait pas s'en soucier.

— Pourquoi m'avez-vous conduite ici ?

Cessant brusquement de soutenir son corps trempé, il fit un pas en arrière. Elle chancela légèrement.

— Pourquoi ? répéta-t-elle.

Il se dirigea vers la cheminée, s'assit sur le banc et étira ses longues jambes devant lui.

— Pour vous séduire, fit-il d'un ton suave. Le moment m'a semblé opportun. Lord Hugh ne devrait pas tarder à me renvoyer, et je n'ai pas l'intention de partir avant de vous avoir possédée.

— Avant de m'avoir possédée, répéta-t-elle.

Nicolas ne bougea pas. Il mourait d'envie de lui faire l'amour, et pourtant il n'était pas pressé de commencer. Il rêvait d'elle et la désirait depuis si longtemps qu'il craignait presque de passer à l'acte. Peut-être valait-il encore mieux se contenter de se souvenir d'elle comme d'une chose à laquelle il n'aurait jamais l'occasion de goûter.

Alors, un autre la posséderait, lui ferait découvrir les plaisirs à côté desquels elle était passée. Non, il refusait que cela arrive.

Il attendit, patient. La nuit touchait à sa fin, le feu était pratiquement mort, et bientôt les premiers rayons du jour passeraient entre les volets. Alors qu'il aurait dû se hâter, lui arracher sa robe sans se soucier de ses protestations, un calme étrange l'habitait.

À sa grande surprise, elle s'assit au bord du lit. Il vit ses pieds nus dépasser de sa longue robe ample. Elle était sortie sous la pluie glacée sans chaussures et était encore toute mouillée. Il pouvait la réchauffer de ses mains, de sa peau, de ses baisers. Il pouvait la faire fondre. Qu'attendait-il ?

— J'ai vu… fit-elle.

Elle s'interrompit.

— Quoi donc ? demanda-t-il.

— Un couple dans les cuisines. Sur la table. Ils ne m'ont pas vue.

Il devina aussitôt de quoi il retournait.

— Ils ont dû vous en apprendre, des choses ! Je n'arrive pas à comprendre comment vous avez pu rester aussi innocente durant tant d'années.

— La demeure de mon mari était fort isolée, et je n'allais jamais nulle part. Je ne voyais personne, en dehors de mon époux et de nos serviteurs.

— Et vous ne vous êtes jamais doutée que ce qui pouvait se passer entre un homme et une femme n'avait rien à voir avec ce qu'il vous faisait ?

Elle releva brusquement la tête. La pâleur avait déserté ses joues, maintenant en feu. Et s'il la faisait rougir de partout, pour la réchauffer ?

— Mon époux a eu quatre enfants de ses deux premières épouses, sans compter tous les autres. Je pensais qu'il savait ce qu'il faisait.

— C'était un vieillard. Les vieillards perdent de leur vigueur.

— Les vieillards peuvent avoir des enfants. Mon corps s'y refuse. Je me suis faite à cette idée.

Nicolas ne se donna pas la peine de la contredire. Il savait qu'elle mentait.

— Dans ce cas, vous êtes libre de prendre du plaisir sans peur des conséquences. Vous ne mettrez pas au monde l'un de mes rejetons. Vous…

En voyant son expression, il se tut brusquement.

Elle n'essayait pas de se cacher, pensant probablement que l'obscurité l'empêchait de la voir, ou qu'il n'en avait cure, tout simplement. Mais Nicolas avait fait son chemin en ce bas monde grâce à son habileté à deviner autrui, et ce qu'il lisait dans le regard de Julianna le choquait autant qu'il le bouleversait. Elle désirait avoir un enfant de lui, un rejeton taré. Et elle le désirait, lui, tout malfaisant et menteur qu'il fût.

Elle l'aimait.

Cette idée lui était insupportable. Auparavant, des femmes l'avaient aimé : comment auraient-elles pu s'en empêcher, quand il les charmait, les flattait, leur tournait la tête et les comblait de plaisir ? Mais il n'avait jamais rien eu à leur offrir que sa folie. Et quelle femme avisée et prudente aurait accepté ce cadeau ?

Julianna n'avait pas la moindre raison de l'aimer et toutes les raisons de le haïr. Ils n'avaient partagé que quelques baisers et une ou deux caresses habiles, ils n'avaient aucun avenir ensemble, et pourtant elle le regardait comme s'il était…

— Arrêtez, fit-il d'une voix rude.

— Arrêter quoi ?

— Je vais vous raccompagner jusqu'à votre chambre.

Mais elle ne bougea pas et resta assise sur son lit. Et soudain, au fond de son cœur, il sut que c'était là qu'était sa place.

— Pourquoi ? Je croyais que vous m'aviez amenée ici pour me séduire.

Seigneur ! Elle semblait à la fois si déconcertée et si vulnérable…

— J'ai changé d'avis.

C'était de la folie. Non seulement elle ne se défendait pas, comme il s'y était attendu, mais elle semblait presque contente. Eh bien, si elle voulait s'allonger et retrousser ses jupes pour lui, il prendrait son plaisir, et que lui importait qu'elle l'aime ? Il partirait et l'oublierait.

Sauf qu'il ne pourrait ni partir ni l'oublier. Sa peau, son odeur, son goût… Il était bien fou en vérité de s'être laissé à ce point envoûter.

Lorsqu'il se leva et s'approcha du lit, elle ne bougea pas davantage et continua à le regarder avec cette expression d'attente peinte sur son visage pâle.

— Vous n'êtes pas à votre place ici, dit-il. C'était un test : je voulais voir combien de temps vous tiendriez avant de vous mettre à crier.

— Pourquoi ?

À cette question toute simple, il n'avait aucune réponse.

— Parce que je suis un fou. Le fou du roi. Pour faire mon chemin en ce bas monde, je n'ai point besoin de raison, la rime me suffit.

En son courroux ma mie exhale
Du miel le goût pur et suave.
Je veux m'amuser d'elle et non point l'épouser
Mais, au plaisir poussée, elle va succomber.

Elle ne bougeait toujours pas. En désespoir de cause, il la prit par les bras et la fit se lever. Ce fut une erreur : le bras de Julianna était ferme mais consentant sous sa main rude, elle sentait la cannelle, et il n'avait pas eu de femme depuis longtemps.

— Résistez-moi. Arrêtez-moi. Chassez-moi. Frappez-moi et dites-moi quel menteur et quel fou je suis.

— Je ne veux pas…

— Bien sûr que si, vous me voulez, ma belle. Vous avez tellement envie de moi que vous en tremblez.

— J'ai froid, protesta-t-elle.

— Et vous savez que je puis vous réchauffer. Dites-moi de partir.

— Partez.

— Dites-moi que vous me haïssez.

— Je vous hais.

— Dites-moi...

— Tout ce que vous voudrez, dit-elle en se dégageant.

Ce n'était pas pour fuir, mais pour l'enlacer et attirer sa bouche contre la sienne.

Au diable Bogo ! Au diable la liberté et ce maudit calice ! Au diable la récompense du roi ! Qu'était tout cela comparé au goût de Julianna, à la douceur de sa peau, au parfum de ses cheveux ? Certains trésors valaient la peine qu'on prenne tous les risques, et Julianna de Moncrieff était un trésor précieux entre tous.

Cependant, elle avait encore peur, de lui comme de son propre corps. Il avait essayé de lui montrer la voie du plaisir, et cela l'avait effrayée encore plus que la souffrance.

Elle avait la saveur de la pluie, la saveur de l'amour – la plus terrifiante de toutes. Il aurait dû s'arrêter, la repousser, mais il en était incapable, malgré la tournure insensée que prenaient les événements.

Peut-être, depuis le temps qu'il jouait les fous, avait-il fini par perdre réellement la tête, au point de préférer à la sécurité et à l'argent un bref instant de plaisir.

Mais quel instant béni ! Il allait lui durer tout le reste de la vie.

Il embrassa sa bouche, dont il savoura la douceur et la fermeté sous la sienne ; il embrassa ses cils mouillés de pluie, où les larmes avaient laissé un goût de sel. Puis il pencha la tête pour embrasser son cou, où il sentit son pouls battre sous sa langue.

Il voulait sa peau, sa chair, tous les divins secrets d'albâtre de son corps. Par quelque étrange ironie du sort, elle était sienne de son plein gré et, sachant que ce moment allait être infiniment trop court, il désirait en savourer chaque seconde. Il lui retira sa lourde robe d'une main raide et presque maladroite. Puis la fine chemise qu'elle portait en dessous commença à se déchirer sous ses doigts. Ce fut comme un signal, une étrange permission : il empoigna le tissu, tira fortement et l'ouvrit entièrement de haut en bas.

Il ne voulait pas croiser son regard, de crainte d'y lire la peur et le doute. Si elle avait changé d'avis, il refusait de le savoir.

Il l'allongea sur le lit, vêtue seulement de sa chemise déchirée, et l'y rejoignit. Sans hésiter, il se mit à la chevaucher, tout habillé, pour la pousser à bout.

Comme elle cherchait à se couvrir des lambeaux de sa chemise, il lui saisit les poignets et lui plaqua les mains contre le matelas.

— Dites-moi de partir, dites-moi de vous laisser, murmura-t-il pour lui accorder une dernière chance. Un autre homme vous montrera comment on aime, un homme qui vous chérira. Je ne suis pas cet homme. Chassez-moi.

Elle leva vers lui un regard empreint d'un calme étonnant.

— Si vous ne voulez pas de moi, Nicolas, il vous suffit de le dire.

— Si je ne veux pas de vous ?

Il aurait aimé rire à gorge déployée. Mieux : il aurait aimé hurler à la mort comme un animal blessé. S'il lui restait une âme, cette femme allait la lui faire perdre.

L'ombre grandissait avec le feu qui mourait peu à peu. Seul dans le noir avec elle, il allait peut-être réussir à s'imaginer qu'elle était une autre, quelqu'un qui ne comptait pas, une dame de la cour dévergondée, une timide laitière, n'importe qui sauf cette jeune et torturante innocente dont, pour son malheur, il était tombé amoureux.

Cependant, il n'avait guère d'espoir d'y parvenir.

— Si je ne veux pas de vous ? répéta-t-il. Belle dame, votre innocence ne cesse de me surprendre. J'ai tellement envie de vous que je sens que je meurs.

Il lui prit la main et la posa, à travers ses chausses, sur cette partie étrange et tendue de sa personne qui l'avait effrayée la veille.

Cette fois, elle ne tenta même pas de se dégager. Sa main se referma sur lui, le toucha, le palpa, jusqu'au moment où il craignit de répandre sa semence au hasard sous ses caresses curieuses.

— Alors, prenez-moi, dit-elle.

22

Julianna ne parvenait pas à croire qu'elle venait de prononcer ces mots, ni qu'elle était couchée sous lui, dans le noir, presque nue.

Elle avait peur : peur d'avoir mal, peur de lui, peur de tant de choses qu'elle ne pouvait les compter. Mais elle redoutait plus encore qu'il parte sans lui avoir appris à quoi ressemblait l'acte d'amour.

Car Nicolas avait tort de dire qu'un autre viendrait le lui enseigner. Contaminée par sa folie, elle n'aimerait jamais aucun autre homme que lui, qu'elle le veuille ou non. C'est pourquoi elle avait refusé de partir, refusé de vivre le reste de sa vie sans savoir ce que c'était que de coucher avec un homme qu'on aimait.

Elle bénissait l'obscurité, qui empêchait le regard de Nicolas de voir le doute sur son visage.

Cette étrange et dure partie de son anatomie vibrait toujours sous ses doigts quand elle sentit soudain ses mains rudes et brûlantes sur ses seins. De surprise, elle retira la sienne de son sexe. Alors, il posa sa bouche sur sa peau et se mit à sucer son sein comme un bébé, tout en caressant délicatement la pointe de l'autre.

Elle sentit naître une chaleur inconnue entre ses jambes et se mit à bouger contre lui, en émettant de petits sons qui ressemblaient autant à des encouragements qu'à des protestations.

Il s'allongea contre elle, tout en continuant à l'ensorceler du bout de la langue et en laissant ses longs cheveux soyeux caresser ses seins. Il semblait sucer avec délices, presque avec paresse. Elle ferma les yeux pour se détendre, mais le désir qui la tourmentait ne fit que croître.

Enfin, il relâcha son sein. Elle avait envie qu'il touche l'autre, le suce aussi, mais, soudain timide dans l'obscurité brûlante, elle ne sut comment le lui dire.

Elle n'eut pas besoin de se donner cette peine. Lorsque sa bouche s'empara de son autre sein, elle laissa échapper un cri, l'enlaça et l'attira contre elle.

Concentrée sur les prodigieuses sensations que ses lèvres faisaient naître sous sa bouche, elle remarqua à peine ses mains qui la caressaient, effleuraient ses hanches, son ventre. Quand elles s'introduisirent entre ses jambes, elle sursauta, effrayée, et voulut se fermer à lui. Il abandonna son sein et vint lui chuchoter à l'oreille :

— Je ne vous ferai pas de mal, Julianna. Ouvrez-moi vos cuisses. Donnez-moi votre bouche.

Comment aurait-elle pu le lui refuser, quand il le demandait de cette voix caressante ? Elle tâcha de se concentrer sur ses baisers et de ne pas se raidir sous l'effet de la surprise et de la douleur.

Mais il n'y eut pas de douleur. Sa caresse était douce comme une plume, ses doigts la touchaient comme si elle était un trésor secret qu'il découvrait peu à peu.

— Vous avez encore peur, madame, murmura-t-il.

Elle avait peur, en effet, peur qu'il s'en aille sans finir ce qu'il avait commencé, sans apaiser ce désir frénétique qui la faisait trembler et s'agiter.

— Non, je n'ai pas...

Il posa une main sur sa bouche pour la faire taire.

— Votre corps ne ment pas, lui. Vous êtes encore trop sèche.

Comme il s'asseyait, elle le rattrapa, affolée.

— Ne me laissez pas !

Il eut un rire rauque et excitant.

— Rien ne pourrait m'arracher à ce lit.

En entendant un froissement de tissu, elle comprit avec un mélange de soulagement et de terreur qu'il était en train de se déshabiller. Devait-elle remercier le Ciel que l'obscurité lui cache sa nudité, alors que ce qu'elle avait vu de lui auparavant était de toute beauté ?

Il s'était écarté d'elle, et elle l'attendait, immobile, seule et malheureuse dans le noir.

— Bon, dit-il en posant les mains sur ses hanches. Cela va être un tout petit peu plus laborieux que je ne le pensais.

— Désolée. De quoi parlez-vous au juste ?

— De vous faire jouir. Mais sachez que je n'ai jamais reculé devant aucune difficulté.

— Qu'allez-vous faire ?

— Vous faire mouiller.

Et, avant qu'elle n'ait compris, il appliqua sa bouche entre ses jambes, tout en la maintenant fermement pour l'empêcher de s'échapper.

— Arrêtez ! s'écria-t-elle.

Mais, sans l'écouter, il continua à jouer de sa langue paillarde et divine. Quand elle voulut lui répéter d'arrêter, seul un gémissement plaintif s'échappa de sa gorge, et elle s'agrippa à ses épaules nues avec force.

À un moment, il dut comprendre qu'il n'avait plus besoin de la maintenir et, sans cesser de la tourmenter à l'aide de sa langue, il glissa ses doigts en elle. Elle sentit tout son corps frémir et se raidir à ce contact.

N'allait-il pas s'arrêter, à présent ? Il semblait infatigable. Julianna, prise d'un nouveau spasme, plus fort, plus violent, se mit à gémir. Elle avait peur, tout en en voulant davantage.

Un autre spasme la frappa avec la force d'un coup de tonnerre : elle se souleva du lit en criant et en tremblant de tout son corps. Elle frémissait encore quand il vint se placer entre ses cuisses en pesant de tout son corps.

— Je t'ai menti, ma Julianna, murmura-t-il d'une voix rauque.

Le corps de Nicolas était raide et tendu contre le sien qui se ramollissait.

— Menti ?

— Cela va te faire mal, mais juste un instant.

— Je ne veux pas...

Mais il engloutit la suite de sa phrase dans un baiser, lui écarta les jambes et la pénétra, l'emplissant presque, puis s'immobilisa.

Cela ne ressemblait à rien de ce qu'elle avait connu auparavant. C'était une merveilleuse sensation de plénitude, de tension et de trop peu. Comme il se retirait, elle se cramponna à lui, prise de panique, sûre qu'il allait l'abandonner, cette fois.

— Ne t'arrête pas ! Ne me laisse pas !

— Jamais, dit-il en la pénétrant de nouveau.

Il était presque entièrement en elle, à présent. Comme il se retirait, elle cria :

— Encore !

— Oui, souffla-t-il, oui.

Cette fois, il plongea complètement en elle. Elle ressentit une douleur rapide et aiguë, une douleur qu'elle désirait, comme elle désirait le sentir au fond d'elle-même, là où aucun homme jamais n'était venu.

Elle le sentit trembler entre ses bras. Immobile, lisse, doux et fort, il essayait de se contrôler.

— Encore, murmura-t-elle. S'il te plaît.

À ces mots, il se détendit. Il se remit à bouger en la prenant par les hanches, qu'il plaqua contre les siennes, tout en s'enfonçant si loin en elle qu'elle ne savait plus où commençait son corps et où finissait le sien. Brûlants, la peau mouillée de sueur, ils ne faisaient plus qu'un. Elle avait envie de fermer les yeux et de sourire en songeant au plaisir qu'elle éprouvait.

— Non, murmura-t-il. Tu n'y es pas encore arrivée.

De quoi voulait-il parler ? Julianna eut à peine le temps de se poser la question qu'un plaisir vertigineux naquit au plus profond d'elle-même, puis la gagna tout entière tandis que son cœur s'emballait et que de minuscules langues de feu parcouraient sa peau.

Nicolas se mit à bouger de plus en plus vite, de plus en plus loin, et de nouveau elle eut un moment de panique en songeant qu'il allait peut-être se retirer.

— Pas sans toi, murmura-t-il.

Il glissa une main entre eux pour la caresser, tout en plongeant en elle.

Elle aurait hurlé s'il ne lui avait pas couvert la bouche de sa main libre. Toute raide entre ses bras, elle sombra sous les vagues de plaisir qui secouaient, l'une après l'autre, son corps soudain gorgé de chaleur et de vie.

Elle avait envie de pleurer, de crier, de rire de toutes ses forces, de danser, de faire la pirouette, d'improviser des vers comme un fou. Mais elle s'effondra dans ses bras en pleurant, tandis que les spasmes s'estompaient et que son corps se relâchait.

Le feu s'était complètement éteint, et l'obscurité était presque totale, à présent. Aussi ne pouvait-elle voir son fou et devait-elle se contenter de le toucher, de le humer, de le goûter.

Elle aurait voulu lui dire quelque chose. Le remercier, lui dire qu'elle l'aimait. Mais il devait déjà le savoir.

Quand il se dégagea, elle faillit pleurer de nouveau, mais se contenta de l'emprisonner dans ses bras et d'attirer contre elle son corps haletant et vigoureux.

— Si tu me quittes, je te tue, déclara-t-elle dans un souffle.

Voilà qui manquait singulièrement de tendresse. Elle aurait dû ajouter quelque chose, mais elle ne trouva pas les mots.

Sans rien dire, il prit son visage entre ses mains et l'embrassa. Alors, elle s'endormit, sûre de l'avoir enfin enchaîné.

Nicolas ne bougea pas avant qu'elle soit profondément endormie et qu'elle ait relâché son étreinte farouche. Il avait finalement réussi à la posséder. Un timide sourire se dessina sur son visage, puis disparut brusquement. Il n'y avait vraiment pas de quoi être fier.

Car, en réalité, ç'avait été un véritable désastre, ainsi qu'il l'avait redouté. En une petite heure, il s'était davantage livré à Julianna de Moncrieff qu'à toutes les femmes avec lesquelles il avait couché dans sa vie – et Dieu sait qu'il y en avait eu ! S'il la quittait, elle le tuerait, avait-elle dit. Mais sa bouche, ses yeux, ses larmes, son corps doux et vibrant ne l'avaient-ils pas d'ores et déjà détruit ?

Quelle différence y avait-il entre elle et les autres ? Les mouvements étaient les mêmes, l'anatomie aussi, et tout cela s'harmonisait joliment pour atteindre le plaisir partagé.

Julianna n'était qu'une femme parmi tant d'autres. Il n'avait aucune raison de ressentir quelque chose de particulier.

Et, pourtant, c'était le cas. Le nier ne servirait à rien, sinon à aggraver encore la situation.

Le feu avait cessé de projeter des ombres, et la pièce était encore obscure, mais les premiers rayons du jour commençaient à s'immiscer dans la chambre, et il pouvait voir la dame de son cœur. Ses larmes avaient séché sur ses joues pâles, ses cheveux étaient emmêlés, sa bouche enflée par les baisers. N'ayant couché avec aucune vierge depuis longtemps – depuis sa première fois, à vrai dire –, il avait craint de ne pas être à la hauteur. Mais Julianna, dans son sommeil, arborait une expression ravie et satisfaite. Il aurait voulu lui apporter des linges mouillés pour essuyer le sang qu'elle avait perdu, puis lui refaire l'amour, sans aucune douleur cette fois. Il aurait voulu lui apprendre à le prendre dans sa bouche, à le chevaucher, à s'unir à lui de toutes les façons imaginables, mais c'était impossible. La quitter était ce qu'il pouvait faire de mieux pour elle. Il reviendrait à un autre homme de lui enseigner des formes de plaisir plus compliquées.

À l'heure qu'il était, Bogo, s'il avait un tant soit peu de jugeote, devait avoir quitté les taillis pour s'enfoncer dans les bois, où les hommes du comte ne pourraient le retrouver. Mais son valet avait toujours montré plus de loyauté que de bon sens. Il devait l'attendre, et Nicolas ferait mieux de se dépêcher s'il ne voulait pas finir pendu comme un cochon aux côtés de son serviteur.

De quelle grandeur d'âme ne faisait-il pas preuve en abandonnant la dame de son cœur pour aller sauver Bogo d'une capture certaine ! Heureusement, cette soudaine noblesse n'était que provisoire. Bientôt, il renouerait avec ses manières cavalières. Quant à Julianna, avec un peu de chance, elle trouverait son nouvel époux à son goût et oublierait le fou du roi. Et, si par hasard un enfant naissait un peu trop tôt après son mariage, s'il avait les cheveux blonds et les yeux dorés, alors Nicolas saurait qu'il avait donné à Julianna le plus beau cadeau dont elle pût rêver.

À présent, les bras le long du corps, elle ne l'enlaçait plus. Rien ne le retenait plus dans ce lit, songea-t-il en la contemplant avec un étrange sentiment de manque.

Bogo saurait le guérir. Il le taquinerait sans pitié, le traiterait de rêveur. Oui, quelques heures avec Bogo le ramèneraient sur le chemin du vice et de l'égoïsme qui avait toujours été le sien.

Il ne pouvait s'arracher à sa contemplation. L'embrasser, c'était prendre le risque de la réveiller et de ne plus pouvoir partir. Elle le retiendrait, et il n'aurait plus le choix. Alors, Dieu sait ce qu'il adviendrait de lui, tandis que Bogo irait remettre le calice au roi Henry. Mais cela avait-il une importance quelconque ?

Ce baiser pouvait décider de sa vie. Mais ne prenait-il pas chaque jour de semblables risques ? Il n'allait tout de même pas reculer devant celui-là.

Il se pencha et effleura doucement ses lèvres pulpeuses. Elle ne bougea pas.

De nouveau, il l'embrassa, plus vigoureusement cette fois. Elle s'étira paresseusement dans le lit, entrouvrit les lèvres pour accueillir sa langue, puis sombra de nouveau dans le sommeil.

Quand il posa une main sur son beau sein rond et nu, elle se mit à soupirer discrètement.

Les dés étaient jetés.

Il n'avait aucun droit sur elle, aucune raison de s'attarder plus longtemps. Quand il eut fini de se laver et de s'habiller, il faisait presque jour. Julianna dormait paisiblement, un léger sourire sur son visage fatigué. Soudain, se rendant compte qu'elle était allongée sur les restes de sa chemise déchirée, il en tira un morceau de sous son corps. Elle ne bougea pas.

Le tissu portait une tache de sang, souvenir de sa virginité. Il y avait aussi un peu de lui. Nicolas secoua la tête. Il commençait à se comporter vraiment comme le fou qu'il prétendait être.

Néanmoins, il glissa le morceau de tissu sous sa chemise, sur son cœur, à l'abri des regards, puis partit sans regarder derrière lui.

Bogo l'attendait avec deux chevaux sellés.

— Qu'est-ce qui vous a retenu ? Vous avez l'air de quelqu'un qui vient de l'échapper belle.

— J'avais à faire. Lequel de ces deux chevaux est le mien ?

— Le plus doux. Étant donné que vous n'avez pas monté depuis des années, j'ai pensé que c'était préférable.

— Ils m'ont l'air aussi rosses l'un que l'autre. Mais je préfère relever ce genre de défi plutôt que de voir Hugh nous rattraper et nous tordre le cou.

— Henry l'en empêcherait.

— Peut-être. Néanmoins, j'ai appris à ne me fier à personne, et surtout pas aux rois. Henry est plus pressé d'entrer en possession de ce maudit calice que de sauver la peau de deux vagabonds.

— Surveillez votre langue, maître Nicolas ! C'est du calice de sainte Hugeline, martyre au dragon, que vous parlez. C'est un objet sacré.

Nicolas se retint de ricaner. Bogo était un homme simple, mais il n'en avait pas moins ses accès de piété. En outre, il avait passé beaucoup de temps avec le frère Barth, ces derniers jours. Peut-être se mettait-il à avoir des scrupules, à l'instar de son maître.

L'un comme l'autre, ils s'en remettraient. Tous deux faits pour les basses et non les nobles besognes, ils ne tarderaient pas à oublier toute pensée honorable ou pieuse.

— Nous ferions mieux d'y aller, reprit Bogo. Voulez-vous vous charger du calice ?

— Un blasphémateur tel que moi ? Certainement pas. Garde-le, toi qui sembles t'y être attaché. En outre, si

Hugh nous recherche, il pensera le trouver sur moi, ce qui devrait te donner assez de temps pour t'enfuir avec. Et cesse de me regarder avec cet air borné et de dire que tu ne m'abandonneras pas. Franchement, quel est le plus important : sauver ma pauvre carcasse ou ton calice ?

— Ce n'est pas mon calice, fit Bogo d'un ton bourru. Il appartient aux bons moines qui vénèrent la sainte.

— Non. Il appartient au roi, qui paie tes gages. Quant à sainte Hugeline, si le sort de son calice l'émeut à ce point, elle pourra toujours montrer à Henry son péché et le pousser à restituer la relique à l'ordre qu'elle a fondé. Cependant, je doute fort qu'elle aille jusque-là.

— Vous êtes un incorrigible pécheur, maître Nicolas.

— Je le reconnais. En revanche, je commence à me faire du souci pour toi, mon ami. Tu n'es tout de même pas en train de t'ennoblir intérieurement, dis-moi ?

Bogo secoua sa tête grisonnante.

— Il est trop tard pour un homme tel que moi, quoi qu'en dise le frère Barth.

Nicolas aurait bien aimé savoir ce que le frère Barth avait dit exactement à son valet, mais le moment était mal choisi pour en discuter. Leur longue chevauchée jusqu'à la cour du roi leur laisserait plus de temps qu'il n'en fallait pour aborder le sujet. Pour le moment, plus vite il s'éloignerait du château de Fortham et de lady Julianna, mieux cela vaudrait.

— Partons, dit-il. Je veux atteindre les collines avant que le jour ne tombe. Nous n'avons pas une minute à perdre. Je n'ai pas l'intention de passer la nuit prochaine dans les oubliettes de Hugh de Fortham. Je préfère encore la belle étoile.

Bogo le dévisagea avec un regard plein d'une sagacité nouvelle.

— Seriez-vous en train de prendre la fuite, mon garçon ? Fuiriez-vous quelque chose en particulier ? La colère d'un père, par exemple ?

— La colère d'une dame, Bogo. Contrairement à nous, les femmes ont tendance à prendre les choses trop au sérieux, fit-il d'un ton léger.

Mais Bogo secoua la tête, sceptique.

— Vous aurez beau me raconter tout ce que vous voudrez, mon maître, je vous connais trop bien. Cette fois, vous avez perdu, je le vois.

— Perdu quoi ? Je n'ai pas l'intention de céder le calice à un autre qu'à Henry.

— Je ne parle pas du saint calice. C'est votre cœur que vous avez perdu, mon garçon. Et, si vous ne le retrouvez pas, que Dieu vous vienne en aide !

23

Lorsque Julianna se réveilla enfin, elle se sentait à la fois ivre, désorientée, lourde de sommeil et collante. Elle resta un moment allongée, les yeux fermés, à essayer de se remémorer les divines et délicieuses sensations qui avaient envahi son corps. Puis, comme ces souvenirs s'estompaient, elle s'étira, se sachant déjà seule dans le lit.

Elle s'assit ensuite et couvrit sa nudité à l'aide de l'épaisse couverture de fourrure. Personne ne pouvait la voir, pourtant. Elle était seule, abandonnée dans cette chambre déserte qui avait été autrefois celle du fou.

Elle ne pouvait rester là, où quelqu'un finirait bien par la retrouver, tôt ou tard. Sa robe gisait par terre, en boule. Repoussant la couverture, elle se pencha pour l'attraper, mais, soudain, elle se figea en voyant son corps.

Elle était assise sur sa chemise en lambeaux et avait du sang entre les jambes. Que lui avait donc demandé sa mère ? Si elle avait saigné avec son mari ?

Avec son mari, non. Mais avec Nicolas Strangefellow, oui. Le fou avait réussi de façon magistrale là où Victor de Moncrieff avait visiblement échoué.

Puis il était parti. Cela ne faisait aucun doute. Elle remit sa robe sans prêter attention aux marques dont s'ornait son corps : légères égratignures, petits bleus dont il était l'auteur. Certes, elle pouvait toujours aller voir dans la grande salle. Il y serait peut-être, en train d'exécuter des cabrioles et d'improviser des vers. Mais, au fond de son cœur, elle savait qu'elle ne l'y trouverait pas. Il l'avait quittée, comme elle s'y attendait.

Par conséquent, elle allait le tuer.

Comment avait-il découvert le calice ? Car il n'avait pas pu partir sans. Quand donc l'avait-il retrouvé ? Sans doute après avoir couché avec elle. Jamais il n'aurait perdu son temps avec elle s'il avait déjà eu en main ce maudit calice.

Après une brève prière pour demander pardon de ce blasphème à sainte Hugeline, elle se leva d'un pas mal assuré. Elle avait un peu mal et toucha, intriguée, son entrejambe à travers le tissu de sa robe. Comment avait-elle pu se tromper à ce point durant tant d'années ?

Et comment avait-elle pu se laisser berner par un menteur, un tricheur ? Mais ce n'était pas le moment de se lamenter. Elle devait retrouver sa mère pour s'assurer que son nouvel époux ne l'avait pas battue. Puis elle partirait en quête du calice. Peu importait qui l'avait à présent – le roi, le comte ou l'abbé. Elle voulait le retrouver pour sa mère.

Elle sortit dans le couloir en retenant son souffle. Ses pieds nus dépassaient de sa robe, dont le tissu était suffisamment épais pour qu'on ne pût deviner qu'elle était nue en dessous. D'ailleurs, avec un peu de chance, elle regagnerait sa chambre sans croiser personne en chemin.

Malheureusement, la chance n'était pas avec elle. Loin de là. Ils l'attendaient dans sa chambre, pareils au tribunal de l'Inquisition : le père Paulus, froid et pâle dans sa somptueuse chasuble, et le frère Barth, dont le visage rond semblait crispé par le souci. Le jeune Gilbert était là aussi, un fouet à la main.

— Catin ! vociféra le père Paulus en guise de bienvenue. Jézabel à la chair corrompue ! Où est le fou ?

Elle jeta un coup d'œil à la porte, mais Gilbert lui barrait déjà le chemin.

— Je… je ne sais pas. Je ne l'ai pas vu. Je me suis endormie…

— Je ne doute pas que tu te sois endormie, après t'être vautrée dans les plaisirs de la chair ! Tu empestes la fornication !

Julianna n'avait pas l'impression de dégager une quelconque odeur, encore qu'elle aurait volontiers pris un bain. Par prudence, elle ne répliqua pas. Le frère Barth ne disait rien non plus, mais son visage n'augurait rien de bon.

— Toi et ton amant serez châtiés ! Vous serez dépouillés de vos vêtements et flagellés en public. Les prières de ta mère n'y changeront rien, sauf si tu m'assures qu'il t'a jeté un sort.

Cela aurait été une façon simple d'échapper à un châtiment terrible. Pourquoi, d'ailleurs, le père Paulus lui offrait-il cette planche de salut ? Nicolas ayant pris la fuite, il ne risquait donc rien si elle l'accusait de sa disgrâce, s'évitant du même coup la honte qui retomberait sur elle si elle avouait qu'elle était tout aussi fautive que lui.

En réalité, la moitié des habitants du château étaient coupables de la même faute qu'elle. Pourquoi fallait-il qu'elle soit punie, alors que le père Paulus fermait de toute évidence les yeux sur ce qui se passait dans la grande salle ?

Mais quelle importance ? Un mot, et elle échappait au châtiment. Il lui suffisait d'accuser Nicolas Strangefellow de l'avoir ensorcelée de son regard d'or. Il était trop loin pour courir aucun risque.

Elle ouvrait la bouche pour le dénoncer quand quelque chose l'arrêta. Son petit côté têtu. C'était absurde, car elle trouvait bel et bien son regard ensorcelant, obsédant. Quel autre homme aurait pu l'attirer dans son lit et la pousser à le supplier ? À ce souvenir, elle sentit ses joues s'enflammer.

— La catin est encore capable de rougir ! tonna le père Paulus. Si tu nous dis où se trouve le fou et comment il s'y est pris pour t'ensorceler, Gilbert ne te fouettera pas.

C'était donc la raison de la présence du jeune homme ici, songea-t-elle. Le moment où elle l'avait vu abattre son fouet sur la chair pâle de l'abbé était resté gravé dans sa mémoire. Si le père Paulus semblait prendre un étrange plaisir à cette mortification, elle doutait qu'il en aille de même pour elle.

— Dites-nous où il se trouve, madame, vous vous épargnerez ce châtiment, dit le frère Barth, l'air sombre.

— Je l'ignore. Il a dû partir, répondit-elle simplement.

— Gilbert, dénudez le dos de cette gueuse ! fit le père Paulus d'une voix cinglante.

Gilbert était sans doute plus fort qu'elle, mais elle n'allait certainement pas le laisser la toucher. Elle serra sa robe autour de son corps et le regarda avec méfiance faire un pas dans sa direction.

— Père Paulus ! intervint le frère Barth. Vous faites erreur, j'en suis sûr. Il est clair que cette pauvre créature a été abusée par le fou et ses malices. Elle ne mérite pas un tel châtiment.

— Elle refuse de l'accuser de sorcellerie.

— Je doute qu'il se soit rendu coupable de ce péché. Après tout, ce n'est qu'un pauvre fou. S'il est parti, il a dû emporter le calice avec lui. Pourquoi perdre notre temps à punir cette dame alors que le calice est peut-être en train de nous échapper en ce moment même ?

Il avait su trouver les mots justes. Le prieur tourna vers lui ses yeux pâles soudain exempts de fureur.

— Vous êtes sage, frère Barth. Cette catin peut attendre son châtiment. Notre saint devoir est de retrouver le calice. Il doit revenir à Dieu.

À l'idée de pouvoir bientôt s'échapper, Julianna éprouva un immense soulagement, mais elle ne dit mot. Jamais ils ne retrouveraient Nicolas – qui n'aurait aucun mal à distancer deux hommes âgés comme le frère Barth et l'abbé – et, une fois le calice définitivement disparu, le père Paulus estimerait probablement qu'elle ne valait pas la peine qu'il retourne à Fortham.

— Mais dans quelle direction est-il parti ? reprit l'abbé. Et comment ? Cet individu se refuse à monter à cheval…

— Il sait monter, marmonna le jeune Gilbert. Nicolas Strangefellow trompe son monde.

— Comment le savez-vous ? fit l'abbé, soupçonneux.

— Je suis très observateur. Les gens croient que je ne remarque rien, mais c'est faux. Il y a fort à parier que maître Nicolas et son serviteur sont partis vers l'est, en direction de Londres.

— Et pourquoi donc ?

— N'est-il pas au service du roi ?

Un hideux sourire fendit le visage de l'abbé.

— Vous êtes d'une vivacité d'esprit admirable, mon garçon, dit-il. Frère Barth, allez nous chercher quatre montures. Et assurez-vous de leur qualité : nous devons rattraper les fuyards rapidement.

— Quatre, mon père ? répéta le frère Barth, hésitant.

— Gilbert nous accompagne. C'est un garçon éveillé qui nous sera d'un grand secours. Nous emmenons aussi la catin. Je la soupçonne d'être le talon d'Achille de maître Nicolas.

— Vous ne pouvez pas faire cela ! Lord Hugh ne le permettra pas !

— Lord Hugh s'est enfermé avec sa femme. J'ignore s'il l'a étranglée ou violée et je m'en moque. Il s'intéresse de trop près à sa nouvelle épouse pour se soucier de sa belle-fille et sera bien content que cette dernière soit partie.

— Mais, mon père... implora le frère Barth.

— Si vous ne vous dépêchez pas, mon fils, je la fais fouetter.

Le frère Barth lança à Julianna un regard désespéré. Il ne pouvait rien faire.

— Mon père, donnez-moi votre parole que vous ne la blesserez pas.

— Il ne lui arrivera rien. Si toutefois vous vous dépêchez, fit l'abbé avec une moue dégoûtée.

Julianna faillit rappeler le moine, mais il avait déjà disparu en courant, l'abandonnant à ces deux hommes infiniment dangereux : le jeune homme au visage innocent et le vieux prieur.

— Prépare-toi à nous suivre, fille de peu, ordonna sévèrement ce dernier. Lave ta chair des souillures de la fornication et enfile des vêtements plus décents. Tout cela sans dire un mot. Tu m'as compris ?

— Oui, mon père.

En retour, elle reçut une gifle si violente que sa tête fut projetée en arrière. Abasourdie, hébétée par la douleur, elle le dévisagea.

— J'ai dit « pas un mot », catin, fit-il.

Cette fois, elle hocha la tête en baissant les yeux, pour dissimuler la haine dans son regard.

— Il y a de l'eau dans la bassine, et tu dois savoir où se trouvent les linges. Nous attendrons ici.

Ils n'allaient donc pas la laisser seule. Aucun des deux hommes ne cherchait probablement à la voir nue. Ils désiraient sans doute l'humilier, tout simplement. Elle ne bougea pas et les dévisagea d'un air glacial. Son visage brûlait encore de la gifle du prieur, et elle n'aurait pas été étonnée qu'il recommençât.

Mais l'abbé baissa les yeux et se détourna.

— Venez, Gilbert. Je ne voudrais pas que votre tendre innocence soit souillée par la nudité de cette dévoyée.

Et, passant un bras autour des frêles épaules du jeune homme, il le conduisit vers la fenêtre. Là, ils tournèrent tous deux le dos à Julianna.

Sans plus de crainte, elle retira sa robe et se lava. Elle fit disparaître le sang sur ses cuisses, les caresses de Nicolas sur sa peau, effaça toute trace du fou, sans pleurer – ce n'était pas le moment. Quand elle se fut frictionnée jusqu'au sang, elle enfila sa robe la plus terne et la plus ordinaire et ses meilleures chaussures. Bien qu'elle n'eût aucune idée de l'endroit où le prieur comptait l'emmener, elle avait bien l'intention de s'échapper à la première occasion.

Comme elle s'apprêtait à démêler ses cheveux avec ses doigts, elle sentit soudain le regard du prêtre se poser sur elle.

— Gilbert, coupez les cheveux de cette catin, dit-il calmement.

— Non ! s'écria-t-elle, horrifiée.

Mais, déjà, le prêtre la forçait à s'agenouiller devant Gilbert, qui s'était muni d'une longue dague à l'aspect menaçant. Elle se débattit, mais le père Paulus, avec une force surprenante pour un homme aussi frêle, lui tint les poignets pendant que le jeune homme lui coupait les cheveux. Par écheveaux emmêlés, ils se mirent à tomber sur le sol tout autour d'elle, et elle versa des larmes muettes sur sa beauté perdue.

— Bien, fit enfin le père Paulus avec une profonde satisfaction. À présent, tu as l'aspect qui sied à la catin que tu es.

Il la relâcha. Julianna dut faire appel à toute sa volonté pour ne pas s'effondrer sur le sol.

Sa tête lui semblait étrangement légère, débarrassée du poids familier de sa chevelure. Elle se leva avant que l'abbé ne l'y force, rencontra son nouveau reflet dans un miroir d'argent, puis détourna le regard.

Le prieur lui lança une coiffe de lin épais, qu'elle rattrapa maladroitement.

— Dissimule ta honte, catin. Et remercie la Vierge que ta mère n'assiste pas à ta déchéance.

Même si elle en avait émis le souhait, l'abbé ne lui aurait sans doute pas laissé le choix. En mettant sa coiffe, elle sentit sous ses doigts ses cheveux courts aux bouts piquants. Ils repousseraient. En outre, si elle entrait au couvent, personne ne saurait jamais qu'elle avait une tête de garçon sous son voile de nonne.

Mais elle n'avait plus aucune envie d'entrer au couvent. Elle ne voulait pas passer sa vie entière sous la houlette d'hommes comme l'abbé de Sainte-Hugeline.

Elle voulait Nicolas.

Ils passèrent la porte du château sans encombre. Sans doute personne ne reconnut-il la fille de lady Isabeau dans cette femme à la tête baissée, les cheveux cachés sous une coiffe amidonnée et vêtue d'une robe modeste. Bien que Gilbert tînt la bride du cheval de Julianna d'une main apparemment nonchalante, s'échapper s'annonçait difficile. Elle jeta un dernier coup d'œil derrière elle. Quelque part dans l'une des tours de cette forteresse imprenable, sa mère était à la merci d'un époux mécontent. L'avait-il battue ? Était-elle encore vivante ?

— Ma mère… murmura-t-elle malgré l'interdiction de parler.

La détresse se lisait à livre ouvert sur le visage du frère Barth, qui chevauchait à côté d'elle.

— Votre mère va bien, mon enfant, j'en ai la conviction. Le comte est un homme bon qui ne lui ferait jamais de mal. Cependant, elle sera bien malheureuse en apprenant votre sort. J'aurais aimé qu'il en fût autrement.

Faisait-il allusion à sa nuit avec le fou ou au châtiment infligé par l'abbé ?

— Mon garçon, donnez-moi les rênes de lady Julianna et allez avec le père Paulus, ordonna le frère Barth à Gilbert.

Quand ce dernier eut rejoint le prieur, le moine reprit à voix basse :

— Comment allez-vous, madame ? Vous a-t-il fait du mal ?

Soudain, les moments passés avec Nicolas lui revinrent en mémoire et l'emplirent d'une telle nostalgie qu'elle faillit pleurer.

— Nicolas ne m'aurait jamais blessée, mon frère. Il ne fait que feindre la folie. Il s'est montré très...

— Je parlais de l'abbé, mon enfant. Quant à ce bouffon, si vous voulez garder quelque espoir pour l'avenir, vous feriez mieux de l'oublier complètement.

— C'est chose faite, dit-elle, sans plus se soucier de mentir à un religieux. Je ne pense pas le revoir un jour.

Au moins y avait-il une parcelle de vérité dans ce qu'elle venait de dire.

— Si le père Paulus réussit dans son entreprise, vous ne le reverrez que trop tôt.

Julianna se mit à secouer la tête, mais s'arrêta aussitôt, troublée par une étrange sensation de légèreté. Elle avait presque oublié ce qui était arrivé à ses cheveux.

— L'abbé ne pourra pas le retrouver. La ruse et la fourberie lui sont bien trop étrangères pour qu'il devine les plans de Nicolas.

— Certes, mais je crois le jeune Gilbert fort capable de l'y aider.

De fait, en regardant la frêle et droite silhouette du jeune homme qui chevauchait devant elle, Julianna eut un sombre pressentiment.

— Vous avez raison, dit-elle.

Le frère Barth posa la main sur la sienne.

— Ne désespérez pas, mon enfant. Priez sainte Hugeline de vous protéger, et tout ira bien.

Julianna hocha la tête. Si seulement elle avait possédé la foi inébranlable du vieux moine !

— Où est ma fille ? demanda Isabeau, paniquée.

Tout cela était sa faute. Elle ne s'était que trop attardée dans le lit de son époux, tout au plaisir et aux propos complices qu'ils échangeaient, pendant que, quelque part dans le château, sa fille était en danger.

Sire Geoffrey prit l'air apitoyé qui s'imposait.

— Je l'ignore, madame. Le fou et son serviteur ont disparu. Les gardes ont vu l'abbé sortir du château à cheval avec sa suite quelques heures plus tard. Mais personne n'a vu lady Julianna.

Sa fille avait-elle été assez folle pour s'enfuir avec le bouffon ? Étant donné ce qui s'était passé la veille, cette hypothèse semblait improbable, mais Isabeau savait de quelles sottises un cœur amoureux était capable.

— Qui accompagnait le prieur ?

— Le moine et le jeune homme qui suivait sans arrêt le comte… Comment s'appelle-t-il, déjà ? Gilbert, je crois. Il y avait également une servante avec eux.

Isabeau eut l'impression que des doigts glacés étreignaient son cœur. Si Julianna s'était enfuie avec le fou, elle avait commis là une terrible erreur. Mais, si le prieur l'avait enlevée, c'était un désastre.

Elle essaya de se ressaisir. N'allait-elle pas trop vite en besogne ? Peut-être son entêtée de fille avait-elle fini par convaincre l'abbé de la conduire au couvent. Peut-être tout allait-il pour le mieux.

Hélas, elle en doutait fort.

— Madame ? Pourrais-je vous parler en particulier ? demanda Rachel, l'une de ses servantes.

En voyant le visage bouleversé de cette dernière, les inquiétudes d'Isabeau redoublèrent. Elle contempla la foule bigarrée rassemblée dans la grande salle. Précédant son époux, elle était venue y organiser un festin pour célébrer le véritable début de son mariage et n'y avait trouvé que la confusion, le désarroi et les pires nouvelles imaginables.

— Que quelqu'un aille avertir lord Hugh de la disparition de sa belle-fille et de ses invités !

Visiblement heureux de s'éloigner d'une femme en colère, sire Geoffrey partit ventre à terre. Puis Isabeau fit signe à Rachel de s'approcher.

— De quoi s'agit-il ?

— Ce matin, quand je suis venue m'occuper de lady Julianna, sa chambre était vide. J'ai trouvé des linges ensanglantés près de sa bassine et… ses beaux cheveux répandus par terre. Quelqu'un lui a fait du mal, madame. Quelqu'un l'a dépouillée de ses cheveux et l'a enlevée.

— Le prieur ! Maudite soit son âme malfaisante !

— Oui, madame, fit la servante.

Lorsque Isabeau ressortit dans la cour, elle y trouva son époux, entouré d'un petit groupe déjà équipé pour le combat. Lord Hugh arborait une mine sombre, mais son regard s'adoucit quand elle apparut.

— Nous vous la ramènerons, mon amour. Ils n'ont que quelques heures d'avance sur nous, et je connais ces terres comme ma poche.

— Je viens avec vous.

— Non. C'est une affaire d'hommes.

— Ma fille est en danger, et cela, monseigneur, est une affaire de femmes. Qu'on m'amène ma monture !

Personne ne bougea. Tous regardaient lord Hugh, dans l'attente d'un signe de sa part. Isabeau retint son souffle. S'il refusait, elle le suivrait par ses propres moyens. Mais elle ne le lui pardonnerait jamais.

— Qu'on amène le cheval de lady Isabeau ! ordonna-t-il soudain. Toutefois, madame, attendez-vous à devoir galoper longuement, si vous voulez sauver votre fille.

— Je saurai me montrer à la hauteur, quelles que soient vos exigences.

Une brève lueur de tendresse passa dans le regard de son époux.

— Oui, mon amour, je n'en doute pas, murmura-t-il.

Nicolas Strangefellow n'était pas un homme heureux. Après des heures passées en selle, tout son corps était endolori. En outre, il avait faim, se sentait fatigué, de mauvaise humeur et coupable comme jamais. Il était grand temps qu'il retrouve la cour, le corps voluptueux et expert de la sœur du roi, l'appui de Henry et le monde de mensonges et de tromperies qui était le sien.

Ce séjour dans l'ouest du pays l'avait perturbé et fait douter du bien-fondé de plans pourtant soigneusement étudiés – s'attirer suffisamment les faveurs du roi pour se faire une vie confortable. Au pire, il mourrait jeune, assassiné par un pauvre chevalier que ses vers incessants auraient fait enrager. Cela ne lui importait guère. Il avait appris à vivre pour l'instant présent, et l'avenir ne lui avait jamais rien réservé qui vaille la peine qu'il se batte pour survivre.

À présent, exiger la restitution de son titre et se faire bâtir une nouvelle demeure lui semblait un rêve absurde tout droit sorti de l'esprit d'un fou. N'était-il pas un bouffon, un pion qu'on jetait après usage ?

Et si Julianna avait un enfant ? S'il lui avait donné cette nuit le bébé qu'elle désirait si ardemment ? L'attribuerait-on à son prochain mari ?

C'était possible, si elle se mariait et consommait son mariage rapidement. S'il apprenait qu'elle avait donné le jour à un enfant, il ne saurait jamais de qui il était. Cela valait mieux ainsi : il n'avait nul besoin de se savoir un bâtard quelque part.

Dès qu'il aurait l'assurance que Henry souhaitait mener à bien ce mariage précipité, il pourrait oublier Julianna. Il n'avait jamais eu aucune responsabilité envers elle, et quelques galipettes n'y changeraient rien. Même si elle portait son enfant.

Néanmoins, il aurait pu se montrer plus prudent. Il avait beau savoir se retirer à temps et répandre sa semence ailleurs, elle était si chaude, si tendre qu'il n'en avait pas eu la force. Encore une preuve de son égoïsme. Il l'avait exposée au danger d'une grossesse au nom de son propre plaisir.

Un plaisir d'ailleurs réciproque.

Si la nuit précédente avait été secouée par la tempête, cette soirée-ci était tiède et paisible. Nicolas leva les yeux vers le ciel. Il aurait préféré qu'il pleuve, qu'il vente, qu'il grêle: n'importe quel châtiment aurait été le bienvenu.

— Maître Nicolas, on dirait qu'il y a une sorte de taverne, là-haut, fit Bogo. Nous pourrions nous y arrêter pour nous restaurer et boire une chope de bière.

— Allons-y, répondit Nicolas, uniquement séduit par la perspective de descendre de ce maudit cheval.

Personne ne semblait les avoir suivis, et ils avaient pris assez d'avance pour qu'on ne puisse pas les rattraper une fois leur disparition découverte. À moins que Julianna ne se soit réveillée immédiatement après son départ en criant au viol.

Il l'espérait presque. L'idée qu'elle s'était réveillée seule dans ce lit le répugnait. Il aurait dû rester, et au diable le calice, le roi et tout le reste...

— Vous avez de nouveau cet air, observa Bogo.

— Et si tu te dispensais de m'expliquer ce que, selon toi, il trahit ? fit Nicolas d'un ton sucré.

Bogo s'esclaffa.

— Ne vous en faites pas, mon garçon, ces choses-là s'arrangent toujours.

— Deux possibilités s'offrent à moi, Bogo: me soûler ou te rosser. Laquelle préfères-tu ?

— Me soûler avec vous, maître Nicolas. Ensuite, peut-être saurez-vous ce que vous voulez vraiment.

24

— Êtes-vous des pèlerins ?

En dépit des difficultés qu'il avait à tenir debout après une journée de supplice sur une selle, Nicolas se redressa et dévisagea le vieil aubergiste ratatiné.

— Des pèlerins ? répéta-t-il.

— On ne voit guère d'autres voyageurs par ici, et encore, pas beaucoup. Ils viennent honorer le sanctuaire de sainte Hugeline. Il n'y a pourtant pas grand-chose à voir : quelques ruines là-haut, sur la colline. Mais certaines personnes y attachent encore de l'importance. Elles sont rares, car les gens d'aujourd'hui ont oublié les vieux saints et préfèrent vénérer les saints guerriers plutôt qu'une pauvre femme. Moi, j'aime bien cette Hugeline. Une femme qui se transforme en dragon, ça n'est pas fait pour me déplaire.

Lentement, Nicolas se retourna vers Bogo, qui affichait un air étonnamment penaud.

— Savais-tu, mon cher vieil ami, que nous nous trouvions au sanctuaire de sainte Hugeline ?

Bogo, qui avait passé l'âge de rougir, parut pourtant s'empourprer sous sa peau basanée.

— C'est un endroit comme un autre, marmonna-t-il.

— Et où est situé ce lieu de pèlerinage, aubergiste ?

— En haut de cette colline. On l'appelle le Mont de sainte Hugeline. C'est là que se trouvent les ruines de son ancienne demeure. On raconte que son martyre s'est déroulé là-haut et qu'elle s'y est transformée en dragon. Mais ça fait bien cent ans qu'on n'a pas vu de dragon par ici.

Nicolas hocha la tête, se retenant de répliquer qu'il n'y avait jamais eu de dragon tout court – c'eût été un blasphème.

— As-tu du vin, aubergiste ?

— Et comment ! s'exclama l'intéressé d'un air offensé. Le meilleur de toute la région.

— Alors, donne-nous-en une bouteille. Nous allons de ce pas présenter nos respects à la sainte.

— Maître Nicolas ? fit Bogo, l'air gêné.

— Tu nous as amenés ici, Bogo. La moindre des choses est d'aller lever notre verre à la santé de sainte Hugeline sur les lieux qui lui sont consacrés.

Reconnaissant une lueur de malice familière dans l'œil de son maître, Bogo ne répliqua pas.

L'unique chemin qui permettait d'accéder au Mont de sainte Hugeline était un sentier étroit et trop tortueux pour des chevaux. Nicolas n'aurait donc pas à remonter sur ce satané cheval, à supposer qu'il en fût encore capable. Cette promenade improvisée était exactement ce dont il avait besoin pour se dégourdir les jambes et se débarrasser des soucis et des souvenirs qui le hantaient. Aussi se lança-t-il le premier sur le chemin. Quelques instants plus tard, il s'arrêta pour regarder Bogo, resté derrière lui.

Le vieil homme se tenait près de son cheval éreinté, l'air perplexe.

— Prends ton balluchon, Bogo. Nous aurons besoin d'une coupe pour boire.

En dépit du gémissement choqué qu'émit son serviteur, Nicolas savait que Bogo allait lui obéir, comme l'avaient toujours fait les membres de sa famille, au service des Derwent depuis des générations. Bien que les temps aient changé et que la fortune et le nom des Derwent ne soient plus que des souvenirs, Bogo resterait au service de son maître jusqu'à ce qu'on le renvoie.

La lune, presque pleine, brillait au-dessus de leurs têtes et éclairait leur ascension. L'aubergiste avait raison : la bonne sainte n'attirait pas grand monde. Envahi par les mauvaises herbes, encombré de pierres et de racines, le sentier n'était pas aisé à gravir.

Il leur fallut un bon moment pour atteindre le sommet. Derrière lui, Nicolas entendait haleter Bogo. Arrivé au bout du chemin, il se retrouva dans une clairière et regarda autour de lui d'un air faussement intéressé.

— On dirait que l'histoire de sainte Hugeline remonte plus loin que nous ne le pensions. Ces ruines semblent dater de l'époque romaine.

Bogo se laissa tomber contre un arbre et s'efforça de reprendre son souffle.

— C'était la fille d'un baron, dit-il d'une voix sifflante.

— Dans ce cas, pourquoi donc vivait-elle dans les ruines d'une villa romaine ?

Il n'en restait pas grand-chose : des bribes de murs encore debout au milieu des décombres, une ou deux colonnes brisées.

— Peut-être est-elle venue se réfugier dans cette maison pour se cacher de son mari, à moins qu'il ne l'ait emprisonnée ici. Mais là n'est pas la question. On a la foi ou on ne l'a pas, répliqua Bogo.

Nicolas survola les ruines du regard, puis leur tourna le dos. Une brise s'était levée, soulevant les feuilles mortes qui jonchaient la crête de la colline.

— Maintenant que nous sommes ici, je veux bien être damné si je redescends ce chemin de nuit. Ouvrons cette bouteille et portons un toast à la bonne sainte, quelle qu'elle soit.

— Vous serez damné de toute façon, monseigneur.

— Ne m'appelle pas ainsi.

— Personne ne peut nous entendre.

— Certes, mais tu pourrais prendre l'habitude de le dire et commettre cette erreur en public. En outre, qu'est-ce qu'un seigneur sans terre et sans nom ? Bon, où as-tu mis le calice ?

— Dans mon baluchon, d'où il ne sortira pas. Vous ne vous en servirez pas pour blasphémer. Seul un cœur pur peut le toucher sans être frappé de mort.

— Dans ce cas, comment as-tu pu t'en emparer, mon vieil ami ? Je n'aurais jamais cru ton cœur pur. Mais peut-être tes intentions l'étaient-elles ? Car tu ne comptes pas me le remettre, n'est-ce pas ?

— Je connais mon devoir. Je vous obéis, comme mon père et mon grand-père ont obéi à vos ancêtres.

— Mais, malgré cela, tu ne veux pas donner cette coupe au roi Henry.

— Non.

Nicolas hocha la tête.

— Mon ami, je crois que nous sommes sur le point de commettre une énorme erreur, reprit-il.

— Laquelle ?

— Cette coupe appartient à Hugeline. Laissons-la-lui.

— Êtes-vous fou ?

— J'ai souvent fait l'impossible pour en convaincre mon prochain. Laissons quelqu'un d'autre découvrir le calice ici et décider de sa destination. Le roi le veut, l'abbé et lord Hugh aussi. À ma connaissance, je suis le seul à ne pas convoiter cet objet maudit.

— Cet objet sacré, corrigea machinalement Bogo.

— Déposons-le ici et laissons à sainte Hugeline le soin de veiller sur lui. Cette pierre, là-bas, ressemble fort à un autel. Poses-y le calice, Bogo.

Même s'il semblait encore indécis, Bogo était visiblement séduit par cette idée.

— N'auriez-vous pas un linge à poser sur la pierre ? Je ne voudrais pas rayer le calice.

Nicolas avait bien un linge, à l'intérieur de sa chemise, serré contre son cœur, mais sans doute la sainte ne trouverait-elle pas cette offrande à son goût. En outre, c'était l'unique souvenir qu'il lui restât de son amour perdu, et il avait déjà fait suffisamment de sacrifices pour sainte Hugeline au dragon.

— Ne t'inquiète pas, Bogo. Pose-le là. Ensuite, nous boirons le vin de l'aubergiste – une piquette infâme, à n'en pas douter –, nous dormirons à la belle étoile et, demain, nous réfléchirons à ce que nous voulons faire de notre vie.

— Vous allez tout gâcher, monseigneur.

— C'est déjà chose faite depuis ce matin, mon vieil ami.

Julianna avait perdu toute notion du temps. Ils cheminaient à un rythme soutenu, et elle espérait seulement, pour le bien de Nicolas, qu'ils avaient pris la mauvaise direction. Cependant, en voyant l'abbé avancer sans hésitation, sans incertitude aucune, elle comprit qu'il savait parfaitement où il allait.

Lorsqu'ils s'arrêtèrent enfin, il faisait nuit noire. Julianna se laissa tomber de son cheval et dut s'appuyer contre lui, incapable de tenir debout. Le frère Barth la prit gentiment par le bras, en un geste infiniment réconfortant.

Lorsque Gilbert et l'abbé eurent disparu à l'intérieur d'un bâtiment grossier, elle leva un regard suppliant vers le frère Barth.

— Laissez-moi partir, mon frère, demanda-t-elle.

— Je ne peux pas, mon enfant. Nous sommes au milieu de nulle part, vous ne survivriez pas une journée. Je vous protégerai de l'abbé.

— Comment ?

— Je ne sais pas. Mais je ne le laisserai pas vous faire du mal.

— Et que fera-t-il à Nicolas s'il le trouve ?

— Il le tuera. Pas de ses propres mains, car il est trop vertueux pour cela. Mais il n'a que l'embarras du choix pour parvenir à ses fins. Nous pouvons seulement espérer qu'il n'accusera pas maître Nicolas d'hérésie. Le bûcher est une mort horrible.

— Il ne le trouvera pas, déclara Julianna, comme pour conjurer le sort. Il a trop d'avance sur nous…

— Ils sont ici ! annonça triomphalement le père Paulus en réapparaissant. Leurs chevaux sont attachés derrière la taverne. D'après l'aubergiste, ils sont montés sur la colline pour voir le sanctuaire de la sainte, mais je les soupçonne d'être allés y accomplir quelque rituel païen.

— Bogo est un brave homme, protesta le frère Barth.

— Ce sont tous deux des pécheurs qui, en tant que tels, devront affronter mon jugement...

— Le jugement de Dieu, corrigea le frère Barth.

— Cela va de soi. Amenez la catin avec vous, fit l'abbé en se dirigeant vers le bois.

— Où allons-nous ?

— Nous allons reprendre possession du calice sacré de sainte Hugeline, martyre au dragon, et châtier les impurs ! lança l'abbé.

Nicolas était soûl et heureux de l'être. Certes, la boisson n'avait pas chassé Julianna de ses pensées. Au contraire, le vin lui montrait, plus réelles que jamais, sa douceur, sa présence, sa façon de bouger, de respirer, de lever les yeux vers lui comme s'il était à la fois Dieu le Père et le diable. Mais cela lui était égal, maintenant qu'il était soûl. Appuyé contre les ruines de l'improbable demeure romaine de sainte Hugeline, il voulait chanter sa beauté. Bogo, quant à lui, était trop ivre pour y prêter la moindre attention.

— *Dans les yeux de ma mie, je lis ce vœu :*
Viens, ô toi mon seigneur brave et audacieux.
Les cuisses de ma mie renferment un trésor
Qui m'est bien plus précieux que l'or.

— Elle n'aimerait pas, marmonna Bogo. Trop paillard.

— Tu n'es pas censé écouter. Je parle de la dame de mes pensées. En tant que simple vilain, tu ne peux l'estimer à sa juste valeur.

— Vous aussi, monseigneur, vous êtes un vilain.

— *Vilains et gentes dames*
Point ne devraient s'unir
Ni goûter au plaisir
Sous peine de se vouer aux flammes éternelles.

— Le dernier vers est trop long, observa son impudent valet.

— *Sous les traits acérés de l'amour, Mon cœur s'est réveillé,*
Dans la chair tendre de mon amour, Mon corps s'est...

— Monseigneur !

Nicolas étira ses jambes en soupirant. De sa vie, jamais il ne remonterait sur un cheval. Jamais non plus il ne referait l'amour, à moins que ce ne soit avec Julianna, ce qui était malheureusement exclu. Alors, pourquoi ne pas rester ici, sur le Mont de sainte Hugeline, à se soûler en espérant que la foudre vienne l'anéantir ?

Hélas, paisible et claire, la nuit n'était pas à l'orage, et il aurait fallu que Dieu en personne se mette en colère contre lui pour lui envoyer la foudre, qu'il méritait du reste largement.

En outre, il n'avait pas apporté suffisamment de vin. Il avait sous-estimé sa résistance à la boisson, et il ne restait plus grand-chose au fond de la bouteille – plus assez, en tout cas, pour battre Bogo, qui, de vingt ans son aîné, pouvait consommer sans broncher d'énormes quantités d'alcool.

— *Immense et vrai est l'amour de ma dame.*
Mon cœur est sien, mon âme, ma vie ;
Le doute et le remords sont ses seuls ennemis
Ainsi que… moi.

— Cela ne rime pas.

— Je sais.

— Il vous faut une rime pour « dame ». Pourquoi pas « femme » ?

Nicolas ramassa un caillou et le lança en direction de Bogo, qu'il manqua de peu. Comme son valet se mettait à rire, il se leva, à peine chancelant, et déclara d'un ton très digne :

— Je pars.

— Où donc allez-vous ?

— Chercher Julianna.

— Vous remonteriez sur votre cheval ?

— Non, dit Nicolas en s'affalant de nouveau par terre. Vas-y, toi, et ramène-la-moi.

— Bien. Elle sera ravie de me suivre.

— Bien. Ravie, répéta Nicolas.

Puis il sombra dans un état comateux, où il put rêver à loisir de Julianna.

L'aube approchait à grands pas. Julianna avait envie de pleurer, mais elle avait depuis longtemps dépassé le stade des larmes, et même l'épuisement n'aurait pu lui servir de prétexte. Malgré les branches qui lui griffaient le visage et avaient arraché sa coiffe, elle continuait à grimper, pas à pas, derrière l'abbé.

D'ailleurs, celui-ci ne lui avait pas laissé le choix: pour s'assurer qu'elle ne s'échapperait pas, il lui avait lié les poignets et la tirait derrière lui à l'aide d'une grossière corde de chanvre qui lui écorchait la peau. Elle ne pouvait se soustraire à la douleur qu'en adoptant la même allure que lui, ce qu'elle faisait de son mieux, malgré ses longues jupes.

Lorsque sa coiffe était tombée, elle avait entendu le frère Barth retenir son souffle. Cependant, sans rien dire, ce dernier continuait à grimper le long du sentier étroit. Pouvait-elle compter sur son aide? Cela n'avait même plus d'importance. Une seule question l'obsédait: si Nicolas était là-haut, l'abbé le tuerait-il?

Soudain, elle trébucha et tomba à genoux sur le chemin caillouteux avec un cri de douleur. L'abbé la remit sur pied en tirant sur la corde.

— Encore un seul bruit, catin, et je demande à Gilbert de te bâillonner. C'est mon dernier avertissement. Tu m'as bien compris?

Face à ses yeux translucides qui jetaient des éclairs, Julianna comprit pour la première fois ce qu'était la vraie folie, à côté de laquelle les jeux et les tours du fou semblaient d'aimables plaisanteries. Elle hocha humblement la tête, sans émettre le moindre son. Malgré les menaces de l'abbé, elle n'aurait pas hésité à crier pour avertir Nicolas du danger, mais tous ses cris risquaient malheureusement d'être étouffés par les bois.

Un semblant de sourire se dessina sur le visage de l'abbé.

— Bien. Je vois que tu apprends l'obéissance. Je sais où tu seras à ta place quand tout cela sera fini: les sœurs de la Rédemption accueillent les débauchées pour les faire travailler à la blanchisserie. Chez elles, tu apprendras la véritable humilité.

Julianna baissa la tête pour mieux dissimuler sa haine.

Il venait de l'entendre crier. Dans son rêve, Julianna avait poussé un cri, l'arrachant au sommeil dans l'aube naissante, alors que les vapeurs de l'alcool s'étaient dissipées.

La lune avait disparu, laissant place au soleil levant. Un nouveau jour commençait.

Bogo dormait encore, émettant des ronflements sonores qui faisaient concurrence au chant du coq. Le calice était toujours posé sur la grande pierre plate. Nicolas s'en approcha et, pour la première fois, regarda attentivement cet objet tant convoité et pour lequel il avait fait un si grand sacrifice.

Le calice était loin d'égaler Julianna en beauté. C'était une simple coupe d'or terne incrustée de grosses pierres. Le comte de Fortham en possédait de plus belles par dizaines, tout comme le père de Nicolas en avait possédé, autrefois.

Mais ce calice-là avait des pouvoirs magiques. Il pouvait guérir les malades, rendre les fous muets – c'était du moins ce qu'avait cru Julianna –, foudroyer les êtres impurs qui osaient le toucher. Justement, Nicolas se sentait plus qu'impur : il était fourbu, avait mal à la tête, et ce qui lui avait tenu lieu de cœur autrefois venait de lui être arraché, ne lui laissant qu'un trou béant dissimulé par un lambeau de chemise souillé.

Il prit la bouteille de vin et en versa les dernières gouttes dans le calice. Si sainte Hugeline voulait le foudroyer, qu'il en soit ainsi ! Puis il tendit la main vers le calice, en se demandant si le vin qu'il allait boire lui vaudrait la mort.

— N'y touchez pas ! tonna une voix.

Arraché au sommeil, Bogo se redressa brusquement en jurant, juste au moment où l'abbé de Sainte-Hugeline faisait son apparition dans la clairière et la lumière du petit matin.

Gilbert se tenait derrière le père Paulus, une fine dague à la main. D'autres personnes les suivaient. Nicolas se redressa, prêt à se battre. Il avait depuis longtemps envie de frapper quelqu'un et de se faire frapper, ne le méritant que trop.

— Je vois que vous avez amené Gilbert avec vous, prieur. Êtes-vous sûr que ce soit une sage décision? demanda-t-il.

Comme le petit groupe s'avançait dans la clairière, il put distinguer le frère Barth, qui peinait à l'arrière, gêné par son embonpoint.

— Je ne vous aurais jamais retrouvé sans Gilbert, qui est un vrai chrétien.

— Gilbert est surtout le vrai fils d'une putain. Il a probablement prévu de vous trancher la gorge et de rapporter le calice au roi.

Le visage juvénile de Gilbert demeura impassible.

— Je suis persuadé qu'il n'hésiterait pas à nous tuer tous s'il le fallait, reprit Nicolas. C'est un garçon pourvu d'un solide sens pratique, n'est-ce pas, Gilbert?

L'intéressé hocha la tête.

— Cependant, un petit problème pourrait se poser, poursuivit Nicolas.

Quelqu'un d'autre se tenait derrière le frère Barth. Quelqu'un qui portait jupons et cheveux courts, mais que l'ombre des arbres l'empêchait de distinguer.

— Quel problème au juste?

— Ce calice n'est pas un calice ordinaire, mais un objet doté de pouvoirs magiques.

— Je le sais parfaitement. Pourquoi croyez-vous que nous le cherchions? C'est une relique sacrée, et l'impur qui voudra la saisir périra. Comme vous, par exemple!

— Peut-être bien. Voulez-vous essayer?

— Je ne ferai...

— Prenez ce calice, père Paulus, si vous vous en estimez digne. Si la foudre ne vous terrasse pas, peut-être même pourrez-vous y boire. N'êtes-vous pas un homme exempt de péché, contrairement à nous tous?

— Vous vous moquez de moi!

— *C'est l'évidence même.*
Le cupide prieur envie
Le pouvoir, la richesse et l'or.
Peu lui chaut d'écraser autrui
Car son cœur est gonflé de haine.

— Pas de vers, par pitié, implora une faible voix.

Nicolas se figea. Il venait de reconnaître la petite silhouette qui boitillait derrière le frère Barth.

Ses épais cheveux blonds ne formaient plus qu'une auréole de mèches autour de son visage, au milieu duquel ses grands yeux bruns brillaient de désespoir. Sa joue portait la marque d'une gifle, et ses mains étaient liées devant elle, à l'aide d'une corde mollement retenue par le frère Barth.

Durant un bref instant, qui lui sembla durer une éternité, Nicolas se sentit aveuglé, paralysé par la rage et l'inquiétude. Lorsqu'il rouvrit les yeux, cependant, il comprit que cela n'avait duré que quelques secondes.

— Détachez-la, ordonna-t-il avec un calme menaçant.

— Elle ne se soustraira pas au jugement du Seigneur, répliqua l'abbé.

— Vous n'êtes pas le Seigneur ! Qui lui a fait cela ?

— Elle se l'est infligé à elle-même, par sa conduite honteuse. Cependant, je pense que vous n'êtes pas pour rien dans sa déchéance. Elle sera fouettée en place publique et passera le reste de ses jours dans un couvent, ainsi qu'elle l'a souhaité. Comme je doute que quelqu'un veuille payer son entrée parmi les sœurs, elle y sera servante.

— Père Paulus, détachez-la. Je ne vous le demanderai pas une troisième fois.

L'abbé n'était pas téméraire. Il fit un signe de tête au frère Barth, qui s'empressa aussitôt de défaire les liens qui entouraient les fins poignets de Julianna.

Elle refusait de le regarder, ce dont Nicolas lui était reconnaissant. S'il avait pu lire au fond de ses yeux, il aurait peut-être étranglé l'abbé de ses propres mains, ainsi que Gilbert, signant son arrêt de mort du même coup, sans parler du salut de son âme. Lorsque les mains de Julianna furent libérées, elle se laissa tomber, pauvre petit paquet fatigué, sur les feuilles mortes. Nicolas inspira profondément et sourit.

— Venez donc prendre le calice, l'abbé.

— Allez-y, Gilbert, fit le prieur.

Gilbert s'exécuta aussitôt. Mais, comme il s'approchait de l'autel improvisé, il ralentit le pas, et Nicolas vit se troubler son visage d'ordinaire impassible.

— N'aie nulle inquiétude, Gilbert, susurra-t-il. Ton cœur n'est-il pas pur ? Jamais la sainte ne châtierait la vertu.

Gilbert s'était immobilisé. Bien que pécheur de longue date, ce n'était encore qu'un enfant, et un enfant superstitieux.

— Quel cœur oserait se vanter d'être pur ? répliqua-t-il.

— Certes pas le tien, mon garçon. Prends le calice.

Gilbert tendit une main tremblante vers la coupe. Cette main capable de dispenser la mort d'un coup net frémissait devant le calice sacré de sainte Hugeline, martyre au dragon. Finalement, il la laissa retomber le long de son corps.

— Non, fit le jeune homme en se tournant vers le prieur. Je tuerais avec joie pour mon roi, mais je ne veux point mourir pour lui.

Et, en un clin d'œil, il disparut dans les bois.

— Ne commettez pas l'erreur de me sous-estimer, lança le père Paulus à Nicolas. Je n'aurai aucune hésitation à agir pour une cause juste.

— Alors, venez donc prendre le calice.

Le prieur voulut s'avancer, mais le frère Barth le retint d'une main.

— Mon père, êtes-vous sûr de ce que vous faites ?

— Douteriez-vous de ma foi ?

— Non, mon père. Seulement de votre vertu.

— Donnez-moi cette coupe, ordonna l'abbé à Nicolas.

Comme ce dernier n'en faisait rien, le prieur saisit le calice sans trembler, à deux mains, puis laissa échapper un cri.

D'abord, Nicolas crut que les flammes de l'enfer allaient l'emporter, mais il ne se passa rien. Le prieur regarda au fond du récipient en riant.

— Elles m'appartiennent, murmura-t-il. C'est à moi qu'appartiennent la puissance et la gloire.

Puis il but le vin que Nicolas avait versé dans le calice, renversa la tête en arrière et éclata d'un rire dément.

— À moi ! Rien qu'à moi…

D'un geste agile, le frère Barth rattrapa au vol le calice qui s'échappait de la main sans vie de l'abbé. Puis le père Paulus s'effondra sur le sol, où il demeura immobile, les yeux grands ouverts.

— Rendons grâce à la sainte, murmura le moine. Dieu a prononcé Son jugement.

Nicolas contourna la pierre et s'agenouilla auprès de l'abbé. Il n'aurait pas été surpris de voir ce vieillard démoniaque se redresser d'un coup et lui sauter à la gorge. Mais il était bel et bien mort. Nicolas avait vu trop de cadavres dans sa vie pour en douter, bien qu'il n'ait jamais assisté à une fin aussi rapide – ni aussi méritée.

— Il est bien mort, dit-il en se relevant.

La vue du calice le mettait mal à l'aise. Soudain, il se sentit soulagé de ne pas l'avoir touché. Si le Ciel avait décidé que l'abbé était un pécheur, Dieu seul savait ce qu'il était, lui. Il n'avait pas envie de mourir ici et maintenant.

Julianna, qui s'était relevée sur ses jambes mal assurées, le dévisageait. Il la rejoignit, le cœur plein d'appréhension. Il redoutait de la toucher, de découvrir le désespoir et la haine dans ses grands yeux.

— Je vous avais dit que je vous tuerais si vous m'abandonniez, déclara-t-elle d'une voix rauque. Y a-t-il un couteau ici ?

Il en avait un, qu'il avait pensé employer contre le prieur. Mais la sainte en avait décidé autrement. Il tira sa dague de sa botte et la lui tendit.

— Allez-y, dit-il en ouvrant sa chemise.

Le lambeau de chemise tomba à leurs pieds, aisément reconnaissable à ses roses brodées et à sa tache de sang.

Julianna prit le couteau d'une main molle, les yeux fixés sur ce morceau de tissu qu'il avait porté sur son cœur.

— M'aimez-vous, maître Nicolas ?

— Ce serait folie que de ne pas vous aimer.

Elle eut un petit sourire dubitatif.

— On dit que vous êtes fou.

— Mais vous savez bien qu'il n'en est rien. Vous avez l'air d'un petit agneau qu'on vient de tondre...

— C'est l'œuvre de Gilbert.

— La prochaine fois que je le verrai, je lui trancherai la gorge. Vous n'aurez qu'un mot à dire.

Il avait tellement envie de la toucher que ses doigts le démangeaient.

Elle secoua la tête.

— Monseigneur... fit Bogo.

À ce mot, Julianna regarda autour d'elle, surprise. Sûr que Bogo l'avait à dessein apostrophé de la sorte, Nicolas se promit de lui casser les dents à la première occasion. Il envisagea un instant de ne pas répondre, mais cela n'eût fait qu'aggraver les choses.

— Oui, Bogo ?

— Le frère Barth et moi-même allons ramener le corps de l'abbé au monastère, afin qu'il reçoive des funérailles dignes de ce nom.

— Bien, fit Nicolas, sans quitter Julianna des yeux.

— Nous prenons le calice avec nous.

À quoi bon discuter ? Toute cette affaire mécontenterait Henry, et le calice ne suffirait pas à l'apaiser. Mais qui sait ? S'il apprenait ce qui était arrivé à l'abbé, peut-être se mettrait-il à craindre Dieu. Ayant de bonnes raisons de douter de la pureté de son âme, il jugerait sans doute plus sage de ne plus chercher à récupérer le calice.

— Vas-y, Bogo.

— Et je resterai là-bas également.

— Comment ? fit Nicolas, arraché à sa contemplation.

— Je vais rejoindre les moines. Je suis vieux, monseigneur, et j'ai commis plus que ma part de péchés. Mais le frère Barth prétend que chacun de nous peut espérer le salut.

— Sauf moi.

— Je ne dirais pas cela, monseigneur. Mais je ne crois pas non plus que votre place soit dans un monastère, ni que celle de lady Julianna soit dans un couvent, si vous me permettez cette franchise.

Nicolas sentait le regard calme et interrogateur de Julianna sur lui.

— Ma dame n'ira pas au couvent. Elle reste avec moi.

— Alors, tout ira pour le mieux, approuva Bogo.

— Veux-tu que je t'aide à porter le vieillard ? proposa Nicolas.

— J'ai déjà porté de plus lourdes charges avec moins de joie.

— Prends bien soin de toi, mon vieil ami.

— Prenez bien soin de vous, monseigneur, fit Bogo avec malice.

— Je ferai de mon mieux, Bogo.

25

L'abbé semblait encore plus petit dans la mort. Bogo le chargea sur son épaule comme un sac de farine. Le frère Barth s'engagea le premier dans le sentier, tenant soigneusement le calice dans ses mains, tandis que Bogo et son fardeau sans vie fermaient la marche. Un cadavre, un moine et un vieux fou qui avait trouvé la foi, voilà qui formait une étrange procession, songea distraitement Nicolas.

— Vous devriez aller avec eux, dit-il au bout d'un moment. Ils pourront vous protéger, contrairement à moi, qui serai un homme traqué.

— N'avez-vous pas entendu Bogo ? Ma place n'est pas dans un couvent.

— Vous n'y seriez certes pas à votre place. Bien. Je dois vous laisser, madame...

— J'ai toujours mon couteau, monseigneur.

— C'est un titre creux : ni terres, ni château...

— J'aime bien cet endroit. Peut-être personne ne nous trouvera-t-il jamais.

Nicolas survola du regard le plateau battu par les vents.

— Vous méritez mieux qu'un pauvre fou.

— C'est vrai. Mais il se trouve que je n'ai point d'autre ambition. Nous pourrions aller à l'aventure, voyager de ville en ville. Vous charmeriez par vos vers, je danserais...

— Non. Mes vers ont tendance à éveiller des pulsions violentes, et je ne veux vous voir danser que pour moi.

— Qu'allons-nous faire, dans ce cas ?

Il la contempla, puis la toucha, pour la première fois depuis qu'il l'avait quittée. Il prit son visage entre ses mains, posa ses longs doigts sur ses pauvres cheveux et lui caressa les joues. Puis, sans un mot, il l'embrassa, à pleine bouche, fougueusement, passionnément.

Lui faire l'amour maintenant était pure folie, mais qu'était-il, sinon un pauvre fou éperdu d'amour ?

Julianna devait être folle, elle aussi, car, lorsqu'il la prit par la main et l'entraîna vers les ruines de l'antique villa, elle le suivit volontiers, le déshabilla, le toucha, le caressa, s'enivra de lui. Puis elle le prit dans sa bouche et le goûta. Lorsqu'il la fit venir sur lui, elle frissonna et, quand il l'emplit de sa semence, elle fondit en larmes et le serra de toutes ses forces.

Sur le sol de la villa couvert de décombres, il avait étendu leurs vêtements pour la protéger des pierres coupantes. Allongés là, ils restèrent un moment silencieux, le souffle court.

— Vous allez devoir tuer lord Derwent, dit-elle enfin d'une voix absente.

— Que me dites-vous là ?

— Le roi Henry a fait savoir au comte que je devais épouser ce gentilhomme dès que possible. Mais je n'en ferai rien. Vous ne permettrez pas que cela arrive, n'est-ce pas ?

Julianna était incroyablement chaude et douce entre ses bras, et, si le sol n'avait pas été jonché de durs cailloux, il l'aurait glissée sous lui pour lui faire l'amour une fois encore.

— Vous a-t-on dit pourquoi vous deviez épouser lord Derwent ?

Comme elle secouait la tête, il sentit ses cheveux courts frotter contre son torse, sensation qui lui parut incroyablement érotique.

— Ma mère prétend qu'il s'agit d'un baron désargenté qui aurait rendu certains services au roi. En outre, il semble que la sœur du roi ait des vues sur lui et que Henry veuille se débarrasser de lui le plus honorablement possible, en lui faisant épouser une inconnue et en l'envoyant vivre loin de la cour. Mais je ne l'épouserai pas.

— Oh, que si ! fit Nicolas avec un petit rire.

Julianna se dégagea et le dévisagea d'un air furibond. Son petit agneau tondu était encore plus magnifique avec ses yeux brillants de colère.

— Me feriez-vous cela ? dit-elle.

— Certainement.

— Alors que j'ai prié sainte Hugeline de m'accorder un miracle ? De me tirer de cette situation ? Vous m'abandonneriez, moi qui ferais n'importe quoi pour vous ?

Sans cesser de rire, il hocha la tête.

— Mon amour, vous l'avez, votre miracle. Cependant, je puis vous assurer que, si la sœur de Henry me convoite, c'est pour me mettre dans son lit, pas pour m'épouser.

Peut-être n'avait-il pas choisi la façon la plus claire de lui exposer la situation, car elle se mit aussitôt à le frapper en le maudissant. Aussi n'eut-il pas d'autre solution que de la reprendre dans ses bras pour l'arrêter et de l'écraser sous son corps gonflé de désir.

— Espèce de bâtard ! fit-elle, pleine de rage.

— Non, répliqua-t-il en riant toujours. Nicolas de Derwent.

Épilogue

Dans la lumière de l'aube, Julianna descendait en dansant le chemin de la colline. Les branches qui l'avaient griffée durant son ascension semblaient à présent s'écarter sur son passage. Nicolas la suivait de près, l'air à la fois ravi et perplexe. À tout instant, elle s'arrêtait brusquement, afin de l'obliger à la heurter de plein fouet. Il fallait bien alors qu'il l'embrasse, puis ils oubliaient tous deux de reprendre leur chemin, de sorte que le soleil était déjà haut dans le ciel lorsqu'ils parvinrent au bas du sentier. Elle avait des brindilles dans les cheveux, des feuilles dans sa chemise, et Nicolas fredonnait une chansonnette obscène en hommage à la splendeur de ses cuisses. Comme ils arrivaient au bout du chemin, Julianna se retourna vers lui en souriant. Elle se sentait désirable et aimée. Soudain, Nicolas cessa de chanter et la regarda d'un air absent.

Prise de panique, elle se retourna brusquement, s'attendant à voir les chiens de l'enfer, ou à tout le moins l'abbé ressuscité, revenu d'entre les morts pour se venger. La vue de son beau-père au visage crispé ne la soulagea qu'un instant.

— Voilà donc où vous étiez ! tonna-t-il. Tandis que votre mère se rongeait les sangs d'inquiétude, vous batifoliez avec ce fou ! Du reste, qu'est-il arrivé à vos cheveux ?

Nicolas s'interposa vivement entre eux. Derrière le comte, des hommes à cheval contemplaient la scène avec un intérêt non dissimulé.

— C'est Gilbert, votre jeune favori, qui les lui a coupés, sur ordre de l'abbé. En outre, je vous prierai de ne point la maltraiter : elle n'a déjà que trop souffert entre les mains du prieur.

— La maltraiter ? Mais c'est toi que j'ai l'intention de maltraiter, vil menteur, voleur, gibier de potence...

Julianna voulut repasser devant Nicolas, mais il lui bloquait obstinément le passage et la cachait à la vue des cavaliers curieux. Soudain, la voix angoissée de sa mère lui parvint, forte et claire.

— Qu'avez-vous fait de ma fille ?

Alors, ce fut comme si une digue cédait en elle, comme si le bloc de glace qui enserrait son cœur éclatait enfin.

— Maman ! s'écria-t-elle en repoussant violemment Nicolas.

Cette fois, il s'effaça, et elle s'élança dans la clairière qui s'étendait au bas du chemin.

Sa mère sauta à bas de son cheval, courut à sa rencontre, et elles se retrouvèrent dans les bras l'une de l'autre, riant et pleurant à la fois.

— Je croyais t'avoir perdue, ma douce. Je pensais ne jamais te revoir, cette fois-ci.

— Oh, maman, je regrette tellement ! Ce n'était pas votre faute...

— Ma chérie...

— Je devrais te couper la gorge, reprit calmement lord Hugh en toisant Nicolas qui, lui, ne semblait rien regretter.

— Non ! s'écria Julianna en voulant s'arracher à l'étreinte de sa mère.

— Laisse-le se débrouiller tout seul, ma fille.

— Je crois que le roi serait fâché que vous me supprimiez, fit Nicolas.

Lord Hugh répondit par un juron aussi concis qu'obscène.

— Il a déjà le calice. Que lui faut-il de plus ? Son fou ?

— Le calice a rejoint l'abbaye de Sainte-Hugeline, où il est juste qu'il se trouve.

— Ce maudit prieur l'a pris ?

— Je suis au regret de vous apprendre qu'il jouit désormais des béatitudes éternelles.

— Des éternelles flammes de l'enfer, vous voulez dire, murmura Julianna.

— Il est mort ? s'enquit lord Hugh.

— Absolument.

— Cette journée nous aura donc apporté au moins une bonne nouvelle. À présent, j'aimerais bien savoir que faire de toi, fou.

— Bénissez mon mariage avec votre belle-fille.

— Ridicule. Elle doit épouser lord Derwent, ainsi que le roi l'a ordonné.

— Et il ne faut pas discuter les ordres du roi. Je suis Nicolas de Derwent.

— Par le sang du Christ ! Est-ce à dire que nous sommes condamnés à te supporter ?

— Je vais devenir votre fils, monseigneur. Que pourriez-vous souhaiter de mieux ?

— Mourir promptement, marmonna lord Hugh. Madame, avez-vous entendu la nouvelle ?

— Je l'ai entendue, répondit Isabeau.

— Et qu'en pensez-vous ?

— Ma fille veut-elle de lui ? Il est assommant, mais beau garçon.

Julianna rejeta en arrière ses cheveux courts et se mit à rire.

— Je dois être folle, car je veux de lui. De tout mon cœur.

— Dans ce cas, qui sommes-nous pour nous opposer aux ordres du roi ? conclut Isabeau.

— Je crains que vous n'ayez raison, fit Hugh d'un air sinistre. Cependant, je mettrai deux conditions à ce mariage. Premièrement, lord Derwent, je vous interdis de faire des vers. Recommencez, et je vous coupe la langue.

— Voilà qui me semble raisonnable, dit Nicolas.

— Deuxièmement, vous ne vivrez pas sous mon toit. Vous aurez votre propre demeure. Mes terres s'étendent jusqu'à un jour de route d'ici, et j'en possède suffisamment pour vous en céder. Faites votre choix.

— Nous choisissons le Mont de sainte Hugeline, dit aussitôt Nicolas.

— Je vous l'accorde bien volontiers. Lady Julianna sera suffisamment près de sa mère, et moi suffisamment loin de vous.

— Mille mercis, père, s'écria Nicolas avec une chaleur feinte.

— Usurpateur, marmonna Hugh.

Julianna se redressa, balaya les brindilles de sa robe, sourit à sa mère, puis leva les yeux vers son fou bien-aimé.

— En fin de compte, je pense que sainte Hugeline nous a envoyé sa bénédiction.

Puis, avec un rire malicieux, elle ajouta :

— *Le fou a perdu, la belle a eu gain de cause.*
Ce jour aura produit de bien grandes choses.

— Dieu de miséricorde ! Pas de vers, par pitié ! s'écria Nicolas, l'air faussement horrifié.

S'approchant de lui d'un pas nonchalant, un sourire sensuel aux lèvres, Julianna poursuivit :

— *Si mon devoir est désormais*
De distraire un fou du chagrin,
Tout comme lui je veux rimer
Et user de son art malin.

— Pitié, Seigneur ! fit lord Hugh, qui semblait désespéré.

Mais, comme Julianna recevait un baiser sonore de son fou, on n'entendit plus aucun vers.

On dit que parfois, entre les hauts murs de Derwent House, sur le Mont de sainte Hugeline, dans le Somerset, les fantômes du fou et de sa dame apparaissent, qu'ils rient tous deux et qu'on entend même le lointain tintement de grelots d'argent dans le vent.

D'aucuns prétendent avoir vu certains de leurs innombrables enfants, d'autres encore assurent qu'une légion de chats fantômes noirs et blancs continue à hanter ces lieux. Et, en effet, les nombreux descendants d'Hugeline la chatte rôdent toujours dans les parages, en quête de tourte à la viande et de souris maladroites.

Une chose est sûre, cependant : du haut des cieux, sainte Hugeline, la martyre au dragon, jette un regard bienveillant sur cette contrée et sourit de voir, sur sa colline, les fantômes danser au clair de lune, au son des grelots d'argent.

6753

Achevé d'imprimer en Italie
par GRAFICA VENETA
le 7 juin 2010.

Dépôt légal juint 2010.
EAN 9782290025451

ÉDITIONS J'AI LU
87, quai Panhard-et-Levassor, 75013 Paris

Diffusion France et étranger : Flammarion